意林

公元 787 年，唐封疆大吏马总集诸子精华，编著成《意林》一书 6 卷，流传至今。
意林：始于公元 787 年，距今 1200 余年

意林

告白的书

月光漫过珍珠夏

Yue Guang Man Guo Zhen Zhu Xia

zhang yun xin
张芸欣 作品

吉林摄影出版社
·长春·

图书在版编目（CIP）数据

月光漫过珍珠夏 / 张芸欣著. -- 长春：吉林摄影出版社，2018.5
（告白的书）
ISBN 978-7-5498-3583-6

Ⅰ. ①月… Ⅱ. ①张… Ⅲ. ①长篇小说－中国－当代 Ⅳ. ①I247.5

中国版本图书馆CIP数据核字(2018)第085796号

月光漫过珍珠夏 YUEGUANG MANGUO ZHENZHU XIA

项目出品　意林告白的书
出 版 人　孙洪军
主　　编　顾　平　杜普洲
责任编辑　施　岚　胡晓路
总 策 划　蔡　燕
丛书统筹　黄　磊
策划编辑　黄　磊
执行编辑　孟晓雯
设计总监　资　源
封面设计　资　源　徐　丹
美术编辑　金　宇
开　　本　880mm×1230mm 1/32
字　　数　200千字
印　　张　8.5
版　　次　2018年5月第1版
印　　次　2018年5月第1次印刷

出　　版　吉林摄影出版社
发　　行　吉林摄影出版社
地　　址　长春市泰来街1825号
　　　　　邮　编：130062
电　　话　总编办　0431-86012616
　　　　　发行科　0431-86012602
网　　址　www.jlsycbs.net
经　　销　全国各地新华书店
印　　刷　北京嘉业印刷厂

书　　号　ISBN 978-7-5498-3583-6　　　定　　价：32.80元

目　录

CONTENTS

为 爱 找 一 个 珍 珠 口 ，

原 来 只 是 一 场 遗 失 在 夏 天 的 迷 梦 。

目 录
CONTENTS

序·致亲爱的月光粉

文/张芸欣

亲爱的月光粉：

容我第一次在序里以书信的方式和你们见面。

很高兴《月光》还有机会以全新的面貌与你们相遇。

这是《月光漫过珍珠夏》的第三个版本，距离第一版的出版时间已经八年了。

虽然我不知道你们是从哪年开始看《月光漫过珍珠夏》的，依然要感谢你们，读过这个故事，或者正准备阅读这个故事的你们。

2008年写下这个故事的时候，我并不知道这本书会成为我众多故事里让大家记忆最深刻的一本书，在青春校园文学盛行的年代，这样一本半都市言情对市场来说基本是踩雷的。

但是这本书的人物像是有了生命，牵引着我必须要去把它完成，于是我从一个只会写青春的作者，开始尝试新的领域，像是乘风破浪般前行。

幸好，上市后它受到了很多读者的喜爱，没有辜负大家的期待。

因为要出新版，所以我修订了这个故事，相较以往两个版本，我做了全面的修改，在不影响大方向的前提下做了很多改动，历时两个月。改的过程其实是比较忐忑的，改完后我把新版发给几个《月光漫过珍珠夏》的老粉看，他们说现在的内容给她们一种全新的熟悉感，完善了很多以前情节上的不足和遗憾。

其实在修改的过程中回看那时候的文字，有很多拖沓混乱的地方，但是给予的真心和诚意却是无可挑剔的。

这八年，我收到了很多关于《月光漫过珍珠夏》的评论，从微博到豆瓣甚至电子平台的APP（手机软件）上，几乎每一条我都会阅读，有人吐槽这本书玛丽苏的情节，吐槽它逻辑混乱，吐槽它情节缓慢，也有人说谭展飞和秦漫月让他们感动了很多年，因为这本书相识成为闺蜜，还有因为喜欢大叔而找了位大叔幸福地结婚。

成千上万的评论陪伴我走过了八年，不论好的还是坏的，我都心怀感激。

这八年，我的生活发生了很多变化，我也从当年那个青春懵懂的少女渐渐成长起来，唯一没有改变的是对创作还保留着最初的热情。

我始终觉得，创作本身就是缔造一个虚拟而真实的世界，虚拟我们生活中无法预见的美好，折射现实和无奈，给予苦难的生活一些希望。

虽然故事是虚构的，槽点满满的，可是作者想要传递的情感始终都是真实的。

作者能做的，就是创作自己喜欢的故事，不逢迎不放弃，拿出最大的诚意。

写作的最初，是为了给自己苦难的生活寻找一个出口，所以我写了很多童话式的爱情，可是如今我希望大家在我的作品里看到更多不一样的东西，包括女主角的坚强、积极、善良，包括很多配角带来的善意和帮助。

我希望你们在阅读过程中不单单为爱情感动，还能带给你们正能量。

很感谢，记得这本书的每一个人，感谢每一个给我留言的人。

感谢这本书的第一位责编“邻居家的猫”，虽然她已经过世了。可是她是第一个对这本书给予肯定的人。

感谢现在的编辑黄磊先生，他说多年前他就是这本书的粉丝，所以有机会一定要做这本书的再版，让这本书以全新的面貌出现。

感谢所有读者，让我每次想放弃写作的时候，又鼓起勇气继续前行。

很多人对我说，读者是善忘善变的，在这个新书层出不穷的年代，很多人来了走，走了来，没有人会为谁一直停留，但是只要我的故事曾经出现在你们的生命里，给予过你们感动，在很多年后说到这个作者，你们会想起她写过的故事。

那对我来说，就没有遗憾了。

人活一世，无非就是，莫问前程，但求无愧。

我很想知道这本书，到底可以让大家喜欢和记得多久。

会不会有一天成长之后，回头看，不屑地说“嘁，真难看？”

还是无论多久，回头再看，都会发自真心地说“还是那么好看啊！”

不论是哪种，都欢迎大家来我微博（ID：张芸欣）留言，分享你们的感受。

爱你们的芸欣敬上

2017年11月6日

第一章 现在的你，是否做过从前的梦

1

在大雨过后的阳光中看到一道彩虹，不知道是不是吉祥的征兆。它斜斜地形成一个弧度挂在天边，倒映在有些发灰的湖面上。

人工湖的四周散落着各种道具和拍摄器，航拍器在天上来回转动，导演和工作人员都在紧张地忙碌着。

这里正在进行一部剧的拍摄。

秦漫月穿着一条刚换好的水蓝色长裙，光脚踩在炙热却略带水汽的地面上，手持电吹风正对着自己的头发猛吹。

夏季的炙热和电吹风的热气汇合，吹在她姣好的脸庞上，一张不输女明星的脸此刻眉头紧锁。

作为当红女星白萧的“跳湖”替身，从中午就站在这里等戏三个小时，好不容易轮到她了，连跳两次白萧却都不满意，第一次说跳得不美，第二次说她的脸穿帮了。

人工湖虽然已经被人清理过，可是水依然又脏又臭，若不是她熟悉水性，不知道要喝多少口脏臭的水，最要命的是每次出来，都要重新换衣服，吹干头发。

秦漫月此刻全身都弥漫着一股人工湖的酸臭味。

都说女明星难伺候，她在片场做兼职临演时间不长，也是第一次见识到。

“替身准备好没？第三次跳湖马上开始。”导演大喊一声。

“好了好了！”秦漫月放下手里的吹风机，提着裙子跑过去。

“这次一定不能出错，没有替换的裙子了。”导演叮嘱道，很明显是让秦漫月机灵点儿。

“好的，导演。我会注意的。”秦漫月点点头，走到湖边，看着已经下去过两次的湖水，深深吸了一口气。

这次一定可以的，秦漫月你要加油。她在心里给自己打气。

“一、二、三……Action（开拍）！”导演一声令下，秦漫月对着湖面纵身一跳，只听见湖面发出“咚”的声响，她以完美的姿势跳入湖中。

“好，这次很好。”导演看着屏幕面露喜悦地说。

秦漫月松了一口气，从湖里游到岸边，挣扎着爬了上来。

她浑身湿透，蓝色的纱裙紧紧地贴在身上，衬出她玲珑的身材，水珠顺着头发落在她精致的眼角眉梢，增添了一份楚楚动人的感觉。

“太像了，那个谁的侧面也和白萧太像了。”导演忍不住看了好几遍回放，他不记得秦漫月的名字，总是称呼她为替身和那个谁。

秦漫月也不介意，作为一个临时演员，本来就没有人会记住她的名字，何况她来做临时演员也不是要成为明星，只是做个暑期兼职。

“导演，这是过了吗？”秦漫月试探着问。

“过了，过了，很好。”导演很满意。

“什么过了？我看看！”白萧在三四个助理的簇拥下走了过来，她穿了一条和秦漫月一样的裙子，两个人站在一起，的确有五六分相似，都属于气质清冷型的美人，只是白萧更加盛气凌人，清冷中透着一股傲慢。

秦漫月看到白萧走过来，心里一阵打鼓，刚刚前面两次跳湖导演也没有不满意，但是她非要秦漫月重新跳，看得出是一个难缠的主儿。

导演把屏幕上秦漫月跳湖的画面放了一遍，白萧盯着看了半天说：“不行，你看她跳湖的时候，她的嘴角在微笑，冷秋秋可是在绝望中自杀的人，应该是悲伤的表情。”

冷秋秋是这部戏女主角的名字。

“不，我不这么觉得。”秦漫月忍不住反驳，“冷秋秋的跳湖是为了让她爱的人永远后悔，她这么要强，不惜牺牲自己来让对方输，她死前内心肯定有一种胜利的喜悦感。”秦漫月忍不住把自己对这个角色的理解说了出来。

“你是谁啊？这里有你说话的份儿吗？”白萧没想到秦漫月这一个替身演员居然敢顶撞她。

“我觉得替身演员说得挺对的，理解得很不错。”导演也赞同。

“导演，她不过是个替身演员，帮我跳了几次湖，就在这里对人物指指点点，您觉得合适吗？”白萧讲话丝毫不客气，连导演的面子也不给。

导演气得正想发作，旁边的副导演把他拉到一边说了几句，看来是让导演不要得罪白萧。

导演回来态度缓和了不少：“好，既然白小姐对这个替身不满意，我们就换个替身。”

“不要，我就要她跳，跳到我满意为止。”白萧像是故意报复般说出这句话。

“三件替换的衣服都湿了，要跳起码得等两个小时，必须把衣服烘干了再拍。”导演憋着气说道。

“那就先拍别的，让她等着呗，她一个替身肯定有很多时间。”白萧盯着秦漫月的脸，想让她求饶。

“白小姐说的是，我时间很多，我可以等。”秦漫月也回看白萧，气势一点儿也没有输的意思。

“好好好，那个谁，你先休息一下，先拍别的戏，等衣服干了你再跳。”导演无奈地宣布，虽然对白萧很不满意，可是又不好爆发。

白萧从秦漫月身边走过，眼中带着胜利的骄傲。

2

跳湖的戏暂停拍摄，导演准备先拍后面的戏份。

秦漫月走到更衣室去把湿衣服换下，顺便拿毛巾擦干了自己的身体。

“白萧也太欺负人了，你干吗还继续跳啊？反正你只是兼职玩玩，又不混娱乐圈，要是我早就甩衣服走人了。”剧组的化妆师木木在门外面替秦漫月抱不平。

“那导演多为难，临时也不好找和白萧身形相似的人。”秦漫月打开更衣室的门，套上一条白色的棉布长裙，再拿毛巾擦去头发上的水。

“狐假虎威，还不是仗着她身后有个大金主给她撑腰吗？要不然导演早骂她个狗血淋头了。”木木看来对白萧早就不满，“整天对外装清纯高冷，你没看她在金主面前那个撒娇卖萌的样，真像个女仆。”

“有金主也是她的本事。”秦漫月虽然不喜欢白萧，但是也不喜欢用别人的私事攻击她。

“木木，你见过她的金主吗？是哪个啤酒肚老头？”管道具的小红八卦地问。

“说到这个更生气！她的金主还真不是个老头，我上次无意间看到，她那个金主个头又高，身材又好，从侧面看特别像金城武！很可惜没看到正面。”木木在说到白萧金主的时候一脸花痴。

“估计是哪个富二代公子哥儿吧。你说她运气怎么那么好，刚毕业就能攀上这么有钱的富二代。”小红叹口气，一副羡慕的样子。

“要说漫月你长得也不比她差啊，我想要是那个公子哥儿先见到你，哪儿还有白萧什么事？”木木对着秦漫月说道。

“别开玩笑了，我可对做明星没兴趣。”秦漫月放下毛巾，不想再听女人们的八卦，拎着自己的包径直走了出去。

3

拍摄地点在清榕城郊的一个森林公园里，秦漫月看了看时间，已经下午五点了。按照她对剧组的了解，要轮到她最快也要两个小时以后。反正也没事可做，不如在这森林公园里走走，打发打发时间。

雨后的彩虹早已消失，她遗憾自己刚才没来得及拍一张照片。她慢慢走到森林公园的广场上，那里养了很多白鸽，傍晚的云霞艳红美好，余晖像金色的麦子一般洒在广场上，夏日的热气退却了一些，空气中能闻到晚风的味道。

电话响起，是闺蜜婉珍打来的。

“喂，小美人，工作结束了没？姐儿晚上带你出去放松一下。”婉珍在电话那头热情地邀约。

“今天工作还没做完，晚上回去还不知道几点呢。”秦漫月抱歉地回答。

“就那么点儿钱的工作你也干得起劲？让你到我爸公司去做兼职你又不肯，你说你这是何苦？”婉珍父亲是清榕城有名的富商，旗下产业无数，如果她走婉珍的关系，工作轻松工资又高，可是她偏偏就想靠自己努力，哪怕做得辛苦钱又少。

“我还是想自己锻炼锻炼。”秦漫月委婉地拒绝。

“人家暑假都是上天入地地玩，你暑假累死累活地干，真是白瞎你一张美人脸。”

“好啦，知道你心疼我。马上开学了，别玩疯了，记得来学校报到。”

“这件事我能忘吗？倒是你，我一个暑假都没见到你了，想死你了。下周我生日，你记得早点儿到，我介绍青年才俊给你认识。”

“放心吧，我一定去给你捧场。”挂了电话，秦漫月坐在广场旁边的长椅上。

周围的一切在挂了电话后重归平静，远处的湖面波光粼粼，仿佛能照进人的内心深处。她靠在椅子上，视线触及旁边随身的书包，一个透明的罐子从里面露出一个角。她伸出手，把透明的玻璃罐从里面拿出来。

水滴造型的玻璃罐，里面装满奶白色的珍珠，这是她今天来开工的路上路过商场看到的，忍不住把它买了回来。

珍珠对她来说，是一段她永远不敢触碰的记忆。

她抱着珍珠罐，吹着夏日里的暖风，看着晚霞的光影一点点坠落，很快就恍了神。

这是她来到清榕城的第一个暑假，她选择暑假外出打工，顶着40摄氏度的高温在影视城当临时演员，每天拿80元的辛苦费，一等一整天，她不觉得这是艰苦的事，她只有在辛劳了一天之后坐在这座城市的夜空下，似乎才有一丝喘息的机会。

夜幕徐徐落下，远处的楼房开始亮起一盏一盏的灯，城市的灯火穿过森林公园的树林，仿佛翻山越岭来到她的面前。

哪怕她已经来到这座城市两年，哪怕她用了许多时间去熟悉这座城市的一切，可是这座城市带给她的陌生和疏离永远无法排除。

她喜欢这座城市的夏天，有酷热也有暴雨，可以把人烤晕也可以把人浇清醒，像是最清新的良药，是她最需要的清醒剂。

她一直嫌弃自己不够清醒，特别是在遇到小七之后。

工作了一天，她有点儿累，就这样看着云霞睡着了，梦中她感到有人轻抚她的脸颊，他的手一寸一寸地抚摸她的五官，从眼睛到嘴角。

她感到一股压迫又温热的气息扑面而来，味道由清新到浓郁，她一下子就清醒过来。

周围空荡荡的，什么人都看不见，广场上的鸽子全部飞走了，只有她的珍珠罐子被人放到了地上。

秦漫月看了看表，已经是晚上七点，四周一片漆黑，只有路灯隐约地亮着。

她感觉有点儿不可思议，自己竟然在这条长椅上睡了两个小时却不感觉累，她赶紧起身，怕耽误了拍摄，迅速地往拍摄地的方向走去。

她赶到拍摄地的时候，大家都在收拾东西，像是拍摄结束的样子，她赶紧跑到导演面前：“对不起，导演，我来晚了，是不是到我了？我马上去换衣服……”

“不用了。”导演打断她。

“我刚刚睡着了，我没想到你们这么快结束了，对不起……”

“你不用紧张，今天拍摄结束了，你不用重拍了，就用下午拍的第三条。”

“啊？”秦漫月没想到居然会这样，一时间有点儿错愕，“那白萧小姐那里能满意吗？”

“要她满意干吗？我是导演，这里我说了算。”

“哦，好的，谢谢导演。”

秦漫月没想到，幸福来得这么突然，她都做好晚上要再拍好几条的准备了，没想到被告知不需要拍了。

导演走后，化妆师木木走到秦漫月面前：“你运气真好，刚刚那个白萧的金主来了，他们在保姆车上不知道说了啥，白萧下车就和导演说，不用你补拍了，就用第三条。你说神不神？”

不远处，一辆林肯的车窗帘子被拉开，白萧坐在车子里，美眸微有不满：“为什么和导演说用前面的一条？”

“聪明的人是不会问为什么的。”白萧身边的男人缓缓开口，声音里带着一股王者的震慑力，不怒自威。

他的脸沉在夜色中，由于光线昏暗，完全看不清楚他的面貌。

车子一溜烟开出森林公园，白萧的离开，预示着今日拍摄的结束。

4

当一天的喧嚣彻底散去，秦漫月抱着珍珠罐子走在种满法国梧桐的街道上，夜晚的风把梧桐叶吹得沙沙作响，也吹得她的脑袋昏昏沉沉的。

不知道是不是今天跳水三次的缘故，秦漫月现在脑袋晕得厉害。

“均璨，一会儿我们去看电影吧。新上映的《月色之上》听说浪漫极了。”有一双大眼睛的美丽女孩坐在车子上和身边的男子撒娇，一头长发铺泻而下，嫩白的肌肤吹弹可破，任谁看了都会立刻点头。

她身旁的男生，目光清亮地看着前方，眼睛微微眯起，不为所动地笑着回答：“我一会儿要回家吃饭，出来的时候和妈妈说好了。”

车外的风吹开男子微弯的眼角，沁出一丝丝柔波，他一身干净的黑色条纹半长T恤，窄边牛仔裤，手腕上白色方形瑞士表，让他整个人散发着一种富贵飘逸的学院气质。

“不嘛不嘛。”女孩摇着男生的手，有些生气，“你每次都说没空。”

“蓉蓉乖，听话哦。”男生哄她。嘴角若有若无的笑容像春日里明媚的雾气，清新，但转瞬即逝。

“我不管，你今天一定要陪我，我给干妈打个电话，干妈那么疼我，肯定会同意的。”女生说完就拿起电话要拨。女生口中的干妈，是男生的亲妈妈。

“蓉蓉，别闹。”男生急了，收起笑容，伸手去抢女生的手机。

“我不。”女生的任性在此刻发挥得淋漓尽致。

男生一手握着方向盘，一手伸过来抢手机，车子一个不稳，转了一个弯，一下撞向迎面而来的秦漫月。

“啊……”车子刹住了，车上的两个人都慌了神，急忙下车。

秦漫月没想到会有一辆白色的车从街角蹿出来撞向她，她一下子跌在地上，手里抱着的珍珠罐子也摔到地上，里面的珍珠瞬间散落一地。

她的脚踝扭到了，痛得难以言喻，第一时间却是蹲下去捡地上的珍珠。

“你怎么样？有没有事？”男生从车上下来，径直走到她的身侧。

他的声音听起来很清新，似乎是熟悉的音色，秦漫月抬头看去，他眉宇里尽是担忧的神色，白皙的面孔棱角分明，清秀的五官在沙沙吹过的梧桐树下，像是一道幽静的光芒。

秦漫月瞬间回到了十七岁那年在校园的夜晚，小七就是这样目光奕奕地看着她，还有那担忧的、干净的脸庞。

是小七吗？他回来了，他来履行他未完成的许诺吗？

在秦漫月抬头的瞬间，映入男生眼帘的是一张素净的脸，湿漉漉的头发搭在肩膀，水雾般的瞳孔像山野里的精灵，迷住了他的视线。

秦漫月握住他的手，柔柔的手指似有千言万语，她幽幽地问了一句："小七，是你吗？"

"你这个女人要不要脸啊，我们只不过撞了你一下，你干吗抓住均璨不放手？"旁边那个气势高涨的女生推开了秦漫月的手，转过来对男生说："均璨，现在这种诈骗手段很多，老把戏了，千万别上当。"

秦漫月这才缓过神来，他不是小七，他全身的名牌，昂贵的跑车，身边美丽的姑娘，都足以证明他不是小七。

他只是一个和小七长得很像的人。

当秦漫月意识到这一点的时候，她收起了刚才的表情，瞬间露出拒人于千里之外的面孔，淡淡地说："不好意思，认错了。"

说完，又俯身去捡地上的珍珠。

陆均璨看着秦漫月，这是他第一次见到一个女生，精致的五官中掩藏了无限的冷漠，点漆的大眼睛，微微的卷发，冷漠却不乏动人的恬静，一身白色的棉布长裙，耳坠两颗白色珍珠，整个人看起来就像不食人间烟火的仙子。

她刚才握住他的手，用一种哀伤眷恋的目光看着他，她喊他："小七。"

陆均璨的心，竟然在她的声音里，泛起了说不出的苦涩。

“你真的没事吗？我送你去医院看看吧。”陆均璨蹲下来，对着捡珍珠的秦漫月说道，声音是温柔的。

“没事，无须费心。”她头也不抬。

“均璨，我们走啦，她都说她没事了。”江蓉蓉在一旁催促。

秦漫月捡完珍珠，摇晃着站起来，歪歪斜斜地朝前面走去，脚踝的疼痛让她走路有些吃力，陆均璨只是看着她的背影，那样苍白孤独的背影，突然有种怜惜。

5

秦漫月回过头，像是贪婪地望了他一眼，惊鸿一瞥，似灯火阑珊处拢出的一簇萤火，她转头的样子在夜晚闪耀的人群里漫开了一片天青色，陆均璨的眼里再也看不到别人，满目都是她的哀愁。

秦漫月转回头，幽幽地想，那男生，真的和小七很像呢，都是一样的目光清澈，眉目温和。她叹口气。可惜，他毕竟不是小七。

怀揣着满腔苦楚，秦漫月一步一步地行走，眼前出现了小七的幻影，又像曾经的月色下，小七抱着她，轻柔地说：“小月，我一直在你身边。”

“小七，我想你，小七。”她伸出手，跌入一片无尽的荒芜之中。

醒来已是破晓，她没有晚起的习惯，天一亮就睁眼。

今日她醒来的时候，刺眼的白色让她有些不自在，手臂上插着管子，吊瓶里的液体正一点点地输入她体内。

病房里空无一人，她正疑惑时，昨天那个男生从门外面走进来。

“嗨。”他微笑着向秦漫月做自我介绍，牙齿在早晨微弱的光线下泛出珍珠般的光泽，笑容里都泛着单纯的水光。

她好像又看到了小七，那样熟悉的笑容，铺洒在阳光下，单纯美好。

“你醒了。”他摸摸秦漫月的额头，担心的神情松了下来，“退烧了。”

他的手指冰凉舒服，和小七的一样。

“我为什么会在这里？”她明明记得她看到了小七，原来是幻觉。

“不能走还逞强，发着烧，脚也肿着，你还真不是一般的倔强。”男生没有正面回答。

“你送我来医院的？”秦漫月朝外面看了看，她记得昨天他身边还有一个女孩。

“别看了，蓉蓉我让她回家了。”男生说完停了一下，“那是我一个妹妹，不是女朋友。”男生用刚拧好的毛巾给她擦脸。

“我自己来。”秦漫月警惕地避开。

“你烧得太厉害了，42摄氏度，脑子差点儿烧坏。”男生在一旁给秦漫月舀米粥。动作是娴熟的，光线衬得他脖颈洁白，侧脸分明。

“我不会感激你的。”秦漫月冷言冷语。

他的手顿了一下，还是把粥舀起来，递到秦漫月面前，轻轻吹了几下：“自己拿着吧，我知道你不喜欢麻烦别人。”他并不生气。

秦漫月边喝边看着男生，男生的目光就这样直直望过来，一刻也不离开，秦漫月被他看得心里发毛，他却只是抿嘴笑，眼睛里柔光似水，像是笑她的提防和敌意。

他和小七不一样，小七的眼神清澈干净，像一只温驯的绵羊，而他喜欢抿嘴，似笑非笑，像一只狡猾的狐狸。

“我和小七很像？”他突然问。

“无可奉告。”秦漫月放下碗，拔了针，用手压住血管，急急忙忙要下床。

“我让医生再给你检查一下。”男生在她身后追。

“不用了，我很好。”秦漫月继续走下楼。

“你慢点儿，烧刚退，别又烧起来了。”男生在她身后叮嘱，语气里尽是担心。

秦漫月一个人走在街道上，清晨的街道有一种宁静致远的氛围，她发现自己的脚还肿着，疼痛让她有种酣畅淋漓的清醒。

她沿着街道目光呆滞地前行，道路幽静，似有人在前方等待着她的到来。

6

秦漫月永远记得认识小七的那一天，学校组织了野炊，那时候她刚考上安海大学，读会计专业，却已是学校名声顶不好的女生，打架、抽烟、翘课，和一个比自己大十岁的男人在一起。若不是有一个有钱老爸捐钱撑腰，说不定早就因缺课严重而被勒令退学了。

所有人把秦漫月传得绘声绘色，说她仗着家里有钱假清高。

秦漫月本来对学校组织的活动没有一点儿兴趣，但是那个周末她闲得无聊，所以还是参加了那次野炊。

野炊需要在户外生火做饭，难得办一次野炊，何况都是一些天之骄子，刚开始觉得非常新鲜有趣，等到正式操作的时候才知道野炊的难度，几乎没有一个人成功生起火来。

秦漫月分配的那组，带头的女生简宁是安海一家私营企业老板的女儿，成绩优异，家境也不错，好胜心特别强，凡事都不甘人后，搭灶生火非常积极，秦漫月本来就对这些完全不会，干脆在一旁当甩手掌柜。

秦漫月虽然没有朋友，但她性格简单，独树一帜，不服管教又有个性，成绩不优异却也不拖系里的后腿，加上还有貌美的青春，优越的家世。所以即使秦漫月的名声不好，私下里还是有很多男生喜欢她，只是碍于她的冷漠，没有展开攻势。

秦漫月的优势就是，不屑和任何人比较却已经高人一筹，这种人才让人挫败，才容易让人讨厌。

简宁看到秦漫月坐在那里一动不动，突然有点儿怒火上升。

“有的人真把自己当公主啊，白莲花装得可真厉害。”简宁刚讽刺完，一股风吹来，正巧把浓烟吹到她的眼睛里，她的双眼被烟熏到，开始冒泪珠。

秦漫月笑：“真是现世报。”

“你说什么你？”简宁的声音提高了好几度。

“我说你丑人多作怪。”秦漫月不紧不慢，有人要挑衅，她可从来没有怕过。

“好过你花心不要脸！”简宁急了，说出了难听的话。

“你再说一遍？”秦漫月走到简宁的跟前，目光沉沉地凝视着她。

简宁有些害怕，后退了几步，没想到被河边的碎石绊了一下，瞬间跌倒，脑袋砸在一块大石头上，顿时鲜血直流。

估计简宁从来没见过这么多的血从自己的身体冒出来，又痛又害怕地喊：“秦漫月，你太狠毒了，你竟然推我！”

秦漫月知道这女生小心眼，没想到睁眼说瞎话也是一把好手，被她这么一喊，别的同学也聚拢过来，一起帮简宁谴责秦漫月。

负责活动的系主任过来了，看到简宁的情况也吓了一跳，不分青红皂白就骂秦漫月：“你少惹点儿事不行吗？好好一个野炊都被你破坏了。”

秦漫月顿时无语，老师的偏袒也太明显了吧？敢情她一动不动，也能破坏一个野炊？

秦漫月咬着唇，懒得和她们辩解，河边的风像是阴凉凉的沙子，打在她的脸上生生地疼，她就这样站着，冷眼看简宁表演痛哭流涕的弱者。

“不关秦同学的事。”清澈的声音在喧闹的环境中响起。

大家转过身，看到一个穿着白衬衫牛仔裤的少年拨开人群走了过来，那是十八岁的小七，面孔是干干净净的白皙色泽，唇红齿白，清新美好。

所有人都看着他，他走到系主任面前，用笃定的口吻说：“我刚刚看到了，简宁是自己跌倒的。”

“你胡说！明明是她推我的！我知道了，你肯定和她有一腿！”简宁看自己谎话被拆穿，居然开始口无遮拦地耍无赖。

秦漫月盯着她，感觉她不去好莱坞演戏都浪费人才了。

“简宁，真把自己当影后了？我不说话不代表我好欺负，你做过什么你自己心里有数，装可怜博同情的戏码真的很不新鲜了。”秦漫月说完这句话，便不想再多言，独自离开野炊活动场地。

她一个人沿着河上的大桥徒步走，孤灯斜影，少女的影子在下午的阳光下仿佛透着可怕的孤独，她用手遮住阳光，赤着双脚踩在滚烫的地面上，头上的汗一滴一滴滚落下来。

她依然没有停止。

她把鞋扔进了河水中，因为刚才沾染了简宁的血迹，她觉得很肮脏。

“秦同学。”有人在身后喊她。

她转过身，一眼就看到了刚刚为她挺身而出的小七。

他迎着炽热的阳光从她的身后跃入她的眼中，微微冒着汗的额头，卡其色裤子，走路的样子挺拔有力，白净的脸上带一丝年少的青涩。

空无一人的大桥上，小七像是空灵出现的一道奇光，像风尘仆仆的俊美书生，来追寻自己的痴爱。

他拎着她的鞋子，湿答答的，一路小跑到她面前。

“我帮你把鞋捞回来了。”

“谁要你多管闲事？”秦漫月态度一点儿也不好，并没有因为他帮了自己而感谢他。

“穿上吧，赤脚走路脚容易划伤，你那么漂亮的脚，划伤了多不好。”小七并不在乎她的冷言冷语，有些羞涩地说。

秦漫月不知道这个男生为什么要捡回她的鞋，但是他的用意她多半是了解的，很多人为她的美貌而来，却被她的冷漠吓跑。

她只当小七是一个外貌爱好者，不以为意。

“那你帮我穿。”秦漫月故意为难他。

她以为那男生会转头就走，没想到他二话不说蹲下来帮她把鞋子穿上。他的动作温柔，像对待一块宝。

秦漫月那时看过一本书，书上说肯为女生蹲下来穿鞋的男生，一定就是灰姑娘的王子。

小七那时候的样子，就像风尘仆仆赶来救她的王子。

穿好鞋，男生从口袋里摸出一块手帕，很仔细地为秦漫月擦去额上的汗，轻轻地，却一丝不苟。

“我叫任夏航，你可以叫我小七。”他的眼睛如星辰般璀璨。

秦漫月一时有些恍惚，大卡车一辆一辆从他们身边开过，空荡荡的东江大桥上，两个甜蜜的身影伫立在那儿，她甚至可以看到小七眼底自己的影子，是关怀，是呵护，是早早萌芽的爱。

7

暑假的末尾，已经有学生陆续返校，秦漫月守着一间空荡荡的宿舍。她住的是四人间的公主楼，阳台外面有一片荷花池，再远处就是宽阔的马路和公交车站，每天睡觉都能听到微弱的车鸣声。

由于高烧和脚伤的缘故，秦漫月不得不暂时停掉所有的兼职。

宿舍门锁“咔嚓”一声响，有人火急火燎地进来了。

“我亲爱的小美人，你为什么生病了也不给我打个电话，你到底有没有把我当朋友？”

不用看秦漫月也知道来的人是婉珍，一进房门就能闻到她身上淡淡的香奈儿邂逅香水的味道，像花朵一样甜蜜的气息。

婉珍“噔噔”两下，以超快的速度爬上秦漫月的床：“小美人，快让我看看你怎么样了。”

婉珍凑近她指指眼睛，“暑假去割了双眼皮，怎么样？”

“你都够漂亮了，还割什么双眼皮？”她不知道女人对自己的脸到底要求有多高？

“听说你生病了，我特意从家里拿了好多补品给你。”婉珍边说边从她的LV（路易威登）包包里掏出当归、人参、灵芝、枸杞……

秦漫月想起了古装剧里那些身患重病的人。好像少了一样药材就会气血不顺而死。

“你又怎么知道我生病了？”秦漫月问。

“你不说我都忘了，刚才接到陆均璨的电话，说你生病了，我就健步如飞，连妆都顾不上化就跑来了。”

“陆均璨？”她的记忆里没有这个名字。

“学校里鼎鼎有名的富二代校草陆均璨，戏剧系的高才生，你居然没听过？”婉珍惊叫，“对了，你怎么认识他的啊？”

“不认识。”秦漫月靠在上铺的墙壁上，用冷冷的三个字打断了婉珍的话。

“骗谁啊？你没听他给我打电话的时候怎么说，‘珍珍啊，你是不是有个同学叫秦漫月？她生病了，你什么时候回宿舍去看看她？’那焦虑的语气，我还没见他对谁这样过，以前只知道有女生为他哭哭啼啼，还没听说他关心过谁。”

秦漫月的脑海里浮现出一张和小七极为相似的脸。

原来是他。

他的名字叫陆均璨，很适合他的名字，阳光灿烂少年郎。

很明显，他调查了她，在说大不大说小不小的清榕城，一个富商的儿子随便动用一点儿关系调查一个人，绰绰有余。

秦漫月认识婉珍两年，只知道她家背景庞大，身后盘根错节连带不知道多少盘生意，但是她对婉珍社交圈里认识的富二代、富三代从来没有一点儿兴趣。

“他可不是那种喜欢吃喝玩乐的富二代，他大学开始就跟着他爸打理家族企业，现在还独自管理着一家影视公司，是个超厉害的富二代。”婉珍像个媒婆一样夸道。

“那留给你。”秦漫月眼睛都没抬。

“都说了不是我的菜嘛，我喜欢金城武那种帅大叔。”婉珍撇撇嘴。

婉珍看秦漫月不接话，知道她没有心思继续这个话题，所以转移了话题问：“你想吃什么？”

“学校门口的猪脚面线。”秦漫月一生病就想吃这个。

“你等等。”婉珍拿起手机拨了个号码，“喂，小张，帮我买一碗猪脚面线，加两颗卤蛋，再多要一碗花生汤。”

放下手机，婉珍起身道：“我给你泡点儿蜂蜜珍珠水去，等你喝完，差不多东西也该送来了。”说完就爬下了梯子。

婉珍爬梯子的动作很灵活。秦漫月记得婉珍刚睡上铺的时候，经常从梯子上摔下来，她从小到大没爬过梯子，学校的梯子是那种铁质的特别容易摇晃又狭窄的梯子，一踏上去就“吱呀”摇晃得厉害，平衡不好的人很容易摔倒。婉珍不知道这样摔了多少次，但是她一次也没喊疼，又很快速地爬了上去，时间长了，婉珍什么都没学会，最拿手的就是爬梯子。

秦漫月知道婉珍这么做只是不想让她一个人在宿舍孤单，婉珍用心良苦，秦漫月都懂。

婉珍是从美国转到清榕大学来的，和她同时转校的还有秦漫月。

婉珍第一次见到秦漫月，她孤冷地站在宿舍的阳台上眺望远方，婉珍和她打招呼她都没有转过身来。

当时婉珍以为她很难相处，没想到第二天，婉珍因为中暑昏倒在学校操场，正好秦漫月路过，二话不说立刻背她去了医院，后来还帮她在宿舍里刮了好几次痧，婉珍恢复之后，发现秦漫月并不像她外表看上去那么冷漠，她只是用冷漠来掩饰内心的脆弱。

婉珍本想在宿舍住两天就搬回家，在遇到秦漫月之后彻底改变了想法。

她知道秦漫月是那种表面上很坚强其实比谁都害怕孤独的人，所以她忍受睡上铺爬梯子的事，也忍受一米宽的小床把她柔嫩的身体挤压得快要变形。

外人都不能理解秦漫月和婉珍是怎样成为好朋友的，秦漫月在学校是好好学生，规矩老实，成绩优异，年年都拿奖学金，婉珍奢侈贪玩，招摇过市，开名跑车上下学，成绩勉强过关，她们像是两条不会相交的平行线，却很神奇地连接在一起。

只有秦漫月知道自己为什么能和婉珍靠得这么近，曾几何时，她也是婉珍这样的天之骄女，她的娇惯任性，只不过是为了吸引别人的注意力，好去填补内心的空虚。

婉珍泡好了蜂蜜珍珠水，小心翼翼地给秦漫月端上来，两个人坐在上铺小小的床上，婉珍看着言情小说，秦漫月捧着水杯眺望夜空。

“婉珍，你说天上会有珍珠吗？”秦漫月凝视着窗外问道。

“想什么呢？天上怎么会有珍珠？天上只有星星。”婉珍翻着书。

8

“星星的光把珍珠遮住了，可是月光会带我们找到它。”这是十八岁的小七和她说过的话。

秦漫月和小七一起仰望夜空，是他们相识两天后。

简宁妈妈来到学校，那个财大气粗的女人，不顾形象地在人来人往的走廊上公然大骂：“你个有妈生没妈教的贱人，为什么要伤害我女儿？”

秦漫月不卑不亢地凝视着她，冷冷地说了三个字：“我没有。”

“真不知道什么样的人能教出这样的孩子，做了不承认是吧？”简宁妈妈拽着她的胳膊，指甲嵌入她的肉里，掐得生疼。

“我没有。”秦漫月重申。

说完这句话，不管那女人下面要说什么，秦漫月用力甩开她，迎面而来的是教务处主任，她根本不管不顾，径直走下楼。

秦漫月快走到门口的时候，看到一群男生正抓住一个人，往他脖子里灌纯净水：“让你多管闲事！”

秦漫月正好心情不好，直接冲上去踹了几个欺负人的小混混，当大家转头看到秦漫月的时候，都愣住了，谁也不敢动。

秦漫月的家世背景和名声让他们对她心有余悸，特别是“推女生”跌倒这件事发生之后，别人更觉得她做人狠毒。

“这个男生是我的人，如果你们以后再找他麻烦，你们知道后果的。”秦漫月恶狠狠地对带头的男生说。

“知……知道……”男生们散去，跑得比兔子还快。

秦漫月准备走，男生走过来，站在她面前说：“谢谢你，秦同学。”

在学校的菖蒲花园外，她看清了男生的样子，头发微微被水淋湿，水珠一滴滴顺着白皙的脸颊淌下来，湿透的白衬衫在烈日下透出里面同样白嫩的肌肤，让秦漫月觉得男生前世一定是白玉，唇红齿白，周身白皙，如仙人一般。

她认出，前两天帮她送鞋子的男生，是在空寂的大桥上朝她奔过来的天使。

看来他因为上次的事情被人教训了。

她记得他叫小七。

“不用谢。是我连累了你，这回扯平了。”她转身，无意向他介绍自己。

秦漫月一个人走在街道上，这似乎是她长久的习惯，一个人，背着包，走在车水马龙的大街上，一直走，就能走到她常去的酒吧，喝一晚上的酒，然后被人开车接回家。

今天她走了很久，在快要转弯的时候，在商店的玻璃里，看到身后的人影。

是小七。

他跟着她走了三条街，他没有回去上下午的最后一节课。好好学生小七，就这样跟着她。

她转过头问：“你为什么跟着我？”

“我怕你出事。”他的声音，是担心的。

秦漫月的心里突然有点儿难过。一个不相干的人，都会担心她出事，可是她最亲的家人，却没空理她。

“我们去喝酒。”秦漫月说。

“不好。”他倔强地摇头。

“可是我饿了，想喝酒。”

“为什么喝酒？饿了应该吃饭。”

“酒可以让我满足，饭不可以。”

“我带你去吃饭，好不好？”他拖住她的手臂，不想让她进去。

“不好吃，我可会打人。”秦漫月恐吓他，似乎就是从那个时候开始，秦漫月总喜欢恐吓小七。

“随便你打，打死算我的。”他笑了，天真无邪。

等到了小七带她去的地方，秦漫月呆住了，安海最早期的平房，残破不堪，道路曲折，连柏油路都裂开了缝。

“这是什么地方？”秦漫月快要生气了。

“我家。”他认真地看着她，“我带你回家吃饭。”

家是什么？秦漫月快要忘记了家的真正样子，她家比这里华丽千万倍，有七八个用人，一个花园，一个游泳池，三层楼的欧式别墅，可以让所有人见了惊叹不已。

可是家里空空荡荡，父亲常年在外做生意，母亲在精神病院，偌大的房子找不到半点儿家的温暖。

“你带女生回家，你不怕你爸揍你？”秦漫月好奇地问。

“我成年了，不怕。我爸爸肯定很欢迎你。”他胸有成竹。

刚说完，就看到一个男人走过来说：“小七，站在那里干吗？”随后看了秦漫月一眼，“带女朋友回家不好意思啊？”

话一说完，小七和秦漫月脸都红了。

“这是我家邻居江叔叔，喜欢开玩笑。呵呵。”他摸摸头。

秦漫月觉得小七的动作非常可爱。

没想到小七的爸爸见到秦漫月不仅没有骂小七，还喜笑颜开地说：“这么漂亮的女孩子，你怎么拐到的啊？”

小七的爸爸穿一身麻布的衣服，头发留得很长，像个艺术家，狭长的眼睛像个漂亮的月牙，虽然上了年纪，可是掩盖不住他曾经的俊逸。

小七的奶奶从厨房端出菜：“小七，不知道你要带同学来，今天随便做了几个菜。”

秦漫月看着桌子上的菜，清绿的小白菜，米黄色的玉米窝窝头，油煎豆腐，毛豆炒雪菜和一盘辣螺蛳。只有一个荤菜。

奶奶说："真不好意思，只有一个荤菜呢，我把过年买的腊肉切片蒸上了，马上好。"

秦漫月第一次看到穷人家的生活，有种说不出的心酸。

等到吃饭的时候，小七告诉他，他们家只在过年时才有腊肉吃呢，奶奶说要有贵客来才能拿出来。

秦漫月盯着一盘亮晶晶的腊肉，眼睛湿了。

小七爸爸一直给她夹菜，说："小月，多吃菜，别客气。"

秦漫月不说话，只是红了眼。

奶奶停下来摸摸秦漫月的头发说："小七，小月吃饭怎么吃得好像要哭了啊，平时她家是不是不给饭吃啊？怪可怜的。以后经常带她回家里吃饭。"奶奶笑得非常慈祥。

秦漫月没有见过自己的奶奶，她家的老人除了外婆都去世了，在妈妈嫁给爸爸之后就没有和家里联系了，听说住进了养老院。

秦漫月笑，幸福地笑。

"我像你这么大就嫁给小七他爷爷了，虽然去世早，他可从来没让我吃过苦呢，小七，你以后要对小月好点儿，绝对不能让她吃苦。"奶奶认真嘱咐。

小七点头，看着秦漫月说："我会的，奶奶。"

秦漫月看着不按常理出牌的一家人，他们没有别的家长那样复杂的思想，他们待人真诚，尊重孩子的决定。

她终于知道小七为什么这样简单纯净。

吃完饭，小七奶奶帮秦漫月梳头，说这是他们那儿的风俗，代表这个女孩要永远留在男孩家。水磨的桃木梳，一道一道地梳头，燕子在家门前安了巢，扑腾着打圈，空灵的窗台上放着一盆米兰和一台老式收音机，戏曲咿呀咿呀的声音漫过了整个季节，小七就坐在旁边看着秦漫月的脸，奶奶给秦漫月梳了一个别致的发髻，插上一支通亮的玛瑙发簪，小小的脸在铜镜前，衬出尖尖的下巴，婉转的眼，韵致又美丽。

小七爸爸在门外拿着木头做手工，等到秦漫月和小七出来的时候，他爸爸看着秦漫月的发髻恍了神。

“小月是不是和妈妈一样漂亮？”小七问。

“我有那么老？”秦漫月假装生气。

“不是的，我没见过我妈妈，可是我见过我小姨，我想她一定和妈妈很像很像，你们都有一双漂亮的眼睛。”

小七爸爸低着头，继续做着手里的木工活，那是一个还未雕刻完的木偶，他目光有些沉着，仿佛在思念着谁。

“你经常见你小姨？”

“她每年都来看我，是她告诉我妈妈不是不要我，只是有不得已的苦衷才离开我。”

“那今年呢？”

“买了这只龙猫给我就走了，我真希望她留久一点儿，听她多说点儿妈妈的事。”

那天晚上她知道了一些和小七有关的事，小七因为在星期天出生，所以爸爸给他取小名叫小七，他从小就很聪明，初中和高中跳了两级，从小到大很多人嘲笑他没妈妈，可是他一路坚强又快乐地活了下来。

小七的故事深深地打动了秦漫月，秦漫月在小七身上看到了她的反面，虽然他们同样孤独，可是她却没有小七所拥有的纯真和坚强。

小七和她肩并肩坐在门口的藤椅上看星星。

银河倒泻的夜空，小七仰望天空，满目都是幸福的神色，他说：“小月，我爸爸说我妈妈变成珍珠到天上去了。”

“你爸骗你的吧？天上怎么会有珍珠？天上只有星星。”秦漫月故意笑他。

“珍珠只是被星星挡住了光芒，她一直都在天上，从未离开。”

“你都多大了，还这么天真？”

“我相信，总有一天，月亮会带我们找到我妈妈的。”

秦漫月想起妈妈的脸，美艳又绝望的一张脸，红色的呢子大衣是她最喜欢的，她也是穿着这件衣服离开她的，没有留下一点儿眷恋。

秦漫月想着想着，渐渐进入梦乡，梦里，似有人抱着她，把她轻轻地抱在怀里，像抱一个婴儿，那么暖，那么暖。

9

秦漫月所在的大学在前年合并了清榕另外四间学院，晋升为清榕城规模最大的综合类大学，秦漫月所在的数学系，属于大学里最不起眼的数理学院，一个应用数学、一个信息与计算科学，说白了一个专业专门学数学，一个专业着重于电脑知识。

秦漫月现在所学的专业是信息与计算科学，搞软件开发为主，这是转校的时候她自己选的专业，因为小七之前就学的这个专业，她想延续小七的梦想。

而婉珍选这个专业，纯属是和她家老头子赌气，以她钢琴十级，中国舞八级，琴棋书画样样精通还在国外读完中学才回来的经历，怎么都应该上一个音乐系或者英语系，但是婉珍就是喜欢逆大家思维，越是让别人跌破眼镜她就越要选。

关于婉珍的事迹，秦漫月多少也听过一些，流传最广的是婉珍早年在国外读书，父亲觉得中国人还是应当回国学习中文，于是强行将她押回国，这便是婉珍和老头子对抗的导火索，终究演变成了今天的局面。

所有人都觉得婉珍任性，但是秦漫月相信事实绝对不是外界传言的那样，至于真实情况是什么，秦漫月并无太大兴趣。

秦漫月在学校网站上选了几门选修课，又玩了一会儿《奇迹暖暖》，她很感谢开发游戏的人做了这个让人打发时间又不费脑的游戏。她也很期望自己有一天能研究出一个游戏软件，让大家都玩得到。

正当秦漫月准备睡午觉的时候，婉珍的电话打了过来。

“小美人，到哪儿啦？别忘了今天是我的生日聚会。”

“我能不能不去啊？你生日礼物开学的时候补送好不好？”

秦漫月没有忘记婉珍的生日，可是她不想参加婉珍的生日聚会，她太熟悉上流社会的聚会场面，艳光旖旎，虚言假笑，人人都是戴面具的高手。所以婉珍这两年来三五不时地要拖秦漫月去参加，都被她一一拒绝了。

“不行！你上次就没来，这次绝对不能say no（说不）了！”婉珍的声音急了。

“可是……”

“没有可是，我让司机去接你。马上换礼服、化妆，衣服配饰和化妆品我已经摆在你柜子里了。”

秦漫月还没有来得及辩驳，婉珍已经挂了电话。

上一次就没去，这次再不去好像说不过去，婉珍平日特别迁就她，从来不逼迫她，上一次婉珍过生日也没强迫她，这次她也应该去捧场了。

思及此，秦漫月起身，去柜子里拿衣服。

婉珍为秦漫月准备得很妥当，明黄色的蕾丝公主裙，腰间一朵绸缎做成的蝴蝶结，一套意大利品牌的首饰，香奈儿最新款高跟鞋，外加一套MAC（魅可）的彩妆。

她开始对着镜子化妆，她很久没有化妆了，好在步骤还算熟练，化完后她在镜子前端详自己的样子：天生微卷的发丝，自然偏黄的色泽，卷曲妥帖地顺着耳鬓搭落在肩膀两端。她掩去了疲惫的眼圈、皮肤上的雀斑，长久没有化妆而保养得如同凝脂的肌肤更显得像洋娃娃一样瓷白动人，腮红扑过的脸蛋，像剥了壳的鸡蛋，隐约透着一点儿嫩红。

下楼的时候，婉珍已经派了司机在楼下恭候她："秦小姐，我家小姐让我来接你。"

眼前的小张已经不再是她一周前看见的小张了，婉珍雇用的司机从未有一个超过三十天，他们千篇一律都是帅哥，他们都叫小张，婉珍给他们编排了号码，小张1号，小张2号，这已经不知道是小张几号了，婉珍对张姓男子似乎有莫名的情愫。

跑车一路开到全城最华丽的"帝国花园饭店"，这是一间集酒店、餐饮、婚礼、聚会、会议于一体的六星级花园式饭店，光是一个院子就种植了上千种热带的植物花草，偶尔还会放一些可爱听话的小动物来增加趣味。

10

秦漫月刚走到饭店门口，迎面扑来一只蓝灰色动物，吓得她大退三步，那动物蹭了她一身的白粉，连脸上都沾到了一些。

她惊慌之下把动物一甩，动物就摔到了地上，还好是草地，它只是痛苦地在地上打了几个滚，然后也不走，用可怜巴巴的眼神看着秦漫月。

秦漫月对动物没什么认知，可是这个动物她一眼就认出来了，这是一只龙猫，灰蓝色的刚在洗澡粉里滚过几圈的龙猫，钝圆形的大耳朵，明亮的红色眼睛，像黑夜闪烁的灯泡，透明光亮，干干净净又带着楚楚可怜的样子让秦漫月觉得眼熟，再一细想，简直和小七养的那只“千岁”长得一模一样。

她正想俯下身去抱它的时候，另一个女生跑过来用力地推开秦漫月：“不要动小雕。”

女生的衣着非常华丽，一袭宝蓝色的可爱小礼服，缀上一片闪烁的碎钻，脚上一双LV的鞋子，怒目圆睁的样子。

浑身闪出一种咄咄逼人的气焰。

秦漫月认得她，那天和陆均璨站在一起的女生，骄傲蛮横的大小姐。可惜，这位大小姐没认出她来，谁让她今天的打扮这么不一样？

“对不起，我不知道是你的宠物。”秦漫月诚心地道歉。

女生把龙猫紧紧地抱在怀里，龙猫似乎很不安地挣扎，秦漫月很想上前去摸摸它的头安抚它。

“小月，我都等得急死了。”婉珍看到秦漫月来了，高兴地过来迎接，“你是个女人，还能被江蓉蓉那个小妖精勾去了魂魄啊？”

“胡说什么？”秦漫月回过神，“我在看她那只龙猫。”

“你还认得龙猫？那不是她的啦。那是陆均璨的龙猫，江蓉蓉抱那只龙猫是为了在陆均璨面前投其所好，可惜小陆同学看不上她，看上你了，气死她。”

富豪女之间总是有莫名其妙的敌对和攀比。

“我和你说的那个小陆没一点儿关系，你等下可别乱说话。”秦漫月赶紧撇清，婉珍一高兴就乱说话，她可不想惹祸上身。

宁得罪君子不得罪女人，特别是有嫉妒心的女人。

“没关系就没关系啦，走吧，我们今天的场地在东花园。”婉珍热络地拉着秦漫月的手。

东花园在花园饭店的一隅，半包围独立的小花园，种植一大片奇花异草，晃人眼球的是玫瑰，蓝红粉白黄，这阵势哪里像过生日，完全是婚礼的配置。

秦漫月大呼："你这个生日很豪华啊！"

"这不算什么了，今天这个饭店被一个富豪包下来，我爸动用了各种关系才让我占这么一个小花园，凑合过过吧。"婉珍的语气里透着一股骄傲，却不令人讨厌。

"还有比你爸更富豪的人？"秦漫月一直以为婉珍的爸爸是这清榕城的首富。没想到人家一出手就包下一个帝国饭店。

"听说这个老板刚从香港回来，做什么的我也不清楚，暂时以清榕为基地向东南亚发展新业务。估计又是一老头，等我摸清楚他家的小开到时候再介绍给你认识。"婉珍无论何时何地都不忘给秦漫月留意对象。

秦漫月真是哭笑不得。

11

"欢迎大家来参加我二十二岁的生日会，过完今年我就要大学毕业啦！我今年的愿望很简单，希望永远青春不老！"婉珍的话让大家都乐了，特别是秦漫月，她好像看到了十八岁的自己，那么招摇，那么不畏将来。

"现在欢迎大家上来给我送一句祝福。"婉珍对着台下的人喊道。

她今天非常漂亮，粉红色的珠光色长裙在她身上一点儿不显俗气，小女人的性感和骨子里的张扬吸引了无数人的目光。

"对不起，各位，打扰一下，这个花园我们已经包下来，一会儿要开记者招待会。"突然冲进来一群人，带头说话的是一名穿着得体的中年女子，秦漫月转头发现她有些面熟。

"有没有搞错？这是我爸给我包的场地啊！"婉珍没想到会遇到一群不速之客。

“这位小姐我看你是搞错了吧？今天这个位置是专门给我们白萧的新戏开记者招待会用的。”打头的一位中年女人不客气地说。

秦漫月这才想起来，这个女的是白萧的经纪人杨素，她在片场见过。

“经理！酒店经理呢？”婉珍气得大喊。

经理听到动静已经从远处赶了过来：“抱歉抱歉，徐小姐，这里的确是给白萧小姐开记者招待会用的，我们给你预留的是另一个位置。”经理一脸窘迫。

“你们这么大的饭店，这都能搞错？”婉珍面子上挂不住，态度自然很差。

“抱歉，抱歉，非常抱歉。”经理汗都要下来了。

“抱歉有什么用，我告诉你，这是你们的失误，我们不负责。我朋友都到了，生日会已经开始了，他们的发布会既然没开始，就让他们过去呗。”婉珍完全不讲道理。

“徐小姐是吧？我们招待会的地址已经发给各个媒体了，是没办法更改的。”杨素也很有礼貌地回答。

“那不行，今天我生日，我觉得这里特别好，我是不会走的。”婉珍平日里是个讲理的人，可是今天是她生日，那么多人都看着，她大小姐的脸面可不能丢。

“婉珍，要不然算了吧。”秦漫月劝阻，白萧的脾气她是领教过的，不是什么善茬。

“为什么算了？不就一个小明星吗？她们还不是靠投资人才有戏拍？我爸一通电话让她到我生日会上表演她都会来！真把自己当个腕？”婉珍不依不饶。

“谁说一通电话，我就会给她表演的？”白萧不知道何时走到了现场。

她的出现，令全场震惊，白萧是最近炙手可热的明星，很多人都还没见过真人，一时间生日宴会上的人群开始骚动起来。

“婉珍，算了吧。”秦漫月劝婉珍。她知道两个人都不是好惹的，生怕一会儿两个人会吵起来。

婉珍没想到白萧也来了，本来想着大明星来，给个面子说几句下台。

没想到白萧看到了秦漫月，傲慢地说：“哟，这不是我的替身吗？”

婉珍听到白萧这么说秦漫月，一股无名火“噌”地就冒上来：“我家小美人有名有姓，听清楚了，她叫秦漫月，比你这十八线的小明星好看多了。”

白萧没想到有人敢这样当面呛她，一时间气得脸色都变了。

“不是说这里已经被包下来了吗？为什么还有这种闲杂人等？经理，把他们都赶出去。”白萧气得完全顾不上自己的明星形象了。

“还想赶人？”婉珍叉着腰，走到台上拿过话筒，“大家都来看看啊，当红女星仗势欺人，不仅羞辱我同学还要赶我们走，这就是女明星的素质啊，快点儿拍下来，发微博！”

白萧没想到居然能遇到婉珍这样天不怕地不怕的，一下子有点儿慌了。

江蓉蓉一脸看好戏的样子，陆均璨突然站起来，走到杨素面前：“杨姐，还认得我吗？”

“你是……陆氏集团的公子？”杨素认出他来了，在上次时尚杂志的慈善晚会上，她和陆均璨有过一面之缘，但是她还以为他是某个公司新签的男艺人，聊了之后才发现他是慈善晚会赞助商的公子。

“杨姐好记性啊。是这样的，今天是我同学的生日，占用了你们的场地真的抱歉，不知道能不能给我个面子？”陆均璨有礼有节地说道。

“陆公子，不是我们不给面子，而是这个地址已经发给各大媒体了，现在没办法更改。”杨素虽然知道他的身份，但是并没有让步的意思。

整个局面陷入了僵持不下的境地。

此时杨素的电话响了起来，她走过去接了一个电话，没想到回来后态度立刻变了。

“陆公子，今天都是一场误会，是我们家萧萧不懂事，这个场地就给你们用，我们这就走。”杨素拉着白萧离开了。

“刚刚还说没办法，这不乖乖地换地方了？”婉珍看着她的背影说，“还是小陆厉害，给你点赞！”婉珍拍拍陆均璨的肩膀。

“这哪儿是我的功劳啊？”陆均璨的目光落在白萧和杨素离开的方向，“是有人面子比我更大。”

婉珍和秦漫月都看向花园饭店中央的那辆林肯，秦漫月见过那辆车，是属于白萧金主的车。

“都说白萧身后有个大金主，看来她很听这个金主的话嘛。”婉珍撇撇嘴，“不过就是被人圈养的金丝雀。哪儿有我们自由快活？”

婉珍说完又跑上台，拿着话筒喊：“陆均璨同学，作为我从小到大的绯闻男友，快点儿上来给我唱生日歌。”

刚刚的插曲被婉珍欢快的声音湮没了。

秦漫月这才知道原来陆均璨是婉珍的绯闻男友，不过这并不奇怪，上流社会的名媛淑女配上流社会的才俊公子，千古流传的佳话。

陆均璨穿着非常简单朴素，没有一点儿贵公子的奢华，他的帅气是自身散发出来的，和衣着没有任何关系，只是简单的墨蓝色衬衫，一条破洞牛仔裤已经让他阳光满面，浓密的发梢还泛着温柔的光圈，他的笑容就是一片温柔的海域，让所有人都心甘情愿地驻足。

这是他的无限魅力，书生意气，翩翩少年。

他抱着刚才扑到秦漫月怀里的龙猫，此刻它正温驯地窝在陆均璨的怀抱里闭着眼睛。

陆均璨走到三脚话筒前微笑着说：“我祝徐婉珍永远美丽漂亮，结识更多的帅哥。”

祝福语句很简单，却都是婉珍最爱听的话，婉珍这个人一生只追求两件事，一是美丽，二是帅哥。

“下面请谁，你自己指一个吧。”婉珍说。

陆均璨的目光在人群中扫过，微微弯起唇，像是在寻找什么。

江蓉蓉在不远处喊：“均璨，我在这儿，我在这儿。”

“秦漫月。”陆均璨叫出秦漫月的名字，掷地有声，音响扩散在整个帝国花园饭店，像是中学时代校长开会时发出的声音，一声一声，回荡在学校的每一个角落。

帝国花园饭店的门口，一辆黑色林肯停在那里，即使有很好的隔音效果，车里的人还是听到了这三个字。

车内的男子循着声音望去，下午的阳光照出他阴沉的俊脸，他的瞳孔里有幽静的光，似深潭，望不到头，亦看不清底，身上是范思哲的套装，深黑色，套在他身上妥帖又有王者气派，像鹰一样锐利的眸子瞬间有了一丝光泽。

他把手搭在车窗上，看到远处一个明黄色身影，那个身影的笑容很干净，已经和两年前离开他的时候不一样。

“老板，是秦小姐。”跟随了男子多年的助理阿Ken说道。

男子并没有搭话，他仰着头，思绪陷入无边无际的星河之中——那个时常像慵懒的猫，把脸埋在他的脖子间的小公主，她冰凉的嘴唇和小脸贴着他，像是要从他身上汲取温暖。小脑袋不停地在他眼前晃动，少女身上的馥郁芳香，把他的心都晃柔软了。

那时候他抱着她，像抱着一个乖巧的孩子。

她连吻都是笨拙的，可是那么香甜，醇久。那阵香甜的气味在他离开内地的这两年魂牵梦绕地出现了千万次。

“不是说把这里都包下来了，怎么还有这些人啊？”白萧上了车子，不高兴地抱怨。

“盛世地产的徐总亲自给老板打电话。”阿Ken解释道，他的意思很明显，这个面子不得不给。

白萧身边的男子正低头看一张英文报，连头都没有抬起来。

“她们很过分啊，还有那个秦漫月，上次你让我别闹我都放过她了，这次她又挑事，有人给她撑腰了不起啊，和那个陆家公子眉来眼去的真恶心！”

“咳……”男人咳嗽了一声，声音很轻，却似乎带着寒意。

白萧立刻噤了声，她在他身边也有一段时间了，已经学会了察言观色。

“人家就是和你撒个娇嘛，你干吗这么严肃？”白萧立刻收敛了情绪，装作讨好的模样。

“你发布会的时间到了。”男人淡淡地说了一句，对她的撒娇无动于衷，拿起左手边的咖啡抿了一口。

“那我开完发布会去别墅找你。”白萧的脸凑过去，在男人耳边说道。

车门关上，男人才把头抬起来，瞥了一眼窗外，秦漫月的侧脸清晰地跃入他的眼眸中。

那个令他魂牵梦萦了两年的脸孔，此刻与他近在咫尺，却仿佛相隔天涯。

12

生日会那头，秦漫月拿着话筒显得有些紧张，她很久没有面对这么多人，很久没有让自己鲜活的面孔被几十双眼睛同时注视，她握着话筒，旁边站着婉珍和陆均璨，他们用友好又鼓励的眼神看着她。

她的喉咙感到一阵干涩，不知道从什么时候开始，她只要情绪到了一个极点，就会变成这样，像是喉咙被压制住，让她发声困难。

“婉珍，希望我们永远都是好朋友。”秦漫月由衷地说，声音是快乐的。

婉珍搂住秦漫月的肩膀，在她耳边说：“我今年的生日愿望，是希望你能真的快乐。”

秦漫月看着婉珍真挚的眼神，突然有些感伤，这两年，只有婉珍知道她始终不快乐。

陆均璨手里的龙猫突然从他的怀里跳到了秦漫月身上，秦漫月这次没有惊恐地甩开它，而是一把将它抱住。

龙猫像是和秦漫月非常熟悉，在她怀里不挣扎、不抵抗，秦漫月摸它的头，它就乖乖地闭上了眼睛，像是很享受这种安抚。

“看来小雕很喜欢你。”陆均璨说。

“龙猫是这世界上最贴心的动物，听话懂事，只要给它百分百的爱，它就会很满足。”秦漫月微微笑了，她好久没有这种温暖在怀的感觉，此刻是久违的熟悉感。

“你的脚好了吗？”陆均璨轻声问。

每次他用这种温柔的声音和秦漫月说话，秦漫月都会恍神。

“喏，还你。”陆均璨递给秦漫月一个玻璃罐子，“上次你从医院走得匆忙，我把它们放到新罐子里了。”

秦漫月想起陆均璨撞倒她的那天，她掉落在地上的罐子，她心怀感激地抱着说：“谢谢！”

“小月，你点下一个人。”婉珍在旁边催促。

秦漫月看着一脸不服气的江蓉蓉说："江蓉蓉小姐。"

"谁要你点我名字，哼！"江蓉蓉本来就很生气陆均璨叫秦漫月没叫她，现在秦漫月又点了她的名字，她更加不高兴。话一说完转头向外走去。

"不说拉倒，如果不是我爸非让我请她，我才懒得找她来。"婉珍像是报复她这样无礼对秦漫月，秦漫月也不生气，抱着龙猫走下台去。

蓦然，秦漫月感到脊背一阵发凉，空气中散发着一股她非常熟悉的气味，是圣罗兰的鸦片，它有淡淡的辛辣，像她小时候闻到的姜味。

那股味道后面，是一个面如恶魔的男人，他俯下身来，将她抱起。

这是美梦，亦是噩梦。

她记得这股气味的主人，是占据她整个青涩时光又摧毁她美丽梦境的人。

是他，是他的味道。

她在饭店的花园中寻找，寻找那个香水的起源，她边走边发抖，她一闻到这股味道就浑身颤抖，那些恐怖的曾经，排山倒海地涌到她的脑子里。

不不，她不想再看到他，他带来的永远都是噩梦，可怕的噩梦。

怀里的龙猫在不安地挣扎，秦漫月发现自己不知不觉把小雕紧紧地扣住，陆均璨来到她身边，有些担心地说："你怎么脸色这么苍白，浑身都在发抖，又生病了吗？"

突然间，她好像在陆均璨的脸上看到了小七的影子，都是阳光灿烂，珍珠白的皮肤，蹙眉的样子泛着淡淡的忧伤。

"老板，秦小姐好像瘦多了。"阿Ken说道。

一道颀长的身影立在金边构建的窗户旁，他一把推开花园饭店会议室的窗户。

风簌簌地吹入他的瞳孔、面颊，他没有丝毫动摇，潭一样深的眼眸深深地看着站在花园中的秦漫月，她消瘦了许多，水嫩的脸颊依然像个娃娃一般可人，只是目光再也没有往日的欢喜和纯真，自然卷的长发落在她白皙的脸颊两侧，风把发丝吹乱，瞳孔里有着苍茫的寂寞。

她不开心，不快乐。这都是他给予的。

她旁边的男生是谁？他拍她的肩膀，她冲他微笑。

男人握紧拳头，这幅画面那么像她和小七站在一起的时光，两个天真可爱的孩子，单纯到他觉得自己是猥琐的。

他愤怒，三年前他就不喜欢这样的画面，他可爱的小公主离他越来越遥远，她忤逆他，不再眷恋他的怀抱。

他痛恨背叛，痛恨离去。所以他要让她后悔，悔恨一辈子。

秦漫月好不容易从暗无天日的痛苦中爬起来，那么努力又小心翼翼地开始新生活。

谁又让她遇到了他？

第二章 你会不会想我，像我想你一样

1

因为有了“小雕”的关系，秦漫月对陆均璨的态度有了一点点的转变，她始终觉得能养龙猫的人，都有一颗真诚善良的心。

小七也有这样一只龙猫，是小七的小姨送给他的。

小七在放学后把它带给秦漫月，小小的一只龙猫在笼子里滚来滚去，小七像献宝一样把龙猫直往秦漫月怀里塞：“这是我小姨从大城市买来的！”

秦漫月起初是讨厌的，她对小七还只是保持远观的态度，小七就像是活在自己世界里的孩童，不气不恼，不急不缓，愣是有什么好玩的有趣的都要和秦漫月分享。

“我不要！”秦漫月想把手里的小家伙丢掉。

“它很可爱的，特别听话。”小七把“千岁”递给秦漫月，“千岁”一双大眼睛看着秦漫月，秦漫月本来有点儿烦躁的心瞬间缓和下来。

“不听话我就给你丢掉，哼。”秦漫月警告小七。

“不会的，不会的，你好好地爱它，它感受到你的爱，就会变得很乖的。”小七抚摸它身上的毛，毛发柔顺得像缎子，小七动作温柔。小七的这番话又好像是说给她听的。

你好好地爱他，他会感受到你的爱。

你好好地爱一个人，她又怎么会不明白？

晚上秦漫月抱着“千岁”睡觉，半夜起来的时候，看到它自己下床去尿尿，秦漫月不禁笑了，这真是一个贴心的小动物。

她靠坐在窗边，推开窗仰望星空中的月，碎钻一样的璀璨铺满整个黑幕，她点燃一支烟，把自己埋进浓浓的烟雾中。

“千岁”撒完尿，“刺溜”一下钻到秦漫月的怀里，她突然有种惺惺相惜的感觉。

那时候“千岁”不叫“千岁”，秦漫月一直叫它“大老鼠”，过完冬天，秦漫月渐渐和它有了感情，拿去还给小七的时候，小七说：“给它取个名字吧。”

秦漫月前几天晚上正好在看古装片，里面的奴才都喊“格格/娘娘千岁千岁千千岁”。

“叫千岁，让它变成千年老妖精。”秦漫月吓唬它，可是把它放在手心里的动作无不透露出她小心翼翼的疼爱。

“以后我们都活一千岁，一千岁多好。就叫千岁。”寒冷的天，小七把手放在秦漫月的手背上，指尖微微发凉，他看她的目光像两颗大钻石：“小月，小月……”

他一声一声地喊她，眼睛藏着幸福的微笑，秦漫月这次没有把手松开。

她喜欢这种微凉的温暖，只是一个姿势，微微复苏的春天，青草地的嫩芽吐着新鲜的气息，秦漫月只是看着小七笑。

没有言语，没有声音，没有告白，不需要拥抱。

这个姿势，已经是最好的表示。

2

陆均璨并没像婉珍所想的那样对她死缠烂打，思暮成病，他总是妥帖地在恰当的时候送上一点儿温暖。

秦漫月最喜欢的猪脚面线，每隔三天就会出现在她的面前；秦漫月喜欢龙猫，他三五不时地带小雕来博她一笑；秦漫月喜欢喝咖啡，他算准了时间买回来给她。

陆均璨送东西的方式，是通过不同楼层的女生传递的，大家都乐此不疲，丝毫不觉得委屈。

试问一个俊美的少年郎让你顺便带一样东西，小费还给足一百块，谁会说NO（不）？

这为他树立了一个痴情富二代的完美形象。

就连婉珍都啧啧称奇："本以为他陆公子玩玩拉倒，没想到还真痴心。"

秦漫月很坦白地对陆均璨说："你不用做这些无用功，我不会爱上任何人。"

"可是你并没有拒绝我。"陆均璨说。

秦漫月盯着他，他非常聪明，他知道秦漫月面对他的时候永远没有办法狠下心。

"你曾经有一个爱人，他叫小七，我长得和他很像。"陆均璨一语道破。

秦漫月无所畏惧："是，你像他，可是你永远不可能成为他。既然你知道，何苦做别人的替代品？"她不想伤害任何人，所以在最初，就要掐断所有的线。

陆均璨一点儿都不生气，他的嘴角微微扬起，像是永远有耐心的守护者，他说："我没有说过我爱你，我只是做了我自己喜欢做的事，自娱自乐，你何必有负担？"

秦漫月崩溃，陆均璨说的不无道理，他没有对她表白过，他只是为她做许多事，这只能说明他们有钱少爷玩腻了跑车时尚金钱，开始走一些疯狂又思维不正常的路线来打发无聊的时间。

这是他的自由，她无权干涉，随他放任。

3

“老板，这是秦小姐现在的生活情况资料，放您桌子上了。那天站在秦小姐旁边的男生叫陆均璨，是陆氏集团的公子，长得和当年的任夏航有七分像。”阿Ken将一沓资料放在办公桌上。

清榕城的黄金办公楼，一面正对无敌海景，一面正对喧闹繁华的城市中心。从楼顶俯瞰，金山碧水的光泽晃人眼球。

清榕就是这样一座尚未被开发完整却又有无限商机的城市，它是一座休闲之都，商业气息尚不浓厚，却不失繁华和情怀，六十层的高楼离天幕那样近，仿佛一伸手就能把彩云捧在手中。

办公室的桌子上放着一张他和秦漫月的合影，她从他的背后搂住他的脖子，把头搭在他的肩膀上，长长的辫子乌黑亮丽。

这是他们唯一一张合影，那是他二十六岁时见到的秦漫月，稚气的脸上挂着丰润的笑，他从没见过那么干净的一张脸，嫩得能一把掐出水来，浅浅的酒窝融化在光线里，像是纯洁的天使。

他的手放在资料袋上，金色的光铺满他手上的纹路，一路蔓延到他的眉宇间，这几十年的颠簸辗转，已经把他从一个一文不名的小角色磨炼成了商场上最年轻、最令人闻风丧胆的富商。

膝盖上的隐疾又隐隐作痛。他吃了两片止痛药，小小的颗粒，配浓烈的意大利清咖啡，苦得让人痛彻心扉。

没有人知道他这么多年是怎么走过来的，岁月练就了他的冷漠，商场磨炼了他的凶狠。如果说他的内心还有一丝丝光亮，那就是秦漫月。

只有秦漫月。

办公室里的角落，阿Ken放了一张Paul Mauriat（保罗·莫里哀）

的黑胶唱片，*Love Is Bule*（《爱是忧郁》），步调永远是缓慢的，以每分钟78转的速度行走，它能把时光一寸一寸地阻隔在心门之外，时间似乎都停止于这一秒。

Paul Mauriat的声音，是恒久不变的催眠曲，引领你走向美丽的曾经。

4

秦漫月在图书馆看书的时候不小心睡着了。

睡梦中有一股辛辣的味道，模糊的人影站在树下，阴冷的俊脸一下子袭击到她的脑海，她瞬间就清醒了，她不知怎的，自从在帝国花园饭店闻到圣罗兰鸦片的味道之后，那个令秦漫月痛彻心扉的记忆，无端端地又跑了出来。

她睁开眼睛，看到的是陆均璨的俊秀面孔，他不知道什么时候坐到她的身边看着她，嘴角弯曲的笑，像是春天细腻的风，图书馆的白炽光在柚木桌子前照出他干净的眼睛，像是被岁月洗礼过的纯粹。

秦漫月有些不好意思，把左脸从压着的手臂上抬起来。

“你做了一个噩梦。”他说，突然像是看到了什么，伸手指了指秦漫月的脸，“全是印子。”

秦漫月一摸，左脸是片纠结的纹路，她一看长袖上的麻布，就明白了。

她有些狼狈，窗外的风呼呼地吹进来，秦漫月打了一个喷嚏。

陆均璨拿出纸巾给她擦鼻涕，毫不嫌弃她，他的目光温柔清暖，那眼神和小七真像。

秦漫月想起小七和她一起坐在教室里上晚自习，第四组靠窗边的位置，一到晚上总能闻到窗外青树叶的味道，她盯着那些零星的叶片，在星星点点的光亮下筛出一片碎影，让她恍神。小七总是假装打她的头，在她转头的时候冲她做鬼脸。

又有一次，说晚上有流星雨，教室里的人都跑光了，只有他们两个人，小七拉灭了灯，他们肩并肩靠在一起等待流星雨，漆黑的夜色，隐约只有两个人模糊的身影，空洞的寂寞苍穹，像是有望不到头的幸福。流星雨出现的时候，秦漫月高兴地转头，那些光亮把她的脸也照得一闪一闪的。

小七突然在她额头上落下一个吻，一点点的温暖淡淡的凉，带着一股青草的香。小七的脸埋在闪烁的光影之中，像是神圣的天使，素净而单纯的脸庞就像一幅永恒的画面。

他们不知道维持这样的姿势多长时间，谁也没有动，时间仿佛静止了。

最后小七温柔地拉着秦漫月的手说："小月，我会一辈子对你好的。"

"我已经有男朋友了。"秦漫月说。

"我知道，那个大你十岁的男人。"

秦漫月低头，不说话。

"我喜欢你，你也喜欢我，不是吗？"小七继续说。

"你难道没听过别人是怎么说我的吗？我不是好女孩。"

他轻轻揽过她的肩膀："我喜欢你，和别人没有一点儿关系呀。"

光阴过了那么久，流星一颗一颗划过天际，秦漫月把手放在小七的口袋里，闭上眼睛，霜白的月亮照出她眼底的一层水雾般的潮湿。

她有一点点想哭。

青春时期最青涩的小爱情，美好到让人害怕失去，因为来之不易。

陆均璨怀里的小雕跳到了秦漫月手上，将她从回忆里拉了回来，眼前的人不是小七，她也不再是十八岁那个任性的天之骄女。

秦漫月轻轻抚摸小雕的毛发："还是小雕最可爱。"

“唉，你要是对我有对小雕一半好就好了。”陆均璨假装伤心。

“带宠物到图书馆，小心管理员赶你出去。”秦漫月吓唬他。

“把我赶出去，我正好带你亡命天涯。”陆均璨没脸没皮。

5

正式开学之后，秦漫月步入了大四的生活，早就修完所有学分的她在准备实习的事项，她给几家专业对口的公司投了简历。

婉珍给她买了好几身职业套装，还在网上下载了面试技巧给她看，比对自己的事情都上心。

婉珍完全没有考虑工作的事情，还报名参加学校的啦啦队比赛，这段时间都在为比赛做筹备工作。

啦啦队比赛的形式就是跳集体舞，婉珍领跳。重要的是，会来许多男生围观。

婉珍从来不会错过任何一个表现自我的机会，所以在整个数理学院甚至整个清榕大学，婉珍的名字多多少少会被人熟知。

一名数学系的学生，为学校拿下了无数舞蹈、音乐大奖，把人家音乐学院的专业学生都给一一比下去了，连一些电影公司也注意到了她，谁还能不知道?

我们的徐大小姐可是很有性格的，虽然有突出表现，但适可而止，电影公司的邀约从来不会点头。

“谁分得清他们是看上我这个人还是我家的钱？我可不是那种给几顶帽子就飞上天的人。”

婉珍只是想让自己在上流圈内成为女王级人物，让所有富商公子都对她刮目相看。

啦啦队的比赛定在十月初，秦漫月作为婉珍的好友，肯定要去捧场助威。

到了现场她才发现，和婉珍比赛的居然是江蓉蓉她们系，美女见面分外眼红，一直较劲的两个人，突然对垒起来，顷刻间战火喧嚣，硝烟弥漫。

秦漫月终于知道婉珍最近为什么练习得这么拼命，婉珍和江蓉蓉从小就是死对头，两个人年龄相当，家庭背景也都差不多，从小就被大人拿来比较，婉珍好胜心强，本来也看不惯江蓉蓉，所以绝对不容许自己输给她。

陆均璨作为她们的好友，很捧场地到现场观看比赛。

他今天到学校，只是很低调地骑一辆银灰色的捷安特，完美设计的金牌自行车，不愧是大师手笔，看上去简单轻巧，休闲又带着华贵气质，没有辜负国际金奖的殊荣。

陆均璨长着一张少年般的脸，编贝的珍珠齿，笑的时候还有微小的酒窝，头轻轻仰起，罩上一片彩云的霞雾，轻轻一招手，融化了整个来观赏的人群，令所有在场的女生都沸腾起来。

他有和小七相似的脸，可是小七却没有他这样让所有人目光停留的气势。

江蓉蓉小跑奔到陆均璨身边，有点儿讨好地说："均璨，你是来为我加油的吗？"

陆均璨拍拍她的脑袋，像是对待一个小妹妹："嗯，好好表现哦！"

婉珍才不屑他的这种举动，扭头对秦漫月说："如果不是我嫌小陆同学长得太嫩，早没江蓉蓉什么事了。我和小陆青梅竹马的时候，她还不知道在哪里玩泥巴呢。"

秦漫月掩嘴轻笑："得了，自己不喜欢还不待见人家受欢迎啊？"

"再受欢迎都入不了咱两姐妹的眼不是？满世界的鲜花也买不到咱们的注意，让他遗憾终生去吧。"婉珍拍拍小短裙上的灰，气势很足。

啦啦队比赛的评委都是一些学校的领导和艺术骨干，秦漫月一个都不认识，嘉宾席上写了一个英文名，听说是这次活动的赞助商派来的代表。

比赛开始前，陆均璨站到秦漫月身边小声说："一会儿我载你回去吧？"

秦漫月看了看陆均璨那辆目测座位只有二十厘米的自行车，很迟疑地说："你确定要用它载我？"

陆均璨笑："不然呢？"

秦漫月斜他一眼："我觉得我自己坐11路公交车比较好。"

"学校哪里有11路？"陆均璨疑惑。

秦漫月拍拍自己的双腿："这是自然的11路。"

陆均璨又笑了，没想到秦漫月居然也会开玩笑。

他一笑，江蓉蓉就丢过来一个千刀万剐的眼神，秦漫月说："别靠我这么近好不？我还想在学校安稳毕业。"

陆均璨靠近她，几乎整个人要凑到她身上："可是我不想你过得这么安稳。"

秦漫月觉得陆均璨时而像天使，时而像无赖，难以分辨。

"浑蛋！"秦漫月敲他的脑袋，狠狠推开他。

6

校园里缓缓开入一辆大红色的轿车，染成金色的头发遮住了半边的脸颊，却不能掩盖她一张浓艳妆容的脸，狭长的眼睛像是在审视这个校园的喧嚣，鲜红的嘴在吸着一款细长的女士薄荷香烟，她拉开车内的垃圾箱，把烟蒂丢进去，压扁，然后停下车，戴上深咖色的墨镜，蹬着八厘米的艳红色高跟鞋走入比赛场地。

她一眼就看到了秦漫月，从步入赛场开始，秦漫月的细卷长发，朴素的衣着都难掩她轻灵的气质、灵动的双眸。即使少了曾经的天真和招摇，却还是散发出一种海藻的清幽。

她坐上了嘉宾席，她代表"展飞"科技来参加今天的活动，而实际上那个牌子上的人根本不是她，她动用了一点儿小小的手段，和那个经理做了调换。

她想来看看，曾经用天真打败她的女孩现在是什么样子。

她出示了公司的证件，学校领导便对她礼遇有加。

秦漫月并没有注意到嘉宾席上的人，她只是把目光都聚焦在婉珍的比赛上，随着动感的音乐响起，比赛正式开始。

啦啦队的姑娘们使出浑身解数，一下子旋转，一下子弯腰，一下子托举。

场上的尖叫声不断，一时间比赛场变得非常疯狂。

比赛结束之后，江蓉蓉队以一分落败，这让婉珍笑得神采飞扬。

特别是陆均璨握住婉珍的手说“婉珍，祝贺你”的时候，婉珍还特意看了灰头土脸的江蓉蓉一眼，眼眸睥睨，很是得意，江蓉蓉气得牙痒痒。

婉珍高兴疯了，给了秦漫月一个大力的拥抱之后，伸手一招呼：“姐妹们，把我家小美人抛起来，我要让全场的帅哥都看到她！”

秦漫月没料到婉珍会疯狂到这种地步，她还没来得及推托，就被啦啦队一群美女抛到空中，秦漫月的心一惊，吓得魂都没了，嘴里一直喊：“放我下来，放我下来。”

男生都在猛吹口哨，所有的声音掩盖了秦漫月沙哑无力的求救声。

她在被抛向空中的时候，突然看到了一抹鲜红色，是鲜红，秦漫月最惧怕的鲜红，明晃晃地立在角落，触目惊心，让秦漫月的心紧缩了一下，她想看清楚那是谁，可是她被抛得有些头晕，根本看不清那人的样子。

“我今天非常高兴，我们数理学院打败了音乐学院，姐妹们，高兴吗？”

“高兴，高兴，高兴……”一声迭一声，像是要把这赛场给湮没。

江蓉蓉本来就非常生气，再看到婉珍故意奚落，她一个箭步过来，狠狠地推倒一个托举的人。

本来只想撒撒气，没想到她的举动使整个抛人的队伍方寸大乱，秦漫月正好从半空中落下来，谁也没想到其中有一个人摔倒，她的位置一时间空缺了一块，所有人都想去补救，结果造成所有的人瞬间散开。

秦漫月“咚”的一声，直直地摔到了地上，刚才还喧闹的赛场瞬间安静下来。

秦漫月两眼直冒金星，从未有过的疼痛席卷了全身，她看到自己头上有血汩汩地冒出来，想站起来，却疼得昏了过去。

7

花团锦簇般的星辰，皓大的月光像银钩子一样，小七站在那里，手插进裤兜中，眼睛下的泪痣带着浓浓的忧伤。

突然天空变亮了，星星全部退去，留下潮水般的街道。

天气很闷热，透不出一丝风，小七还站在那里，拿着一个水晶瓶，珍珠一颗一颗静静地躺在里面，闪耀象牙般的光泽。

突然，成片成片的血流了一地，小七的眼睛睁得大大的，无辜地看着她，好像有未说完的话。

“小月……小月……”清暖的声音像是小七，冰凉舒服的手指抚上她的面颊。

“小七……”秦漫月喊着小七的名字睁开眼，眼前的人是婉珍和陆均璨。

婉珍扑过来：“小美人你吓死我了，你如果死了，我也不活了我……”婉珍还没说完就开始哭了。

秦漫月从来没见婉珍这么哭，她很想告诉她自己没事，可是当她要张嘴的时候，突然觉得头特别疼，她伸手想摸摸头。

“别动。刚缝的针。”陆均璨抓住秦漫月的手，放在自己手心里，轻声说，“饿了还是渴了？”

“渴了。”秦漫月老实回答。

“喝水。”他拿过桌子上的水喂她，像几个月前他帮她端粥，蹙眉都是担心的神色。可是那时候她多骄傲啊，今天她骄傲不起来了，她看到陆均璨的脸微微发白，她什么都说不出口。

她大口大口地喝水，喝完陆均璨摸她的头：“真乖。”

然后陆均璨面向婉珍：“珍珍，你别哭了，你还嫌漫月不够烦吗？医生说了她需要休息，需要静养，过两天拆线的时候，做个CT（计算机x线断层摄影术）检查一下。”

他又像是想起什么：“护士会定期给你拿口服的消炎药吃，一定不要偷偷吐掉。”

秦漫月心里嘀咕，他怎么会知道我每次都偷偷把药吐掉？秦漫月最讨厌药味，宁可病死都不愿意吃药。

婉珍这才抬起满脸泪痕的脸，抽噎着说：“嗯嗯，这你要听小陆的，不管你平时多不喜欢他，这次都得听他的，知道吗？”转而又恶狠狠地说，“都怪那个江蓉蓉，你看我不教训她！”

秦漫月扯出一丝笑容，抬手帮婉珍擦去脸上的眼泪，含糊地说：“她也不是故意的，不要怪她，别哭了，真难看！”

婉珍破涕为笑：“都什么时候了，谁还管难不难看？”

此时，护士走了进来：“病人醒了，你们快回去吧。”

“我要留下来照顾她。”婉珍拉住秦漫月的手。

“病人需要静养，你们明天再来吧。”护士看了看陆均璨，又说，“还有，你这个同学刚献了血，身体很虚弱，也需要回去休养。”

秦漫月看了看陆均璨苍白的脸，原来是给她输血了，她突然对自己之前对陆均璨的态度感到惭愧。

“珍珍，我们明天再来，让漫月好好休息。”陆均璨说完站了起来，身体有些摇晃。

“你们快回去吧，明天再来。”秦漫月说。

婉珍这才依依不舍地说：“那我明天来看你。你今天就好好休息。”

秦漫月点头，目送陆均璨和婉珍离开病房。

8

所有人一走，秦漫月轻轻拉开床头灯，微微一盏，似微弱的橘光，扭头，窗外是大片的夜色，缱绻在寂寞中的浓黑，璀璨的繁星镶满整整一个黑幕，秦漫月又看到了小七。

她想起了第一次考英语四级，考试前夜她突然发烧，家里的用人在几日前都被她如数骂走，新用人还没来，爸爸在国外谈生意，只有她一个人待在家里。

那天她觉得自己像一根孤苦无依的稻草，在空荡荡的别墅里游荡。

她躺在床上，觉得一切都很平静，静静地等待黎明，静静地等待死亡。

当她看到小七顺着她家的水管爬到她房间外面的时候，她真的吓了一跳，小七真像电影里的蜘蛛侠，趴在外面的窗口，拼命地敲窗户，秦漫月很缓慢地给他开了窗户，他跳进来，紧紧抱住秦漫月的脖子。

“小月，我想给你拿点儿资料，按你家门铃都没人开门，我担心你有事，所以就爬进来了。”

“我快死了。”秦漫月推开小七，躺在床上，绝望地闭上眼睛。

“我不会让你死的。”小七一把抱起秦漫月朝楼下跑去。

小七并不是一个身材魁梧的男孩，他虽然有一米七八，可是看上去很孱弱，他抱起秦漫月的时候，秦漫月也吓了一跳，那是她第一次近距离看小七，小七非常白，目光如天使般单纯，长长的睫毛下有一双好看的大眼睛，眼角有一颗痣。

小七把她顺利送到医院之后，还回家拿了英语四级考试的复习资料给她送去，晚上还帮她划重点，秦漫月那时候本来打算随便考考，但是她看到小七认真的样子，还是决定要好好考试。

第二天考试结束之后，小七站在考场大楼的外面等她。

他给她买了“C”记最有名的猪脚面线，放两颗卤蛋，秦漫月真的饿了，直接在校园里捧着塑料碗吃，小七就在一旁神采奕奕地看着她，目光暖暖，脸上还带着宠溺的笑。

秦漫月吃完，小七给她擦嘴。

然后不声不响地从书包里拿出一个水晶罐子，里面放着一颗珍珠。他说：“小月，以后我每天都送你一颗珍珠，等装满这个罐子的时候，我们就毕业了，毕业后我们就结婚，我可以给你一个家。”

那年夏天，秦漫月第一次听到有人说要给她一个家，学校旁边的喷水池，教学楼上的大时钟，一遍遍地敲击出悦耳的声音，秦漫月握着水晶罐子的手有一点点潮湿，水晶罐子折射出来的光线刺痛了她的眼，她的喉咙发涩，下一秒就要流泪。

她闭上眼，梦里，又有人抱着她，像抱一个婴儿，那么暖，那么暖。

早上八点多，护士小姐进来说：“秦小姐，我们要为您换病房。”

“为什么？”

“原因我们也不清楚，是院长亲自交代的，要把您换到贵宾病房。”

他们不由分说，就把秦漫月抬到一辆轮椅上，电梯一路向上，秦漫月终于到达了护士口中的“贵宾病房”。

在她眼前的是一个一百多平方米的大房间，里面有超级大的液晶电视机、昂贵的意大利沙发、水晶茶几、荷叶盏吊灯，最夸张的是一张足足有两米宽的大床，粉色的床单上面是星星点点的Hello Kitty（凯蒂猫）图案。玫瑰红的雪纺窗帘在床边飘出一片旖旎。

旁边还站了一个气质外貌身材都足以做明星的女护士，护士对她笑意盈盈地说："秦小姐，您好！"

这让她一度怀疑自己住的不是医院，而是五星级酒店。

她想了一圈她认识的有钱人，除了婉珍能有这手笔，应该再无旁人。

"婉珍啊婉珍，就算你觉得对不起我，也不要这么吓唬我吧。"她嘟囔。怎么说她也是富人家出生，但都没享受过这样的病房待遇。

她在柔软的粉红色大床上滚了几圈，她以前最喜欢在大床上滚来滚去，像个皮球一样。

她滚累了，就安静地待着，窗台上有一株马蹄莲，是她最喜欢的花，一切都出奇得像个巧合。

"有没有搞错，这是病房？这是总统套房吧？"婉珍的声音突然响起。

秦漫月不解："这不是你安排的？"

"不是啊。我没这么聪明。"她转身看了看身旁沉默不语的陆均璨："小陆同学，是你吧？你爸和院长很熟，我知道。"

陆均璨抿着嘴，不说话，直直地看着秦漫月。

婉珍似乎认定就是陆均璨，马上说："没想到小陆同学想得那么周到，真是太让人感动了。"

"我下楼给你买吃的。"婉珍对陆均璨挤挤眼睛。

秦漫月盯着他们刚拿进来的一大堆吃的，一下子就明白婉珍是故意给陆均璨制造机会。

婉珍走后，秦漫月坐在床边，抬头问陆均璨："婉珍没有为难江蓉蓉吧？”

“她害你摔成这样，你还担心她？”

“小女孩的无心之过，我想她自己内心早已忏悔千万遍了。”

“如果我没记错，你和蓉蓉同岁。怎么好像说得自己是历经沧桑的老女人一样？”

秦漫月一笑：“人不老，心已老。”

这是多可怕的一句话，都是二十光景的好年华，却像经历了沧海桑田，即使整个人蜕变成美丽的蝴蝶，依旧时刻不忘曾经是蛹的丑陋。

“你的人生太悲观。”陆均璨手拿一束淡黄色的百合走到窗台边，拿起窗台上的乳白琉璃长颈花瓶，把百合插了进去，早晨的阳光暖洋洋的，像是惹人疼惜的小孩，衬出陆均璨白皙的脸颊。

秦漫月恍惚觉得他是小七。

都是一样少年如玉的眼睛，白衣飘飘地站在阳光下，举手投足间，清雅得不像这个世界的人。

秦漫月慢慢走到他身边，像是带着眷恋。

“林肯领袖一号，排量为3500cc的V8发动机，功率为221千瓦，最大扭矩为623牛米，是物超所值的好车。”陆均璨转过来说。

“什么？”秦漫月没听懂陆均璨的话。

“楼下那辆车啊，黑色的林肯领袖一号，在众多豪华车里，都不能掩盖它的王者气派。”陆均璨一指，“开走了开走了，你看。”

秦漫月看过去，只看到一个黑色的车尾。

刚才还晴朗的天空，突然乌云密布，雨点大滴大滴落下来。

“天气无常。你快回床上休息。”陆均璨催促道。

秦漫月的目光收回，心没来由地一紧。

她捂着头，坐回床上，病房的一切都让她觉得异常舒服，窗台上的马蹄莲是她的最爱，粉色的床单是她的最爱，墙壁上挂的毕加索的画也是她的心头好，就连护士送来的消炎口服药都用糯米纸包好，每次吃的时候一点儿都不苦。

她舒服地把眼睛半眯起来。

隐隐地，又有些愧疚，她何德何能，受如此大礼？

9

秦漫月病好之后回到学校，所有人都用异样的眼光看着她，目光有羡慕，有嫉妒。

原来在她住院期间，有人把整件事传得沸沸扬扬，说陆均璨这次是认真想和秦漫月谈恋爱，不是玩玩而已，系里有个同学的姑姑在秦漫月住的医院做事，供出了陆均璨为秦漫月捐血，她又住贵宾病房的事。

婉珍安慰秦漫月："有人的地方就有流言，淡定淡定。"

同学们口耳相传，还有人把此事放到学校的论坛上，标题很雷人：清榕大学贵公子陆均璨为抱美人归不惜下血本。

这个标题应该是新闻系的同学取的，一语双关，很有内涵。

就连平时最不八卦的同宿舍女生谢蕾都来问秦漫月："是不是真的啊？"

"谢蕾，连你这个男人婆都八卦了，世界真可怕。"婉珍扯着嗓子说。

秦漫月喝一口咖啡说："人不八卦枉少年。有什么好大惊小怪的？"

对于流言蜚语，秦漫月最熟悉不过，都是一些时髦了N年的老戏码，不新鲜了，对比在安海大学时被传是不良少女之类的流言，这个把她形容成美人的流言算是非常仁慈的了。

只是她没有想到江蓉蓉会来找她。

当江蓉蓉气势如虹地蹬着一双宝蓝色高跟鞋朝她冲过来的时

候，秦漫月一时间以为江蓉蓉要来杀人灭口。

“上次那个事情真不好意思啊。”她在秦漫月打饭的食堂，当着众人的面道歉，“均璨哥哥说我了，我也认识到自己的错误了。”

“我没怪你。”秦漫月不知道她葫芦里卖的什么药。

“为了表达我道歉的诚意，下周我家办宴会，邀请你来玩。”

“那个……不太好吧？”突然这么热情，肯定有诈。

“你不来是不是因为还在生我的气啊？”江蓉蓉假意生气，“再说了你是均璨的好朋友，也就是我的好朋友，我邀请你来我家玩，不会连这个面子也不给吧？”

这话说出来，解除了大家的疑虑，原来秦漫月只是陆均璨的好朋友。

秦漫月想这女生用这招也太不高明了，谁看不出来她是做戏啊，但是秦漫月为了堵住悠悠之口，还是决定配合江蓉蓉。

“好啊！那我们下周见。”

10

婉珍认定江蓉蓉的邀约是一场鸿门宴，千叮万嘱让秦漫月不要去。

“她肯定是想在宴会上宣布他和陆均璨订婚什么的来打击你，让你难堪。”婉珍言之凿凿。

秦漫月笑：“你大小姐电视剧看太多了，订婚她不可能这么仓促举办吧？如果真的是，那我倒要恭喜小陆同学。”

“那很难说，说不定她给小陆施压，小陆在你这儿得不到爱，一时自暴自弃就同意了。”

“如果真是订婚，那岂不是成就了一段美好姻缘？”秦漫月回答得不紧不慢。

“你真是公主不急急死宫女啊。小陆哪里不好了？你就是看不上，非要让给江蓉蓉那个女人。”

秦漫月笑：“别紧张，亲爱的，是你的谁也抢不走，抢得走的又有什么争的必要？”

婉珍开始对秦漫月刮目相看，好像这么长时间，她并不是很了解秦漫月，她平日里为人低调，生活简单，不争不抢，永远挂着淡淡的笑容。她不知道原来秦漫月对于爱，可以如此淡定从容。

11

江蓉蓉家的宴会比秦漫月想象中要华丽，靠近山边的大别墅，入门的大草坪就能打高尔夫球，门口世界名车停了一排，看得出来非富即贵。

别墅内灯光主打冷蓝色调，顶部大盏透明罗马水晶吊灯，大大的藏柜依次摆放着汝窑的玉壶春瓶、唐三彩、琉璃瓦、定窑的玉枕。釉色白、透，印纹似有泪痕。

桌椅亦是复古，檀香木上铺上透明淡紫白纱，摆有中餐西餐，西式糕点，香槟红酒，大支银托洋蜡烛，桌椅上挂着清一色的紫色香包。

桌子中央摆放着一束一束的黄色玫瑰，墙角落的香榧木根雕茶几，让整个宴会厅散发出一阵淡淡的幽香。

看得出主人是一个很有复古情怀的人。

虽说只是宴请一些亲朋好友，但是连电视台最近很红的明星都偶有露面，可见江家的地位在清榕城不容小觑。

秦漫月穿一条湖水绿小荷叶礼服，对于宴会的规矩她还没有忘记，精心打点好的妆容和年轻的面庞，让她看上去美丽动人。

秦漫月是坐着婉珍的红色跑车来的，山边的别墅没有私家车根本来不了。到达之后，婉珍亲昵地拉着秦漫月的手进入大厅。

江蓉蓉笑意盈盈地过来，热络地拉着秦漫月和婉珍：“你们来了我真高兴。”

“高兴？本世纪最大的笑话。”婉珍不屑地讽刺。

“婉珍……”秦漫月瞪她，“人家江蓉蓉好意邀请我们来，你别总对别人吹胡子瞪眼的。再说这里人这么多，她搞不出什么名堂的。”秦漫月和婉珍耳语。

“你可别想得太天真。”婉珍瞪她一眼。

“你们到我房间来玩玩吧，婉珍，我认识你这么久，你都没来过我房间吧？”江蓉蓉也不管秦漫月和婉珍愿不愿意，硬拉着她们上楼。

江蓉蓉的房间，足有五十平方米，大到可以在房间里踢小型足球，紫色系为主的色调，打扫得极其干净整洁，窗边挂一串串水晶珠帘，白色的三角钢琴矗立在墙角。

“我房间好看吗？”江蓉蓉这话是故意说给秦漫月听的，她想让秦漫月看看自己和她的差距，好让她知难而退。

“挺不错的。”秦漫月笑笑。

“均璨和我说过你，他和你只是好朋友，对不对？所以我不应该再对你有敌意，我们能做好朋友吗？”江蓉蓉闪着一双美丽的大眼睛看着秦漫月。

“少装了，黄鼠狼给鸡拜年。”婉珍说。

“婉珍，我知道你不喜欢我，不过今天为了表示我的诚意，我特意请了你最喜欢的明星来哦。”

“我喜欢的明星？谁啊？”被江蓉蓉这么一说，婉珍还有些好奇。

“等等你看到就知道了。”江蓉蓉看看表，“应该要到了，我陪你下去。”江蓉蓉拉起婉珍下楼，转过身来说，“漫月，宴会还没正式开始呢，要不你先弹弹琴？等开始了我再来叫你。”

秦漫月想想自己并不喜欢在人声嘈杂的环境里游走，于是点头同意了。

她坐下，抚摸着这架钢琴，流畅的线条印出自己模糊的剪影，她刚才没有看到陆均璨，她知道江蓉蓉请她来，说和她做好朋友，是想做样子给陆均璨看，让她留在这里，是为了让她充分感受她们之间的差距，好让她主动退出。

女人的嫉妒心啊，连技巧都这么生硬。

她不小心敲到一个键——“咚”的声音，她的心突然抖了一下。

她想起了一个她一直不愿想起的人。

他第一次教她弹琴，把她搂在怀里，音符在他们中间跳动，缱绻中充满阴郁。

她把手缩了回来，迅速离开钢琴，拉开房门走出去。

12

旋转楼梯下面，一张张面具似的脸孔，衣香鬓影，裙履风流，各行各业在城中有头有脸的人物悉数到场，家庭盛宴，只不过是借盛宴笼络商场人脉的手腕。

秦漫月对这种场面既熟悉又陌生，曾经，她对这些应付自如，而如今，似云烟浮影。

世事无常，人人虚伪，商场上无朋友，利益当头任谁都是笑脸相迎。

想她秦家曾在安海，也是富甲一方，鼎盛时期，鞍前马后溜须拍马的人不计其数，父亲衰败之后，竟无一人伸出援手。或者说，父亲在商场上早已树敌太多，一旦失势，不借机踩脚已是恩惠。

思及过往，可笑得如同南柯一梦。现实如此丑陋，是她明白得太晚。

她就这样站在旋转楼梯上，扶着艳红色漆光扶手，看着下面宾朋满座，往日的记忆一点点地浮现在她的脑海，高处不胜寒，只有所处那个位置的人才能明白。下面尽是豺狼虎豹，任谁都想分得一杯羹，所有的眼睛都在盯着你，时刻等着你失足落马，将你挫骨扬灰。

宴会厅的大门一开，走进来一对璧人，整个宴会的人突然都将目光聚焦在那对璧人身上。

女的，是和秦漫月有过几面之缘的白萧，她今日化了淡妆，脸孔是精致素雅的颜色，身材曼妙，不说话的时候有一股动人的冷傲。

她旁边的男子，黑色阿玛尼西装，露出王者的气派，消瘦的脸却不乏俊逸，在层叠的光线中依然透出他那双锐利如鹰的眼睛，薄薄的嘴唇微微露出一丝笑容，像黑夜的撒旦散发出一股肃杀的气息。他一点点抬起头，偏过来，正对上秦漫月的眼睛。一个仰望的姿势，像是经历了山河巨变，世纪更替，更似一场幻觉。

他出现了，那个毁了她一切美好的人，那个摧毁她一切的人。这个魔鬼一样的人，他又出现了。

他正在对她微笑，微笑，像罂粟的毒，蚀人心魄，秦漫月觉得自己要昏倒了，她进退维谷地伫立，像一尊雕像。

“小月，怎么还不下来？”有人轻轻地唤她，在她身后拍她的肩膀，她转过头，看到陆均璨的脸，突然像有了依靠。

“你怎么在楼上？”

“我刚才和江叔叔在楼上下棋。”陆均璨回答得很轻松，“走吧，下楼。”

“等等。”秦漫月拉住他。陆均璨转身，有些疑惑，秦漫月用手勾住他的臂弯，像是找到了依靠，苍白的脸上回升了一点点暖气，她深吸一口气，像是下了很大的决心，说：“走吧。”

陆均璨把手搭在秦漫月的手上，两个人一步一步走下楼梯。

江蓉蓉的爷爷此时正在楼下，他一把握住男人的手，爬满皱纹的脸上笑意深深。

“谭先生，谢谢你能参加我们江家的聚会，希望这次合作愉快。”

“江老抬举。”对方从容应对。

“江老真是好福气，能和谭先生合作，不知道我们夏家几时能有此荣幸？”另一边走过来一个中年男人，旁边站着一位翩翩公子，新潮的打扮，不谙世事的笑容。秦漫月一听夏家的名讳，大概就明白这是城中四大富豪之一的夏乔生。

“这是犬子逸峰，今年刚从澳大利亚回来，希望以后能和谭先生学习。”旁边眼神纯真的男生听到父亲喊他，礼貌性地说了句：“嗨！谭先生，请多指教。”这话说得甚是别扭，看得出他并不适应这种场合。

“少公子年少有为，定能青出于蓝。”男人回答得不紧不慢。

男人抬头去看陆均璨，他的脸上挂着笑容，但是目光冰冷，有一种不易察觉的心思。他本人更像任夏航，只可惜，他永远都只是个替代品。

场面非常壮观，城中四大富商除了婉珍父亲不在场，其余三家都对这个男人青睐有加，在金钱和利益面前，果然人人平等。

婉珍看到白萧，算是“仇人”见面分外眼红，原来这就是江蓉蓉说的“惊喜”。

白萧看到秦漫月，目光也掠过一丝讶异。

“这不是大明星白萧吗？”江蓉蓉故意装作很意外的样子，“我记得婉珍可喜欢她啦，经常和我说要找她签名呢。”

江蓉蓉明知上次婉珍和白萧有过争执，故意戳婉珍的痛处，她想以婉珍的火暴脾气肯定要奓毛，那样她令婉珍出丑的目的就达到了。婉珍强压自己的怒火，脸上挂着礼貌的微笑：“对啊！我是白小姐的粉丝。”

“对了，我听说你同学秦漫月好像还做过白小姐的替身呢，是吗，白小姐？”江蓉蓉故意把话题抛给白萧。

“秦小姐之前的确做过我的替身。”白萧站在男人身边，连跋扈的气势都消失了，讲完还下意识地看了那个男人一眼，生怕说错话惹他不高兴。

“我还以为我们徐婉珍大小姐结交的都是上流社会的名媛，没想到和这种低等的同学也能做好朋友啊。”江蓉蓉说完这句话还顺便看了陆均璨一眼，像是故意要让陆均璨知道秦漫月的家庭背景。

“江蓉蓉，你讲话不要太过分！”婉珍的声音拔高，感觉下一秒就要爆发。秦漫月冲婉珍摇摇头，不卑不亢地走到江蓉蓉面前：“江小姐，可能替身演员在你眼中是很低等的工作，但是对我来说，工作不分贵贱，只要是靠自己的双手，就没有什么丢脸的。”

“啪啪啪……”鼓掌的声音来自旁边一直没有开口的男人，大家对他发声都感到惊奇，一时间注意力全都转移过来。

他的声音低沉，却很有磁性：“我赞同这位小姐的话。在场的各位，谁不是靠着自己的本事受尽冷眼走到今天的，就连我自己也是白手起家。工作不分贵贱，又何来丢脸一说？”

“谭先生说的是，是我们蓉蓉不懂事，胡言乱语。”江老听到男人开口，马上对江蓉蓉使了个眼色，“蓉蓉，过来见一见展飞集团的董事长，很快要和我们江氏集团合作。”

“江老真不愧是前辈啊，这么快就出手了。”说话的是陆均璨的父亲陆霖森，清榕有名的影视业大亨，“均璨，快来和谭先生打招呼。”“陆公子年轻有为。”谭展飞伸出手。

江蓉蓉也立马喊道：“谭先生好。”

谭展飞只是撇了撇嘴，直接忽略，一时弄得江蓉蓉有些尴尬。

“江爷爷你不会打算把蓉蓉介绍给谭先生吧，人家谭先生可有女朋友了。”婉珍没大没小地接话。

“我没有女朋友，白萧只是我的女伴。”他慢慢地说出口。

旁边的白萧面子上有些挂不住，但是并没有反驳。

婉珍没想到他会这么说，正好接他的话说：“大明星你都看不上，那你喜欢什么样的？”婉珍拉过秦漫月，眼珠一转，“要不我给你介绍一位清秀佳丽。”

“好啊！”像是开玩笑，谭展飞拿过酒杯抿一口，笑着应。

秦漫月吓坏了，转身要走。婉珍一把拉住她：“小美人，你既然看不上陆同学，给你介绍个更好的。”婉珍朝着那男人说，“我同学秦漫月，我们清榕大学出了名的校花，你叫什么名字啊？”

男人端着酒杯，目光炯炯有神地盯着她，一字一顿地说：“谭——展——飞。”

“你就是那个从香港来的开游戏公司的大富豪啊，白萧幕后的金主……”说到这里婉珍觉得用词不当，马上改口，“我还以为是个有钱老头呢，没想到长得这么帅啊。”

“徐小姐过奖。”谭展飞抿着唇，脸上带着讳莫如深的笑意。

灯光暗淡下来，音乐轻轻地响起，秦漫月想借着跳舞离开。

“不知道我有没有这个荣幸，请秦小姐跳一支舞呢？”谭展飞放下酒杯走到秦漫月面前，绅士地伸出手。所有人的目光都注视着秦漫月，让她无处可逃。秦漫月感到自己在发抖，婉珍起哄一般把她的手放到谭展飞的手里：“去吧，我家小美人暂时借给你。”

秦漫月想把手甩开，却已经被谭展飞紧紧地抓住，一把拉到自己面前，随着音乐在舞池中翩翩起舞。

旋转舞台灯像一幅清影般的水墨画，摇曳出每一片飘摇的彩光，一切像是进入了停泊的河港。

谭展飞的脸在彩色的灯光中影影绰绰，他没有说话，嘴角却噙着笑，握紧秦漫月柔弱的小手，仿佛在捕捉一只猎物。

陆均璨拿着酒杯站在角落里，婉珍和夏氏的二公子早已在舞池中跳得如痴如醉，浑然忘了秦漫月的存在。

一曲结束，秦漫月似乎是逃一般地甩开谭展飞的手，一个人朝外面跑去。她跑到大草坪上，感觉音乐的声音离她万尺远才停下来喘着气，她强迫自己冷静下来，转过头，整个别墅就像崛起的城堡，歌舞喧嚣，雕梁画栋。曾几何时，她也是城堡里的公主，却被一个人摧毁得一无所有。

“你瘦了。”谭展飞站在她面前，伸出手，顷刻要抚上她的脸。秦漫月吓得倒退三步，目露凶光地看着他，那是仇恨的目光，不带一丝温暖，一道一道，割在谭展飞的心上。

秦漫月目光尖锐地看着谭展飞，两年不见，他还是一如既往地潇洒俊逸，眼眸如画，气质超凡，比任何人都自信，眼睛像看猎物一样凶狠，嘴边挂着嗜血般的笑容。

“你想怎么样？”她终于冷静下来，开口问道。

“我想你，小公主。”他回答得轻松，嘴角勾起一抹弧度。

“你想让我再死一次，是不是？”秦漫月声音拔高。

“我怎么舍得你死呢？”他笑着，撒旦般的笑容一点点靠近她，“我从来都不要你死，我要你，生不如死。”谭展飞还在笑，笑得没有一丝温度。

秦漫月倒吸一口冷气，他这个魔鬼，她逃得这么远，还是被他缠上，她浑身开始战栗，谭展飞走到她面前，俯在她耳边，笑容恐怖阴冷：“两年前我就说过，我不容许任何人背叛我，没有人可以例外。包括你，我的小公主。”

“你这个魔鬼！魔鬼！”秦漫月吼。

“你忘了我和你说过，我认识你的时候，我就已经不是人了。”谭展飞的声音在空旷的草坪上响起，那是秦漫月记忆里最深最深的噩梦。

她的记忆一下子回溯到二十岁的夏天，她眼睁睁地看着小七站在马路对面，抱着一个装满珍珠的水晶罐子，被一辆急速开来的车撞倒。

白色的珍珠散落一地，在那个黑得像深渊一样的夜晚，小七没来得及跑过来的身影，未说出口的话，未完成的约定，就如同这些白珍珠，“咚”的一声，湮没在秦漫月二十岁的夏天里，和红色的液体一起停留在了泛着珍珠光的炎夏里。

第三章 只是做你爱的影子，我也心甘情愿

1

小七死于一场车祸。在秦漫月大二结束的那年夏天。

秦漫月爸爸的公司遭遇经济危机，她爸突发脑出血身亡，公司无人接管，面临破产，谭展飞用低价收购，秦氏不复存在。

曾经辉煌安海的秦氏，一夕之间灭亡。

这是一场蓄谋了一年之久的阴谋，秦漫月的人生昏天暗地，在父亲的坟场大哭了一夜，她突然想起了小七。

她以为她还有小七，他会给她未来的幸福，带她开始新的生活，她似乎看见了一丝曙光。

她和小七约在学校旁边的奶茶店见，小七抱着一罐珍珠，从街对面朝她奔跑过来，白衣飘飘，干净的脸上有精致的透明。

一辆快速行驶的车将小七当场撞死。

空气中似乎还留有小七身上的青草香，混合着血腥的浓烈，弥

漫着一股刺鼻的味道。奶白色珍珠漫过了秦漫月的双目，一颗一颗粉碎了她所有的梦。

她在谭展飞的办公室门口听到一个女人说："你放心吧，任夏航的死没有人会猜到你头上，我已经给了肇事司机一大笔钱，警察只会断定这是一场意外。"

秦漫月在电梯里强咬住自己的手指，直到血液流进她的嘴里，她都不觉得疼，她只知道谭展飞设计害了爸爸，她没想到小七的死，也是他计划的一部分。

他真的太可怕了。

她人生中最美好的一点儿留恋在他的挥手间，荡然无存。

——"背叛我的人，我会让他生不如死。"谭展飞的话似乎还在耳边萦绕。

他做到了，彻底地毁灭，他把她逼上了绝境，他确确实实让她生不如死，她躺在浴缸里，割开了自己的手腕……

谭展飞把她从水里捞起来的时候，只是讥讽地说："想死？难道你忘了你还有个疯了的妈妈？"

"畜生。"秦漫月挥舞着拳头砸他，血溅了他一身，俊逸的脸上血迹斑斑，鹰一般的残酷眼神，不带一点儿温柔地看着她。

谭展飞把她的手紧紧按住，狠狠按压在她的脉搏上，缓缓地说："我从很早以前，就已经不是人了。"他把唇贴在秦漫月的耳际，声音轻柔低沉，"不要死，过了今夜，我还你自由和你妈妈平安，我也会离开你。"

2

谭展飞握住秦漫月的手，秦漫月渐渐不再做困兽之斗，他抱着她坐在客厅的紫色沙发上，头顶只有一盏琉璃灯，烟色的灯光把谭展飞的脸打成模糊的一片，他吻她的额头、脸颊、脖颈……秦漫月一动不动，任他予取予求，她不知道手腕流了多少血，眼睛流了多少泪，谭展飞像是要把她彻底揉碎，研磨，撕裂。他不带一点儿感情地抱着她，好几次她都以为自己快要死了。

她看到窗外小七送给她的兰花，她仿佛看到阳光灿烂的午后校园，小七纯净如花开的眼神，它们再也不会开了吧，它们和她一样已经衰败了吧。

谭展飞的身影时而模糊，时而暗淡。巨大的阴影笼罩了她的世界，她觉得自己已经不会呼吸，不会微笑，不会有任何反应。

最后谭展飞把她像抹布一样丢到沙发的角落，他说："你恨我是不是？你尽管恨，我根本不会内疚，你有今天的结局，都是你自己一手造成的，别怪我狠心，其实你才是导致他们遇害的主谋，是你把我逼到今天的地步。"他说的话字字犀利，犹如针刺。

秦漫月目光空洞地看着他，一滴眼泪也没有，眼里只剩下绝望。

是她想得太天真，想爱的时候抛出一腔孤勇；不爱的时候，却想一走了之。她低估了谭展飞的凶残，她以往看到的谭展飞只是掩藏在恶魔面具下的孤狼，一旦发起狠来，不惜两败俱伤。

他们就这样对望，对望，用从来没有过的仇视目光。手腕上的血迹变成了暗红色，身体青紫鲜明，她抱紧了自己的身体，冷得瑟瑟发抖，唇齿打战。

那夜，谭展飞就这样陪她坐到天明，他们中间，隔着一个座位的距离。

天亮的时候，谭展飞说："我8点的飞机去香港，你妈妈医院那边我都帮你打点好了，如果你想离开，可以选择转校。"

他整好了衣领，蹲下身来抬起她的脸，昨天还是禽兽面孔的男人在穿戴整齐之后俨然一副谦谦君子的模样，秦漫月一度迷恋过他这张脸，可是如今，他的脸变得如此可怕。

他拉过她割腕的手，拿棉花棒蘸水帮她清洗伤口，再用纱布缠绕起来。

“我可不希望你就这样死了，那么我该多无聊。”他的脸凑过来，秦漫月厌恶地转过头。他的唇落在她的脸上。

“再见，小公主，我会想你。”他笑得阴森。

房门重重关上，秦漫月望着眼前这间只有60平方米的小屋，终于开始放声大哭起来。

秦漫月申请了转校，动用了父亲挚友的关系，很顺利地离开了安海，去了千里之外的清榕读大学。

她的脑海里只有一个信念，离开安海，好好地活下去。

她要带着小七和爸爸的遗愿，为他们，好好地活下去。

光阴似箭，仿佛过去还是昨天的事，那个遇到谭展飞的秦漫月又回来了。

好几个夜晚，她站在阳台外，想着这些恐怖的曾经，俯身望去。

月光下的荷花池水是一片浓浓的绿茵，水草纠结成可怕的丝线，缠住她的双眼。

她想过死。

死了就能见到小七，和他一起在太平的国度过着好日子。

可是她不能。她记得她爸爸在咽气前说的最后一句话，千万不要死，我秦正天的女儿，绝不能懦弱地死去。

这是那个带给她一身伤痛记忆的父亲最后的遗愿。

不能懦弱地死去，那么就懦弱地活着。从小到大，秦漫月就不是一个有志气的孩子，妈妈的严苛管教让她凡事唯唯诺诺，爸爸的花天酒地让她感到冰冷，而后妈妈的疯傻让她一下子觉得世界都坍塌了。

她自暴自弃，不服管教，任意妄为，她遇到了谭展飞，和他暧昧纠缠，她以为这是一场刺激的游戏，是她从小到大做过的最反叛的事，没想到，终究引火自焚，失去一切。

这是她的报应，报应她长久以来的荒诞，报应她游走在两个男人之间。

她活该得不到小七单纯的爱。

3

海边的别墅，木头搭建的小楼，门上刷着极淡的蓝色，推门进去，天花板上垂下的白色流苏，壁灯忽明忽暗，这是一个洋派、复古的复式小房。

谭展飞在煮咖啡。

这所房子的格局，是完全按照安海那间60平方米的房子设计的，里面的摆设、家具、窗户边的黑色钢琴，所有一切都和安海的小房如出一辙，那是他在安海买的第一套房子，半复式房，大大的落地窗，黑白色的家具。客厅放着一架黑色钢琴，太阳升起的时候金色的光线沿着钢琴的线条流泻出光影。

这是他母亲描述过的房子，等他实现的时候，再也看不见母亲的笑容。

秦漫月每次来，都喜欢在房间里赤着脚跳舞，细密的阳光中，她的裙裾飞扬如丝，让他看花了眼，她撒娇地过来抱他的手臂，高兴地说："我喜欢这里，多温馨。"

谭展飞每一次和秦漫月一起在这间房子里，仿佛看到了小时候和母亲颠沛流离的情景，母亲拉着他的手说，以后我们有钱了，买一栋房子，黑白相间，阳光充沛，客厅的地板可以跳舞。平日刻薄暴躁的母亲，只有在提起未来的时候脸上的戾气才缓和了一点儿。

所以这所房子，装就了他所有的愿望和梦想。那是漂泊了二十多年的一个归处，一个他一直渴望的安定的家。而秦漫月，曾经在他心中，就是家的温暖。

那时他捏她的脸，说："以后赚大钱了给你换大房子。"

她摇头，认真地说："我才不要大房子，我要你一直都这么爱我。"

谭展飞用力地抱紧她，紧紧地，空气中是甜腻的气息，她手臂的温暖，笑起来幸福的样子，都让他不舍。他紧紧地抱着她，怕一不留神，她就消失了。

花季般的少女，知道什么是爱吗？这么无所顾忌地说出来，根本是甜蜜的残忍。

她不知晓爱的定义，所以总是无所顾忌。可谭展飞呢？他早已过了青春无谓的年龄，他对每一件事都必须慎重。爱对他来说多么奢侈，他不想爱任何人，感情用事容易拖泥带水。

可是他每次抱着秦漫月，心里像是被巨大的温暖笼罩，有说不出来的希冀。

他觉得秦漫月还太小，还不懂得爱是什么，他们都需要时间去沉淀，等她大一点儿，再大一点儿，大到他可以确认这份爱的真实，那么他才能告诉她，他到底爱不爱她。

只可惜，秦漫月没有等到他的确认，就早早地背弃了他，他们维系了两年多的暧昧纠缠，在任夏航出现之后，狠狠地终结了。

谭展飞怒的是，有人提前告诉他game over（游戏结束），这简直是奇耻大辱。

他痛恨被人玩弄于股掌之中。

所有给他伤痛的人，他都不会让他们有好下场，特别是她。

他的目光凝聚，冰冷凶残。

"煮咖啡自焚，也不要选择海边。"有人大摇大摆地开门，帮他关了咖啡机。

光影之中，是一张俊美无瑕的斯文脸庞。

来人是谭展飞在波士顿读书时认识的朋友Rain，中国人，八岁开始在美国读书。麻省理工金融机械双博士，小他两岁，天才跳级生。业余爱好是搞发明研究，有三项科研技术已经申请国际专利。

“你怎么进来的？”这个海岛他设置了严密的防御系统，没有识别卡是不可能进入的。

“就你们公司那些智障设计的防御系统，能拦得住我？”

“看来需要我亲自出马设计一套。”谭展飞不急不缓，把咖啡倒到杯中。

“两年不见，你居然没有因为我的到来而欣喜若狂，我真失望。”

“自我在波士顿认识你，你从来都是不请自来。这次所为何事？”同校几年，谭展飞对他的脾气了如指掌，如果不是发生了什么大事，他绝对不会出现在这里。

“来你公司谋一个职位而已。”

“世界五十强公司的金融顾问要到我的公司谋个职位，我的位子拱手相让如何？”

“别揶揄我了，你们缺不缺软件工程师？”

“非常欢迎。”

闪烁的光线中，两人露出了久违的笑容。

4

根据婉珍的资料，谭展飞前两年在香港的金融业炒股票期货外汇大赚一笔之后，带着他的游戏公司来到清榕最繁华的地段，短短三个月兼并了两家濒临倒闭的影视公司，斥资一亿买下了东贸商城的500多家店面，为本城的慈善机构捐款600万元。

以他花钱的手笔，无人知晓他目前手上的资金有多少。所以清榕的几家大公司，都在积极拉拢他注资入股。

原来白萧幕后的神秘金主就是谭展飞。

这世界上的事情是真的巧合，还是有人刻意制造的重逢呢？

“谭富豪还真厉害，我们清榕的富商全都在巴结他，不过目前他除了和小陆同学的爸爸合作影视基地，暂时还没有接受任何人的邀请。我爸说了，这种商人才精明，审时度势，见微知著，决不草率。难怪白萧那么快就走红，有这么个金主在后面捧着，什么大戏上不了？”婉珍一边八卦一边说，“不过也奇怪，在别墅那天他居然说白萧不是他女朋友。看来白萧对他来说也不重要。”婉珍看向整个人有些恍惚的秦漫月，“那天晚上你和谭富豪在门外说什么了？”

婉珍汇报完资料，八卦地问了一句，并且临时给他取了个名字叫“谭富豪”。

“你不是和帅哥跳得如痴如醉吗？好像是夏氏企业的二公子，刚从澳大利亚回来吧？”秦漫月假装避开话题。她不打算把她和谭展飞的过去告诉婉珍。

“你说夏逸峰啊？别提那个小屁孩。他现在整天缠着我，给我打电话，约我去吃饭，一口一个姐姐的，还冲我撒娇，我都怀疑他是女的我是男的，前几天，他和我说连澳大利亚那边的学也不想上了，要为我留在中国。天哪！他是疯了吗？不想读书还拿我做借口，不负责任的男人最讨厌了，长得再好有什么用？如果不是我们家和他们家有点儿往来，我早就让他滚蛋了。”

“啧啧啧，可见负心的不一定是男人，女人负心起来，比男人更可怕。”秦漫月笑。

“我可没负他，别说我了，宴会那天，你和谭富豪偷偷到别墅外面聊什么了？我看到小陆同学在屋内看你们的眼神都要喷火了。快说，你们是不是已经暗度陈仓了？”

“说什么呢？我和他正巧遇到而已。”

陆均璨看到了？这让秦漫月心里一惊，说不上来什么感觉，可是陆均璨没有说出来，这几天还照常来找她，给她带好吃的，装作若无其事的样子。

“谭富豪放着白萧这样的大美女不要，跑到外面和你巧遇？你别骗我了，他是不是要追你？我看他对你兴趣很大啊！快说！”婉珍不依不饶。

秦漫月白她一眼，老实交代：“他说要让我生不如死。”

“我和你说认真的！别开玩笑。”

“我没开玩笑。”这明明就是谭展飞说的。

“太不够姐们儿了，不说拉倒。”婉珍问不到八卦，失落地拿起桌上的橘子吃。

秦漫月无奈，这年头实话都没人相信了，非要编点儿谎言他们才高兴吗？

婉珍转身，盯着秦漫月说：“漫月，我总感觉你最近不太对，半夜站在阳台抽烟，以前你从来不抽烟的，你最近一定遇到了特别烦心的事，是不是？你可以告诉我吗？我不是想窥探你的隐私，我只是想分担你的哀愁。”

秦漫月的心一下子就软了，她说：“是，我在躲避一个人，只要是他可能出席的地方，我都不想去。”

“小陆同学？”婉珍问。

秦漫月摇头。

“不会是谭展飞吧？”

秦漫月沉默。

“不会吧……你和他真的有？”婉珍这才有点儿明白过来，“有些人你越是逃避他就越要出现，也不知道是真爱还是孽缘。”

秦漫月知道，婉珍的心里也有一段难以言喻的感情经历，她一直用叛逆不羁来掩饰心里的悲伤。

她们都在逃避，掩耳盗铃地欺骗自己，可是他还是出现了。

她不知道谭展飞这次出现要做什么，她只知道无论他要做什么，她都绝对不会被他打败。

5

在秦漫月做好准备要和谭展飞好好战斗一场的时候，他却没有了动静。

他像是湖面上偶尔停顿的鸟儿，只歇息片刻就飞走了，她只在娱乐杂志上看到过他的消息。

他携着各种女伴的照片，被人登在头版头条，有模特、明星、歌手、千金，报纸上写得天花乱坠，再加上他谜一样的身世，就连清榕的女生都开始议论纷纷。

但是有一个奇怪的现象，但凡和他走得近的女人，总是霉运连连，不是出车祸，就是摔断腿，还有的被暴丑闻。

所以外界更加将谭展飞传得天花乱坠，说他在感情中是天煞孤星，而他身边跟得最久却又没出事的，只有白萧一个。

这就笃定了外界传闻的真实性，而白萧，就是谭展飞的真命天女。

没多久，由陆氏影业投资制作的电影《微安》要上映了，这是陆均璨全程独立参与的电影项目，他学的是戏剧专业，这几年也一直在帮家里打理影视公司，投资的几部电影和电视剧虽然没有爆红，但也没有太大的亏损。

电影里很多的取景地都是在清榕大学，为了回馈自己的母校，他决定将首映搬到清榕大学电影院，这则消息一时间让清榕的各大院校沸腾不已。

陆均璨早早到达现场忙前忙后地操持，婉珍听说女主角是白萧就不肯来现场了。

所以那天晚上秦漫月只好自己去了。

谭展飞作为白萧的幕后金主，秦漫月是不想和白萧有任何关系的，但是作为陆均璨的朋友，她觉得应该为他加油打气。

秦漫月的座位安排在VIP（贵宾）的第一排，作为陆氏集团新的合作公司，谭展飞的名字被印在她旁边的座位上，好像是有人故意为之，她深吸了一口气，想好了一切应对方案，可是没想到电影开幕的时候，走过来一个斯文俊秀的男人，径直坐在了谭展飞的座位上。

他穿着粉红色的西装，却不女气，戴着金丝边的眼镜，充满学者气质，他环顾四周，目光停在秦漫月的身上，只是一瞬间，秦漫月接触到他的眼眸，好一双含笑调情的眼睛。

秦漫月低头，暗自好笑，这个男人想用这招对她放电，看来用错了地方，但是谭展飞今天没来，这让秦漫月的心有点儿失落。

对谭展飞她有一种复杂的心理，她想正面和他交锋，恨不得伺机和他同归于尽，可是她又怕自己在面对他的时候，像个软弱的布偶。

这是一种刺激和自卑的结合，让人血脉偾兴。

电影《微安》是以一个叫微安的女大学生为主线的青春故事，主持人宣布这部电影会参加今年的大学生电影节。

电影开始前，白萧站在台上接受采访，今天她穿了一身蓝色的丝绒长裙，颇有一点儿孤冷的味道，偶尔露出的笑容又有少女的娇羞，特立独行的气质很吸引大学生的目光。

和私下那个刻薄的她判若两人。

所以说粉丝所爱的有时候并非真正的明星，而是她的经纪公司打造出来的偶像人设。

电影播到尾声，屏幕突然出现错乱的代码，下面的学生一片哗然。

根据秦漫月所学的专业知识，她知道这是电脑出现了一个bug（漏洞），因为学校的电影院条件简陋，一般都是通过电脑播放到大银幕上。

简单的处理就能解决，秦漫月走到后台，看着焦头烂额的同学，她走过去在电脑那头简单操作了两下，电影又可以正常播放。

搞定一切，她从后台走出来，迎面看到戴眼镜的斯文男人略带笑意地看着她。放电的眼睛毫无避忌地朝她笑，粉红色西装很是招摇。

“我还想帮忙，没想到有人抢先一步。”他说，声音戏谑。

“你可以留下来等待下一个bug的出现。”秦漫月对陌生人的搭讪从来都毫不留情。

“女孩子这么冷酷不怕以后嫁不出去？”

“与你无关。”秦漫月说完这句话，又坐回原位。

电影播完，秦漫月本来想去恭喜陆均璨几句，却看到他被很多人围着，于是很懂事地先离开了电影院。

她走到门口，有人跟在她身后：“同学，我送你一程怎么样？”

“我住校。谢谢。”

“你怎么一个人，没有朋友和你一起吗？”他紧追不舍。

“与你何干？”秦漫月不耐烦。

“你对我充满敌意？我做错了什么或是说错了什么？我不是坏人，你看，这是我的名片。”男人递上名片。

名片上显示——展讯游戏公司电脑工程师Rain。

老板是魔鬼，员工也是变态。秦漫月心里暗骂了一句。电脑工程师，难怪他刚才说要帮忙。看来应该是个高手。

“其实，我是想问你……”

“小月，小月。”Rain的话还没说完，婉珍的一阵呼喊声打断了他的声音。

婉珍从跑车上急速冲下来，幽暗的光线中只见一团火红的玫瑰，就这样扑过来："首映结束了？不会吧？小陆有没有骂我？半路上我的高跟鞋断了，我去买了一双新的就赶来了……"

婉珍一偏头，看到了对面的男人。

刚才神采飞扬的脸突然垮塌，有悲喜怨恨，复杂难书。

Rain看到婉珍，眼里闪着光。像是某种惊喜的爆发，涌出久违的激动。

秦漫月从这两人的眼中看出了端倪。

"婉珍，你好吗？"他显然很高兴，久久才说出这句话。难怪他刚刚问她同学有没有来，原来他要问的是婉珍，可是他们，又是什么关系？

婉珍看到他，一句话没讲，抬手，一个巴掌就扇在他脸上。

"你还有脸出现在我面前，你这个陈世美，负心汉。小月，我们走。"婉珍拉起秦漫月坐到自己的跑车上。

婉珍今天没有带司机，开车的时候她把时速加大，踩着油门冲出校园，秦漫月从来没见过婉珍有这样冷酷的表情，她记忆里的婉珍一直都是心无城府、简单快乐的样子。

6

车子开出了二环，直奔清榕著名的丽风山而去。

车窗没有关紧，耳边是嗖嗖的风声，风把她的头发吹得如群魔乱舞。

"婉珍，开慢点儿。"秦漫月怕她出事。

婉珍根本不理会秦漫月，开得更快。

"徐婉珍，你不要命了，是不是？"秦漫月开始大吼，以婉珍这个速度，很有可能车子开到山顶然后一股脑地撞到山下。

明天头版新闻标题是《清榕某富商之女，摔落山崖车毁人亡。旁边女子身份不详》。

但是还不等秦漫月幻想完，婉珍的车子就熄火了，停在刚刚到达的山顶。

“可恶，小张没给我加油。”婉珍咒骂。

秦漫月心里突然对那个没见过面的N号小张感激涕零。

婉珍从车上跳下来，从后备厢拿出一瓶白酒，咕嘟咕嘟地往嘴里倒，秦漫月一看后备厢，震惊不已，里面全是一箱一箱的酒，红酒、白酒、啤酒。

她没想到婉珍平时是这么生活的。

婉珍喝得毫无形象，弄得衣服上全都是酒，秦漫月还没来得及劝阻，婉珍就开始呕吐起来，边哕边咳嗽。

“非要这么糟蹋自己你才高兴吗？”秦漫月心疼地拍拍婉珍的后背。

“我难受。”婉珍一把抱住秦漫月，像个孩子一样大哭。

“刚才那个人，你认识？”秦漫月犹豫了一下还是问道。

“以前在波士顿的时候，我们常常去海港一带疯玩，两个人喝一杯朗姆酒，夏天他会带我去Hatch Shell（蚬壳剧场）看表演，他说他爱我，你知道吗？我那时候以为全世界只有他是最爱我的人，为他我宁可放弃一切，哪怕我爸骂我，要和我断绝父女关系，我还是愿意为他扛下所有的刀剑，义无反顾地和他在一起，真是幼稚又矫情，是不是？”婉珍哭得那么伤心，这是她首次和秦漫月坦露她过去的情感。

“谁的青春不幼稚呢？”秦漫月感叹，“十几岁的时候，以为爱一个人就要给他全部，恨不得要全世界都知道我们在一起，幸福得连走路都会飘起来，一想到身边有了这个人，连做梦都是甜蜜的。”

“可是这样的幸福，一旦破灭才最痛，最刻骨。当他老婆来找我的时候，我觉得我自己是一个可笑的第三者，他们结婚才两年，他老婆是他大学教授的女儿，长期在英国做科学研究，他就这么明目张胆地和我好上了，他是陈世美、大浑蛋、不折不扣的大骗子。”

婉珍又转过去喝酒，她根本不能喝，65度的白酒，一下子让她脸色酡红。

秦漫月把婉珍扶上车，婉珍一会儿哭一会儿笑，自顾自地说了很多话。

“我恨我自己，离开他两年了，却总是忘不了他，我给司机取名叫小张，只是因为他中文名字姓张。”

秦漫月终于知道婉珍为什么自己有驾照，还总是雇司机，其实只是企图通过这一点点的相似场景，去想念曾经的甜蜜。

她握住秦漫月的手，悲伤地说：“小月，你会鄙视我吗？十八岁就做了小三，还做得那么失败，他们都说我是被我爸爸抓回国的，其实根本不是，我是自己回来的。冬天的波士顿机场，我还戴着他送我的红色围巾，在飞机上哭了整整十四个小时，当我踏上中国土地的时候，我对我自己说，我要忘记波士顿的一切，我要做一个快乐的人，可是你知道吗？原来你爱一个人的时候，甜蜜有多深，痛就有多深。根本快乐不起来。”

婉珍的脸色绯红，内心的挣扎，许多年的压抑，一股脑地倒给秦漫月，而秦漫月，只是轻轻抚摸婉珍的发丝，疼惜地说：“傻姑娘，一切都过去了，不是吗？”

婉珍挂着泪睡着了，秦漫月看着婉珍，像是看到自己内心的某个影子，青春时的荒诞，造就了如今的变数。

秦漫月从包里翻出手机想打电话求救，没想到手机在山顶是没信号的，她把跑车的车篷关上，独自走下车来。

婉珍的话让她的心里有种说不出来的感觉，想忘记的人永远无法忘记，那些年少的记忆，爱与恨的纠缠，绝对不会因为一个人的假意遗忘而消失，它是枷锁，锁住每个人的心，等待随时迸发。

秦漫月看到半山腰上，隐隐有灯光闪烁，是一辆银色的奥迪SUV（运动型多用途汽车）。

里面的人拉开车门走下来，是醒目的粉红色西装。

秦漫月知道这是刚才的Rain，他刚才一直尾随着她们，只是等在半山腰上。

他从光影中走出来，手指上夹着一根快要抽完的烟，目光有些苦楚，已经不似刚才的明亮。

“她哭了？”他苦涩地问道。

“又哭又笑，现在醉了。”秦漫月回答。

“她离开我的那天晚上也是这样，哭了笑，笑了哭，喝大口的酒。”他吸一口烟说。

“为什么要欺骗她？”

“我没想骗她，起初我们在唐人街的一家餐馆遇到，她找我陪她吃火锅，还拿不懂的数学题问我，我就被她吸引了，当时我在离她学校不远的银行工作，她那时候没有朋友，很孤独，我经常抽空陪她，我以为我可以控制好自己的情感，可是感情有时候是不受自己控制的。”

“你爱她吗？”

“当时不知道，她走了两年，我才发现我是爱她的，我不能没有她，所以我辞去了工作，丢弃了美国的一切来到了清榕。”

“然后呢？”

“我要给她幸福。”只是六个字，他说得很慢，像用尽了一生。

Rain走过来，朝婉珍睡着的地方走去，路过秦漫月的时候他停住，一字一顿地说：“我已经离婚了。”

秦漫月愣愣的，Rain的话让秦漫月为婉珍感到高兴，婉珍爱的人，一如既往地爱她，甚至要给她幸福。

不知道这算不算峰回路转，对婉珍而言，也算是一种弥补吧。

Rain把婉珍从车里抱出来，放到自己的车上，对秦漫月说：“走吧，我送你们回去，她的车明天再找人来处理。”

秦漫月坐上Rain的车后座，让婉珍靠在自己的肩膀上，轻轻地扶住她。

车子颠簸地下山，慢慢行驶，路上他们两个都没有说话，当车子正常行驶到地面的时候，Rain抬头看着后视镜对秦漫月说：“秦小姐，谢谢你这么长时间一直照顾婉珍。”

“你怎么知道我姓秦？”秦漫月突然想起来，这个男人一开始就好像认识她。

“你好像忘了我的职业，我可是金融和机械工程的双博士。你是秦漫月，婉珍唯一的好朋友。”

“所以你是要告诉我，以你的才华，要查婉珍和她好朋友的资料，只是动动手指头的事吗？”

Rain点点头，他身上的确有一种成熟的魅力，好像不需要多说什么，所有的言语都能令人信服。

车子开到秦漫月的学校门口，Rain为她打开车门：“秦小姐，你比我想象中还要有意思，难怪展飞会放弃香港的事业，来到清榕。”

“脚长在他身上，去哪里与我有什么关系？”

“你看你，谭展飞的名字根本是你心里的定时炸弹。”

“知道就别在我面前提。”秦漫月警告他。

“真凶。”他顿了一下，看着秦漫月继续说，“其实我知道你，不是通过我查的资料，而是……”他停顿了很久，像是说秘密一般，“而是展飞的钱包夹层里，我们在美国读书的时候，有一次我无意翻了翻展飞的钱包夹，差点儿被展飞拧断手。还好我有学跆拳道，要不然现在就不能送你们回来了。”Rain真的有一双会笑的眼睛和随时准备的幽默，难怪婉珍会喜欢他，他一点儿也没有三十岁男人的老成，他依旧保持着年轻，又不失稳重。

秦漫月沉默不语，在她的记忆中，只和谭展飞照过一张照片，是有一次她和爸爸去马场，巧遇谭展飞，为了气她爸爸，故意和谭展飞照了一张照片，那时候她还喜欢梳两条麻花辫，利落清爽，她一把抱住谭展飞的脖子，笑的时候有银铃的声音，那时以为青春就应该这样毫无顾忌地飞扬。

“我没兴趣知道他的事。”秦漫月冷冷地回答。

“好吧。”Rain也是识相的人，“我送婉珍回家了。”

秦漫月点头，她现在这个酒气熏天的样子也不方便回宿舍：“把她安全送到家，如果她出事，我会把你祖坟都刨出来。”

“虽然很恐怖，但是我相信。”

Rain笑着扬长而去。

7

秦漫月的银行账户每个月总有巨额款项进账，钱是通过一家瑞士银行的账户按当日的汇率折合成人民币打入她的户头，她一度放弃过这个账户，但是非常奇怪，尽管她更换账户，那些钱还是会如数汇入她的新账户里。

久了之后，她不再做任何改变，她从婉珍那里拿了一张空卡，打了一点儿钱到这个账户上，开始用这张卡生活。

她不想知道之前的钱都是谁打给她的，家里破产后，她把剩余的产业变卖，这些钱足够她日常开销，但她却开始过上拮据朴素的生活，和普通的学生一样外出兼职，精打细算，像个平凡又规矩的普通人。

她在新学校努力学习，成绩优异，每年都拿奖学金，就连衣服都穿得朴素，没有人知道她以前是怎样的叛逆不羁。

她新接的兼职，是一个广告的背景女郎，她只需要穿火辣的泳衣站在男主角旁边让他拥抱就行。

换了泳装出来的秦漫月，吹弹可破的肌肤暴露在阳光下，纤细的腰和玲珑有致的身材，让周遭的摄影师看直了眼睛。她拿着广告纸遮住头上的太阳，和一群穿着性感的女孩站在旁边待命。

广告的男主角是最近在网上很火的明星弋左，在圈内是出了名的爱吃女明星豆腐，但是碍于没有证据，所以都是一些捕风捉影的传言。

拍摄的时候弋左故意搂住她的腰，手不安分地在她后背游走，秦漫月强忍着委屈，一点儿笑意也没有，导演指着她大骂：“左边那个，你哭丧着脸给谁看啊？不爱拍就滚。”

“对不起，导演。”秦漫月虽然心里像吞了苍蝇一样恶心，可她还是挂着笑脸，这个活是一个相熟的督导给她介绍的，她不想让他难做。

秦漫月几乎是忍着恶心拍完了这个广告。

回到休息室，她开始收拾自己的背包。

“小美人，要走啊？”弋左慵懒魅惑的声音从秦漫月身后传来，她回头，看到弋左朝她走来。

秦漫月压根不想理他。

“有什么指教？大明星。”

“我看你长得有几分姿色，下次有戏我帮你推荐推荐，演个露脸的配角怎么样？”弋左朝秦漫月眨了眨眼，在她耳边说，“我知道这附近有个不错的温泉酒店……我们……”

“不用了，我没兴趣。”秦漫月后退几步，手警惕地伸向包包里面的防狼喷雾。

她太明白弋左和她说这话的意思，她来做兼职只是赚个外快，从来没想进娱乐圈，也无所谓红不红，更不需要他这样的“介绍”。

“干吗这么冷……”弋左调笑着把手搭在秦漫月的肩上，秦漫月立刻拿出防狼喷雾朝弋左喷去。

“你给我喷了什么？”弋左大喊一声往后退了两步。

“对付你这种色狼，当然要用防狼喷雾了！”秦漫月拿着喷雾，毫不留情地看着他，“刚刚在棚里，我是给导演面子，你别以为谁都像你一样龌龊。你那些下作的手段留给你自己吧。”秦漫月背上包，走到弋左身边，顺便踢了他一脚。

“秦漫月，你有种，你给我等着！”弋左捂着眼睛，从口袋里摸出手机打了一个电话，“阿辉，帮我个忙……”

秦漫月背着双肩包在大街上走着，今天的拍摄令她窝了一肚子火，没想到会遇到这种人渣败类。

虽然这两年她几乎不再对人恶言相向，但是遇到讨厌的人，她也不会对他客气。

她打算拐去巷子里买个红豆糕吃解解气，没想到走到半路就被人从后面拿手帕迷晕了，等她醒来的时候，她已经坐在一辆商务车里。

这是一辆非常宽敞的商务车，车内弥漫着一股浓浓的酒味，她的第一反应是她被弋左的人给迷晕了。

她抬起头，没想到看到的却是谭展飞，他那双大长腿在她眼前分外醒目，一身剪裁妥帖的西装穿在他身上，显得气宇轩昂。

他手里端着一杯红酒，眼睛微微眯着，犹如深不见底的汪洋，这样看着她，喝着酒，嘴边带着不可言说的微笑。

“我怎么在你车上？”秦漫月先开口。

“怎么？在我车上很失望？还是说，你期待此刻在宾馆里？”他喝了一口酒，把酒杯放下，整个人朝她俯下身来，秦漫月吓得想往后躲，却被他一把搂过来。

“你干吗？你别碰我！”她拼命挣扎，像是失控了一样。

“想进娱乐圈和我说一声，我保你大红大紫，何必找弋左那样的小明星走关系呢？”他紧紧地抱着她，完全不顾她的厮打。

他今天本来只是路过摄影棚，想看看新签的广告拍摄得如何了，没想到却在远处看到他们新签的艺人弋左在骚扰秦漫月，他以为以秦漫月的性格会给弋左一记耳光，没想到她无动于衷，忍着拍完了广告，他不放心地派阿Ken保护秦漫月，没想到弋左果然找人准备迷晕秦漫月，还好他出现得及时，否则后果不堪设想。

这两年没有他在她身边，她就是这么照顾自己的？把自己塑造成了一个一心学习、拼命兼职、无悲无喜的玩偶。

谭展飞知道，秦漫月是在用这种方式报复自己。

“谁要进娱乐圈？”秦漫月拼命挣扎，她完全没有想到谭展飞会在这个时候出现。

“老板，人带来了。”车门被打开，阿Ken出现在秦漫月面前，“秦小姐，好久不见。”他礼貌地和秦漫月打招呼。

阿Ken在谭展飞身边待了五六年，秦漫月对他早已不陌生。

“你们快点儿放了我！”她没好气。

“带你看一出好戏，戏演完了，自然就会放了你。”谭展飞依然紧紧地把她搂在怀里。

秦漫月这才注意到，阿Ken的手里还抓着一个被绑着的人，那个人的身上伤痕累累，脸上一片青紫，根本看不出本来面目，嘴里被塞了一块破布，惊恐地呜咽着。

阿Ken把他嘴里的破布拿出，用力踢了他膝盖一脚，他整个人跪在了地上。

“敢动我的女人，你胆子太大了。”谭展飞冷冷地说道。

“谭先生，我错了，我有眼不识泰山……我也是受了弋左的指使，是他让我迷晕这位小姐的，我不知道她是您的人……”那个人一边求饶一边打着自己已经肿到变形的脸。

“阿Ken，把他带下去……”

“是，老板。”阿Ken把车门关上，车里恢复了安静，仿佛刚刚的一切都没有发生过。

“你为什么救我？”秦漫月转头，差点儿撞到他的下巴。

“很意外？”谭展飞凝望着她，慢慢地伸手，秦漫月想把头别开，却被他一把抓住，他狠狠地把她的脸抬起来，强迫她与他对视，“你可是我的女人，谁敢碰你就是和我作对。”

“你到底想要做什么？”秦漫月感觉自己的心跳得飞快，那是身体里的仇恨在燃烧。

“我只是想，让你回到我的身边。”他的声音沙哑，具有磁性，像是深深的沼泽，令人恐惧。

“你做梦！”秦漫月用力地在他手上咬了下去，疼痛没有让他皱眉，他俯下身看到她发怒地咬着他的手，只感觉有人在他心上剜了一刀。

她还是那么恨他，两年的时间，一切都没有改变。

他几乎带着悲伤松开了手。

秦漫月感到禁锢住自己的手松开了，她立刻打开车门，朝外面跑去。

8

她拼命地跑，拼命地跑，不知道自己跑了多久，只知道，当她停下来的时候，她已经跑到了清榕的港口。

船鸣的声音伴随海水的咸腥味混杂而来，她站在原地，大口大口地呼吸着夜里的海风，想让自己冷静下来。

两年了，她以为自己做好了面对谭展飞的准备，可是当他猝不及防地出现在她面前，她还是像丧家之犬一般，除了发疯发怒，什么都做不了。

在谭展飞面前，他永远都像是高高在上的王，而她，不过是他轻而易举就能追捕到手的猎物。

她拿出手机，翻了半天，给陆均璨拨了一个电话。

她没有一次像今天这样，迫切地需要一个人陪在她身边。

陆均璨在半个小时后到达，穿一件非常白的衬衫、一条牛仔裤、一双蓝色拖鞋，看得出他出门很急，连鞋子都来不及换。

他把手插在口袋里，急急地朝她跑来，月光下，他整个人在冰冷的大风中，有一种瑟瑟的苍凉。

陆均璨走过来的瞬间，秦漫月只是呆呆地说了一句："去吃东西，我饿了。"

深秋季节，陆均璨穿着一件薄薄的衬衫，冻得直发抖，他什么也没有问，只是跟在她的身边，踩着拖鞋，吧嗒吧嗒地走着。

他们走到了一间海边的排档，船停靠在海港边，排档三面搭上了蓝红的塑料布挡风，里面挂着几盏照明灯，三三两两的货船工人下来吃饭，有人划拳，有人吃瓜子，还有人在自己的水煮锅里捞东西吃。

"我们比赛吃螺蛳吧。"坐下来之后，秦漫月说。

"你不是饿了吗？吃螺蛳能饱？"陆均璨觉得奇怪。

"吃完了螺蛳，我还能吃好多饭。"

这是秦漫月奇怪的逻辑。

小颗的河螺，一人面前放了三盘，老板娘亲自端过来，看到他们是学生，还和他们闲聊了几句。

"清榕大学的吧？看上去都是学生的样子，大半夜跑出来吃东西，真浪漫啊！穿得这么少，也不怕冷。”

陆均璨笑着说：“我这是舍命陪女神啊，没看我都冻得发抖了吗？”

“就你废话多。”秦漫月被他的话逗乐了。

“终于会笑了，真不容易。”陆均璨拿起桌上的瓜子，嗑了起来。

陆均璨就是有这种嬉皮笑脸的幽默感，不管多糟糕的心情，只要和他聊上几句，准能把你逗乐。

“比赛开始。”秦漫月拿起桌子上的筷子跃跃欲试。

秦漫月学会吸螺蛳这件事是小七教的，小七喜欢去河里摸螺蛳，摸了一大碗回来泡在水里吐泥两天，再捞起来剪去尾巴，用奶奶种的朝天椒，还有葱、蒜、糖、酱油，放在一起爆炒，亮晶晶、香喷喷的一盘，好吃到让人停不下来。

秦漫月起初吃螺蛳都是用手拿的，小七用筷子，一夹一颗，一吸螺肉就进嘴里，秦漫月在小七家吃了一夏天的螺蛳，终于也练了用筷子吃螺蛳又快又准的本事。

陆均璨吸螺蛳也是用筷子，速度一点儿不比秦漫月慢，吃到后来两个人的嘴唇都辣得和香肠一样了，趴在桌子上大口大口喝冰啤酒。

海风有些咸腥，吸入秦漫月的鼻腔里，说不出来地舒服。

他们吃了很多，也喝了很多酒，两个人都喝得醉醺醺的。

醉了之后，陆均璨开始敲着瓶子唱歌，唱完歌停下来，嘴里喃喃地说：“秦漫月，你怎么就不喜欢我呢？像我这样百分百的帅哥，千分千的富公子，多少人求我看她们我都不看，为什么你就是不喜欢我呢？我软硬兼施，巴巴地追你，你百毒不侵，你难道真是铁石心肠吗？”

秦漫月听他这么说，心里突然有些难受，刚想说什么的时候，他又甩开秦漫月的手，仰起无赖一样的笑脸说：“怎么样啊？我刚才台词说得好不好？”

是台词！秦漫月松了口气，没好气地回答他：“我感动到差点儿要说我也喜欢你了。”

“真的假的？”陆均璨跳起来。

秦漫月喝一口酒，斜他一眼：“当然是——假的。”

“骗我一下会死啊？能耽误你几分钟啊？”

秦漫月看了看陆均璨的脸，微微的醉眼中半开玩笑地说：“除非你愿意做小七的影子，我就考虑接受你。”

“秦漫月，你不是人，我陆均璨在清榕大学那是叱咤风云的人物，几时轮到做别人的影子？”

秦漫月好笑：“还较真了，没人让你做影子，你的选择很多，比如对你死心塌地的大美人江蓉蓉。”

陆均璨不说话，只是把酒灌得跟喝水似的。

秦漫月知道自己的话挺伤人的，可是她没有办法，既然没办法给他爱，就要学会狠心，才能全身而退。

回宿舍的路上，陆均璨踉踉跄跄的，嘴里絮叨个不停。

“快说你喜欢我，否则我就大喊非礼！”

秦漫月哭笑不得地看着他，本来是喊陆均璨来陪她吃夜宵，现在倒好，变成她看他耍酒疯。

她哄他：“这话不能随便说，你是我的好朋友。”

“谁要做你的好朋友？我只想做你的男朋友。”

陆均璨气恼地迎着风朝前跑，海港一带的风似乎比任何地方刮得都久，那感觉像有人抚摸你的发丝，秦漫月静下来，任头发被风吹成一缕一缕的。

她喜欢这样的夜色，每一寸空气都在她的全身流淌，她不知道她要走向哪里，似乎永远没有尽头。

陆均璨和她一起走到学校门口，秦漫月和他道别："我进去了。"

他眯着眼睛看着秦漫月，突然停住了脚步："我是不是只能做小七的替代品？"

秦漫月静下来，她没想到陆均璨会问这个问题。

"你喝醉了，快打车回家吧。"她不想回答，只想尽快回避。

陆均璨露出以往无赖的笑容冲她说："开玩笑呢，小美人，又被我吓到了吧，快回去睡觉，我目送你。"

"再见。"

秦漫月边走边数着步子，一步两步三步，以前每次和小七分别，他们约定十步的时候一定要回头看看对方还在不在，每十步，回头，一百步的时候，就再也不要回头地走掉。

秦漫月在心里数着时间，每一步，都像是踩在时光的影子上，陆均璨和小七的脸交替出现在她的面前，她不回头，她怕她一回头，看到的陆均璨又成了小七，她怕她看到陆均璨的样子，会不忍心地冲过去，给他一个拥抱。

当她走到第一百步的时候，突然有一双手从后面紧紧地抱住她。

熟悉的酒气从后面传过来，陆均璨的下巴抵着她的侧脸，有一种醉酒的醺意。

秦漫月挣扎："陆浑蛋，你别和我耍酒疯，快放开我。"

"就不，就不。"他抱得更紧了，像一个耍脾气的孩子。

秦漫月有些颤抖，不知道自己今天怎么了，遇到的人都这么疯狂。

他继续说："我知道你心里一直有一个很喜欢的男生，他叫小七，你不能忘记他，哪怕你总是把我错认成他。开始，我痛恨做别人的影子。所以这几个月，我故意对你好，在你身边，我就是想看看你什么时候会被我感动，慢慢爱上我。可是没想到，我越来越失控了。我长这么大，从来没有这样爱过谁，爱到明明知道自己是一个替代品，还依然心甘情愿地爱下去。刚认识你的时候我对自己说，无论如何都不能说出我爱你，可是我违背了对自己的承诺。哪怕我只是小七的一个影子，是你爱的影子，我都愿意这样陪在你身边，爱着你，照顾你。”

陆均璨把秦漫月转过来，按着她的肩膀，声音沙哑：“只是这样一个机会，这样一个卑微的机会，你愿意给我吗？”

秦漫月愣住，大脑一片空白，直直地看着陆均璨的脸，那张在夜色中和小七极为相似的白皙脸庞，在白桦树的影子下，一如初见时，散发着幽静的光。

她痛恨自己，每次在别处受了伤，就想找个人疗伤，可是她却无法带给他幸福。

曾经她的自私害死了小七，她现在绝对不容许自己的自私再伤害别人。

“对不起，我不能接受你。”秦漫月长长地叹了一口气。

后半夜的校园，头顶上倾斜而下的乳白光线，振翅而飞的蛾在上空来回盘旋。

一辆黑色的林肯停靠在校园外，有一双眼睛，死死盯住两个相互依偎的人。

他不放心秦漫月，所以一路跟她到港口，没想到她竟然打电话把陆均璨叫来，他们一起喝酒聊天走回学校，仿佛异常亲密。

谭展飞看着眼前那个和任夏航长得极为相似的陆均璨，他正追求秦漫月。根据他的资料显示，他们的关系甚密。

一种如同当年的奇耻大辱再次击中谭展飞的心，当初若不是他为了拼命赚钱而忽略了秦漫月，也不会被任夏航钻了空子。

一个在商场上敏锐机智的男人，在面对感情的时候，居然没有一丝警惕，他以为秦漫月心里有他，绝对不会背弃他，他以为以他的条件和身价，只会让秦漫月死心塌地地跟着他。殊不知，十几岁的少女，看中的只是一个人对她的关爱和疼惜有多少，有多重，而不是金钱有多少。

他好后悔，后悔自己明白得太晚。

谭展飞握紧了拳头，眼睛折射出一道凶光，声音像是从牙齿间迸出来："阿Ken，陆氏的影视基地项目从民间借贷了多少资金？"

"大约两亿。"

"如果有人在这时候撤资，再煽动借款的民众催款，陆氏会怎样？"

"资金链暂时断裂，不过他们最近在研发新的数码产品，一旦生产成功，可能可以暂时填补部分资金。"

"那就先让他们的数码产品下线。"谭展飞端起酒杯，抿了一口。

"是，老板。"

"立刻把弋左雪藏，直到合同期满。广告作废，另外找人拍一个。"

"可是这样，我们会损失一大笔费用。"

"这点儿损失，我从没放在眼里。"

迷雾般的傍晚，四合的暮色中，谭展飞轻轻地抚摸着秦漫月留在他手上的牙印。车内放着柔缓的音乐，他突然有一种咫尺天涯的感伤。

第四章 刻在身上，永不磨灭的图案

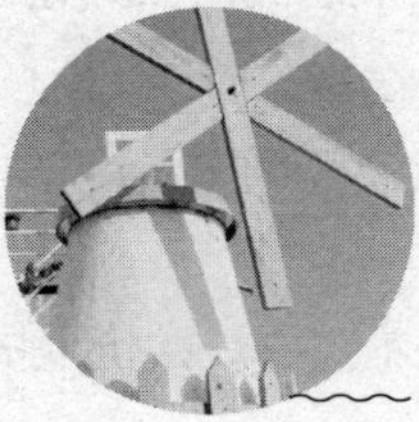

1

近来，清榕四处的报纸和新闻都在报道陆氏电子新产品无法如期生产的消息，为陆氏提供芯片的厂商，宁可冒着巨额赔偿的损失，也不再为陆氏提供芯片，所有产品流水线停止，陆氏的股票一路下跌，整版整版的财经新闻铺天盖地都是这则消息。

陆氏的负责人表示，传言过于严重，事实上陆氏还可以找到更好的芯片提供商，请大家不要听信谣言……

秦漫月在食堂吃着咖喱鸡饭，抬头就是陆氏的新闻，她心里有种不祥的预感，连口中的食物都如同嚼蜡，她放下筷子，拎着没吃完的饭盒，走回宿舍。

在半路上，看到婉珍和Rain在说话，Rain拉住婉珍，婉珍拼命挣脱，又咬又踢，周围的人纷纷围观。

秦漫月过去拉婉珍：“这里是学校，你们拉拉扯扯的，被人家拍下来多难看？”

“你来得正好，上次你为什么让这个陈世美送我回家啊，姐妹是你这么当的吗？”婉珍一跺脚，转过来怪秦漫月。

“天地良心，你那天喝得不省人事，我总不能把你带回宿舍吧，而且我不会开车，正好他有车我就让他送了。”秦漫月以为婉珍知道Rain回来找她会很高兴，没想到居然火这么大，所以女孩子是最好哄也是最难哄的生物。

远处，夏逸峰穿着奶白色的衬衫，踩着一辆山地车飙过来，边踩边喊：“小珍，小珍。”

婉珍一改刚才的臭脸，马上跑过去，跳上他的车说：“我们走。”

Rain一个箭步冲过去，拉住婉珍的手，俊脸有了醋意：“你要和这个小白脸走？”

婉珍把他的手甩开，抱着夏逸峰的腰：“他不是小白脸，他是我的男朋友。”

夏逸峰载着婉珍走了，留下Rain尴尬地站在原地，气得脸都黑了。

旁边的同学目睹了一场好戏，都在窃窃私语，秦漫月知道婉珍把夏逸峰找来是为了气Rain。

你不能指望女孩子的心胸有多宽广，那完全是男人的活儿。

“她在气你，别气馁！”秦漫月安慰他。

“精诚所至，金石为开，我不会放弃的。”他自我安慰。

“加油！”秦漫月只能这样鼓励他。

Rain看看秦漫月：“秦小姐，我能不能请你吃个饭？别误会，我只是想了解婉珍这么多年过得怎么样。”

秦漫月笑了笑：“我怎么会误会，有人请吃饭，我高兴还来不及。”

2

高档的法国餐厅，木质大理石墙壁，红色的地毯，餐厅中央的台上摆放着一架白色钢琴，美丽的少女垂着发髻弹奏。

水晶幕帘把一个一个餐桌隔成独立的小包厢，再加上白色的桌布、浪漫的红色蜡烛，气氛更添了几分优雅。

餐厅里的服务生都是外国面孔，很明显这是一家价格不菲、档次很高的西餐厅。

秦漫月随意翻了翻菜单，托腮看着Rain，法国餐厅一般只给男士的菜单印上价格，她在等Rain点餐。

虽然她已经好久没来这样的餐厅，但是礼仪没有忘记。

Rain用娴熟的法语对侍者说：“鞑靼牛排，橙汁可丽饼，花椒鹅肝，奶油蘑菇汤……”

“说吧，请我吃这顿饭要问什么？”秦漫月开门见山。

“婉珍还在恨我。”Rain忧伤地说。

“你要给她时间。”秦漫月抿一口柠檬水，“你让我们徐大小姐难过了这么久，她不恨你才怪呢。”

秦漫月一边说着话，一边把玩着面前的刀叉。

她以前有个习惯，学习电视上一个主角的绝技，徒手把刀叉拍到水杯里，今天她突然想起来，用力一拍，刀叉没拍到水杯里，直接拍到了走过来的一个人的身上。

“谁呀？知不知道高档餐厅的礼仪啊？”秦漫月还没抬头就知道是江蓉蓉了，江蓉蓉看了秦漫月一眼，“哎呀，这不是漫月嘛。”

江蓉蓉身边站着的是陆均璨，此刻江蓉蓉正亲昵地挽着陆均璨，得意地看着秦漫月。

秦漫月站起来，看着江蓉蓉身旁的陆均璨，他往日俊秀的脸上少了一些光彩，可见最近有事困扰着他，上次她拒绝他之后，他有一段时间没有来找她。

陆均璨看到秦漫月，微微一笑说：“我和蓉蓉来见个客户。”

见客户还要带女伴？不过好像和她没什么关系，也没必要戳穿。

秦漫月用流利的法语对服务生说：“帮我换个餐具。”

她摆出毫不在意的样子，这样的场面她见怪不怪。争宠吗？那明显不是她的作风。

江蓉蓉刚才蓄势待发准备一决高下的气焰灭了一半，在看到秦漫月如此冷淡之后，突然失去了争锋的动力。

这就好比秦漫月大一野炊时遇到的简宁，无端地把别人当成假想敌，当初是青春年少，比成绩，比家业，比受欢迎程度，现在不过换了一样，比所爱的人。

无论如何，两军对垒，张牙舞爪、虚张声势的一方，总是让人从心里觉得可笑。

秦漫月对江蓉蓉说：“刚才真抱歉。你们继续入座吧，我就不打扰你们用餐的雅兴了。”她坐回来，没有再看陆均璨一眼。

“男朋友？”陆均璨和江蓉蓉刚走，Rain发问。

“在你的资料里，他是吗？”秦漫月反问。

“如果是，你应该愤怒，你的男朋友当着你的面劈腿。如果不是，他看你的眼神，也不是简单的朋友之情。”

“分析得很好，可以开班授课。”秦漫月不正面回答。

她怎么会发怒呢？这么多年，她练就的最厉害的就是喜怒不形于色，处变不惊。哪怕眼前这个男人一直把爱她挂在嘴边，她也不会因为他携了别的女伴而生气。

牛排到了，秦漫月从容地切着牛排，刀法熟练。

一切法式用餐的技术她都不生疏，原来有些东西是根深蒂固的，它已经成了你生命的一部分，无法摘除。

她朝陆均璨他们座位的方向看去，靠磨砂玻璃的一方四人座位，很快，一个伟岸的男人和另一个女伴一起入座。

是谭展飞和白萧。

他们坐在陆均璨的对面，谭展飞的目光却往秦漫月这里看来，眼睛眯成一条缝，层叠的水晶珠帘都不能掩盖他鹰一般锐利的眼眸。

原来陆均璨约了谭展飞，他们有什么需要谈的？还各自携了女伴，以为参加联谊？她脑袋里突然出现了财经新闻上的报道。

她问Rain：“陆氏电子芯片的事，是不是谭展飞搞的鬼？”

“这……不是我的工作范围。”Rain试图推托。

“OK（好）。”秦漫月放下刀子，“那你别指望我帮你在婉珍面前说话。”

“有必要说得这么严重吗？”

秦漫月点头：“女人和兄弟，你选一个。我从来不强迫人。”

他有些无奈地说：“你这是变相强迫。”

“OK，see you（好，下次见）。”秦漫月站起身，假意要走。

“OK，you are the winner（好吧，你赢了）。如你所想。”Rain无奈地说。

她坐下来，慢慢地吃着没吃完的牛排，心里暗自揣度：谭展飞开始行动了吗？开始对付她身边的人了吗？一个手笔，就让陆氏陷入了危机，真的要这样折磨她，他的人生才有意思吗？

3

秦漫月不再注意他们的方向，换了个座位，背对着他们。

一顿高档的美食，秦漫月吃得津津有味，Rain问了一些婉珍的情况，她简单作答。

不知道为什么，她想帮助Rain和婉珍重修旧好，她看得出来这么多年婉珍一直放不下这个人和这段爱情。

吃完饭秦漫月走到餐厅外，陆均璨却等在那里，她不知道他们什么时候谈完的，四周已经没有了谭展飞的影子。

“你先走吧。”秦漫月对Rain说道。

“我劝你不要和他聊太久，我怕有人会吃醋。”Rain竟然有心情和她开玩笑。

“你够了。”如果不是看在婉珍的面子上，她真想打人。

Rain这才走掉。

陆均璨走到秦漫月的面前，温柔如水地解释：“你刚才没有生气吧？我是在中途遇到蓉蓉的。”

“我有什么好生气的。”秦漫月耸肩，她也没有生气的必要。

陆均璨的手抚上她的脸：“你最近气色不好，是不是暑期兼职太累了？”

陆均璨每次温柔地和秦漫月说话，秦漫月的心里都会有一小片柔软，仿佛所有的盔甲都失去了防备的作用，他太像小七，说话的口气、眼眸的温度，让她无从抵抗。

“江蓉蓉呢？”她后退了几步，故意和他保持距离。

“我让她先走了。”

“她会愿意？”

“有你在，根本没她什么事。”

“你真残忍，把人家的感情玩弄于股掌。”

“只要你点头，我马上和她断绝关系。”他目光认真。

“千万别，你们两家可是世交，我可不希望因为我你和他们闹僵。”和江蓉蓉闹翻，说不定江陆两家的情谊会受到折损，这是秦漫月一早就能估算到的。

“你总是这样，一点儿不在乎我。”他抱怨。

“天地良心，我是为你好。”秦漫月伸出手指假装发誓。

“我送你回去。”

秦漫月的心里，竟然有一丝罪恶感，陆均璨对她如此关爱，着实让她受之有愧。

她恨她自己明明无法给他他要的情感，又无法说出狠心的话让陆均璨离开。

陆均璨可以让她重温旧梦，她就不愿意离他而去了。

她贪恋这张和小七相似的面孔，虽然这对他不公平，可是秦漫月还是自私地这么做。

秦漫月看到黑色林肯从她身边缓缓开过，半开着的车窗，映出谭展飞和白萧闪烁的眼睛，谭展飞的目光斜斜地朝她的方向看。

秦漫月问陆均璨：“你找他干吗？”

“希望他高抬贵手啊，不知道我们陆氏哪里得罪了他，居然让芯片供应商停止给我们提供芯片。”陆均璨一脸无奈，“刚才和他谈，他说如果某个人愿意求他，他可能会改变主意。我都不知道他指的贵人是谁，问他他也不说。”

秦漫月的心里“咯噔”一下，陆均璨看她沉着的脸说：“好了，这些都和你没关系，我送你回去吧。”

秦漫月知道谭展飞所指的人是自己，他要自己去求他，秦漫月对陆均璨说：“你自己回去吧，我想起来要去步行街见个同学。”

秦漫月拦了一辆出租车对司机说道：“跟着前面那辆黑色林肯。”

而那辆林肯似乎故意在等他们，开得极其缓慢。

4

车子开到了清榕的一个还未开放的海边才缓缓地停了下来。

那里不知何时盖了一栋白色别墅，在一片蔚蓝色的大海中，显得孤寂而安宁。

谭展飞从车上走下来，墨绿色的西服似乎和天地融为一色，他抬起手腕，看了看时间，冷静的脸上挂着等待的表情，阴沉而不乏俊逸的脸，平添了几分从容。

他早就料到秦漫月会尾随而来，他在等她自投罗网。

“小姐，你确定要在这里下车？这可是私人海域。”司机不确定地问了一声。

“对，就在这里。”秦漫月付了车费，深吸一口气，拉开车门。

秦漫月下车的时候，海风刮起了她波西米亚风的蓝色裙摆和散落在肩膀上的微卷黑发，她就像一名孤勇的女战士。

她睁着一双玲珑的大眼看着远处的谭展飞。

有一刻她胆怯了，她是想来找谭展飞谈判的，可是当世界只剩下他们两个人的时候，她对他的恐惧又侵袭而来。

海边曾经是她最爱的地方，谭展飞和她在一起的第一个纪念日，来的就是海边。那天涨潮了，潮水几乎要把她的身体淹没，谭展飞小心地拖着她，张开双臂将她紧紧抱住，似抱着一个珍贵的娃娃。

曾经的爱人，如今的仇人，她的内心有种情绪暗涌。

秦漫月慢慢走近他，海风吹着她的脸庞，让她的眼睛不自觉地微微眯起来。

谭展飞喜欢她把眼睛眯起来的样子，像一只可爱的猫咪，让人忍不住想亲近。

“你是为了陆氏来的？进来和我谈。”谭展飞头也不回地进了那栋白色别墅。

秦漫月站在原地片刻，猛然清醒，她是为了陆氏来的，为了无辜被连累的人来的，她不能让陆氏因为她而损失惨重，信誉尽毁。

她深呼吸，跟在谭展飞身后走进那栋白色的房子。

里面的一切让她有片刻的惊诧，所有的摆设都是按照安海那套60平方米的小屋子建造的，几乎一模一样，白色书架，黑色沙发，白色大理石地板，她曾经最爱的黑白小猪框架，也原封不动地摆在客厅的架子上。

最醒目的是客厅窗户下的黑色钢琴，是她最喜欢的德国牌子Steinway & Sons。

谭展飞曾经特意为她定制一台，那时月季花开满整个窗台，他们坐在一起弹琴，他温柔地低下头来吻她，温柔细碎缠绵的吻，整个时光仿佛都是甜蜜的。

秦漫月甩甩头，想抛去那些记忆。

“你应该很熟悉，随便坐。”谭展飞像招呼熟人一样招呼她，随手把西装脱下来放在一旁。他自己却走到客厅的吧台，从柜子里拿出一包咖啡豆，开始煮咖啡。

秦漫月呆呆地站在中央，眼前的一切都让她失了神。

她和谭展飞真正的开始就是在安海的那套房子里，她所有的幸福都是从那里开始的，她喜欢在客厅穿着最爱的舞鞋旋转，阳光浓烈地照进来，任她挥洒寂寞的青春，那时候谭展飞总是站在客厅的吧台上煮咖啡。

她跳累了就跑过来抱着他的腰，把头放在他的肩膀上，一遍一遍不厌其烦地问他：“展飞，你爱不爱我？爱不爱我？快说。”

青春期的她，就像一个吃不到糖的小孩，即使给了一颗也不满足，她想要永远的甜蜜和百分百的爱。

肆无忌惮的年龄一去不复返。如今她不会再跳舞，她连站在这里都觉得冰冷，三年前遇到的那个眉目温婉的男子已经变成了杀父的恶魔，就连目光都阴沉恐怖。

5

“你要我怎么做，才会不找陆氏的麻烦？”秦漫月开门见山。

咖啡还在煮着，谭展飞拿出方糖用刀狠狠地按碎，并没有回答她。

他的头低下来，深潭般的眼眸露出浅淡的光，秦漫月看不到他的脸，只听到他的声音：“有些习惯明知道不好，还是会去做，明明就有磨好的糖，偏偏喜欢自己碾。”他答非所问。

这分明是秦漫月曾经耍小性子逼他做的事。他沿袭到了如今。

“你不想和我谈，那算了。”秦漫月走到门口，准备开门。

“看来你对陆均璨的爱一点儿都不深。”谭展飞的声音从后面飘来。

“我和他没有任何关系，你没有必要对他下手。”秦漫月停下来，转身，看向谭展飞。

他脱了西装，里面是一件白色衬衫，站在微微的灯光下，拉出颀长的身影，完美的身材搭配一米八三的身高。他轻轻地冲她挑眉，成熟魅惑的一张脸，平添了几分阴霾。

他以前不喜欢穿白色的衬衫，觉得不衬他，但是秦漫月说他穿好看，所以他后来满柜子都是白衬衫搭黑色西装。

谭展飞端着刚煮好的咖啡走到秦漫月面前：“一块方糖，不加奶，我的记忆还不错吧。”他递给她。

“我不是来和你喝咖啡的。”秦漫月一挥手，谭展飞手上的咖啡洒落一地，瓷白的杯子碎裂成好几片，孤零零地在地上打了几个转。

“你现在真暴躁。”谭展飞不生气，低沉的声音响起，手指触碰她的脸颊，“要我改变主意，很简单，陪我一晚。”

“休想！”秦漫月的手扬起来，情绪激动，觉得谭展飞在侮辱她。

谭展飞把秦漫月的手腕扼住，言语轻佻地俯身说：“我们又不是没在一起过，你现在为谁守身如玉，陆均璨？”

“是又怎么样？”秦漫月应他，像是和他怄气。

谭展飞眼眸掠过一丝怒火，他把秦漫月的头狠狠按压在门后，秦漫月头微微晕眩，谭展飞整个人压在秦漫月的身上，侵略的吻落了下来，激烈的，疯狂的，不带一丝爱惜。

阔别两年，她还是有如此甜腻的气息。他的小公主退去了可爱和娇羞，散发出一种小女人的柔媚和不屈服的倔强。

依旧那么让他沉迷。

秦漫月睁大眼睛，看着谭展飞放大的脸孔以及快要触碰到她的长睫毛，他闭着眼睛，半边脸在阴影里，诡异又沉醉。

秦漫月知道谭展飞发起疯来，力气大得惊人，所有挣扎无效，索性狠狠咬他舌尖，他吃痛地蹙眉，松开她。浓烈的血腥味在秦漫月的嘴里扩散。

他兀自笑了笑，笑容淡薄：“你已经厌恶我了，我差点儿忘了，我是你的杀父仇人，可是你现在要为了一个男人来求我。真有趣。”

“谭展飞，你有什么阴谋冲着我来，别对我周围的朋友下手。”秦漫月喊。她的冷静镇定在谭展飞面前通通不起作用。

“是朋友，还是男朋友？”他拉一拉领带，看她。眼中火焰未退。

“与你无关。”她学乖了，不要正面激怒他，否则受伤的是自己。

“怎么说我也是你第一个男朋友啊……”

“你闭嘴！”秦漫月随手抓起一个花盆丢过去，狠狠地砸在谭展飞的额头上，鲜血冒出来，秦漫月一下子慌了，手足无措地看着谭展飞。

谭展飞也不去理会额头上的伤，声音骤然冰冷：“你怕什么？过去的事你想起来就难堪了吗？你忘了当初可是你先招惹我的？现在摆出一副冰清玉洁的面孔，傍上一个富家公子就想重新来过？你可真天真。”谭展飞字字铿锵，额头上的血滴到地面，形成一幅可怕的图画。

“你为什么要回来？你为什么不能让我安安心心地生活？”秦漫月全身发抖，她的情绪快要崩溃了，情况根本不是谭展飞所讲的那样，她从来没想过她和陆均璨能有将来。

“我不想你好过，我不想你安心，这个答案你满意了吗？”谭展飞抓过秦漫月的手按在自己的额头上，“我身上每一道看得见的看不见的伤痕都是你给我的，任何人捅我，我都有能力保护自己，只有你伤害我的痕迹是永远不能消除的。它在这里，我想忘都忘不掉。”谭展飞狠狠拍了拍自己的胸口，恶狠狠地对秦漫月吼。

秦漫月咬住嘴唇，眼泪大滴大滴地掉，她曾经为了小七拿花瓶砸谭展飞的头，那天谭展飞扯着小七的衣服让他滚，小七不走，谭展飞就要打他，秦漫月拿起屋里的花瓶砸在谭展飞的头上，一头的血让他瞬间昏迷，她拉着小七逃离。

秦漫月的记忆似清晰的画片，同样的一幕一点点导入脑海，她哭着说：“可是你明明答应还我自由……”

“我反悔了，你不能指望一个恶魔遵守承诺。”他冷笑。

秦漫月的心塌陷了，她就知道，谭展飞不会这么轻易放过她。

她一把推开谭展飞，狠狠地拉开门跑了出去，谭展飞在身后喊：“我给你一个星期的时间，好好考虑。”谭展飞的声音似鬼魅般飘浮，还带着点点尾音。

倚在白门上的谭展飞，用手按了按额头冒出的血，看着秦漫月踉跄离去的身影，刚才紧绷的情绪突然松懈下来，他缓缓闭上了眼睛，俊脸浮出了难以言喻的痛苦。

6

秦漫月仓皇地走在荒凉的路上，发丝凌乱，裙裾散乱。

铺天盖地的记忆充斥而来，马路上车来车往，她蹲在路边蜷成一团，隐隐看到手臂上还留下淡淡的印记，像是什么突然在十八岁的夏天开启。

十八岁的秦漫月，是一个非常不听话的女孩，不知道什么是爱，疯狂地黏着一个大自己十岁的男人，她在胳膊上刺出一个“飞”字形的老鹰，以此证明她第一场与众不同却又盛大的爱情。

十八岁的夏天，她第一次见到谭展飞，是在她爸爸的生日会上，他意气风发，英俊儒雅，站在游泳池边和宾客敬酒攀谈，待大家都进入大厅的时候，只有秦漫月一个人沿着游泳池边走，一步一步，闭着眼睛，提着一条雪白的真丝长裙，裙子上缀着星星点点的雪花，还有闪闪的奥地利水钻。

她笑着对远处的谭展飞说：“我不会游泳。”然后朝游泳池里纵身一跳。

谭展飞不假思索地跳下泳池救她。

当他抱着她的时候，秦漫月突然睁开眼睛搂住他的腰，欢快地冲着暗处的人喊：“我赢啦，我赢啦。”

暗处蹿出一群女孩子，笑着看着他们。

原来这是秦漫月和朋友打的一个赌，赌谭展飞相信秦漫月不会游泳。

秦漫月从十岁就开始学习游泳，拿过三项国家比赛金牌，几乎是全城皆知的事。

她原本以为谭展飞会生气，没想到上岸之后，他只是拿毛巾给她擦头发，没有任何生气的样子。

秦漫月的发丝混着水贴在脸上，眼睛发亮地盯着谭展飞。

秦漫月发现眼前这个男人原来生得这么好看，棱角分明，眼眸锐利却似深潭，看她的目光没有半点儿巴结和奉承，只是一种淡淡的平静，已经湿透的衣服贴着肌肤，勾勒出完美的身形，旁边的朋友羡慕不已。

进客厅之前，秦漫月转过来，看向远处的谭展飞，问："你叫什么？"

"谭展飞。"他抿嘴，依然是没有表情的，冷酷到不行。

"我叫秦漫月。"她挥手，"今天谢谢你。"

留在秦漫月记忆里的初识，就是他似深潭却淡淡的眼眸，看不出情感和温度，薄薄的嘴唇，俊逸的脸庞，冷酷而迷人。

后来她才知道，谭展飞曾经是父亲公司的开发部经理，后来创办了自己的公司。他和父亲常有业务上的往来，是城中冉冉升起的企业新秀。

她胳膊上的刺青后来去洗了多次，终于只留下淡淡的痕迹，可是将年华倒带，那个唇边总是蔓延一抹淡淡笑容的男人，却永远不会消失在她的生命中。

前所未有的纠缠纷杂，无人能抵抗的爱情废墟，你找不到生命的尽头和终点，只能悲伤而行。

7

是陆均璨把秦漫月从半路上接回来的，他扶着她的肩，看她陷入记忆的痛苦中不能自拔，陆均璨抱起她，轻轻地在她耳边说："好了，别想了，我送你回去。"

陆均璨开着车，秦漫月乖巧地靠在他的手臂上，像是找到了托付，陆均璨没有问她任何事，他不多言，好奇心不重，只是默默地陪伴在她身边。

陆均璨带她去学校旁边的火锅店吃小火锅，送的一碟辣子鸡是秦漫月的最爱。

她一口一口地塞到嘴里，陆均璨在旁边给她倒水。

“慢点儿慢点儿。”他温柔地揉揉她的头说，“刚刚没吃饱吧？”

秦漫月咧着嘴傻傻地笑了一下，笑容是苦涩的：“你怎么来了？”

“心有灵犀呀。”陆均璨开玩笑，但是他眼中闪过的忧郁出卖了他。

他知道了吧？知道了她和谭展飞的关系。可是他什么都没有问。

他体贴地帮她把煮红的虾捞起来，白净修长的手指认真地剥壳，蘸好酱料送到秦漫月嘴边，“张嘴，少奶奶。”

秦漫月咬着虾仁，低下头，眼泪在眼眶里打转，如今的秦漫月，何德何能拥有一个这么爱自己的人，体贴，英俊，温柔，多金。

可是陆均璨却因为她，要遭受谭展飞的报复。

“漫月，你最近是不是有什么心事？你可以和我说。”陆均璨问她。

“我……”

“均璨。”秦漫月还没开口，就被一个声音打断了。

原来江蓉蓉带着一堆同学也来吃火锅。

“蓉蓉啊，你心胸也太宽广了吧，这女人一不漂亮，二没身材，凭什么和你争？”

“就是啊，整天就知道扮楚楚可怜的公主样，给谁看啊……”

……

旁边同学的声音，此起彼伏地响起，只听见江蓉蓉大方得体地回应："他们只是好朋友啦，你们别乱说了。"

谁听了都觉得江蓉蓉的心胸和浩瀚的江河一样宽广，秦漫月现在压根没心情看她们演戏，只想站起来走人。

陆均璨却拉住她，目光锐利地在说话的几个女生之间扫了一眼，无视和他打招呼的江蓉蓉，一字一句地说："我想你们误会了，我和江蓉蓉才是朋友，我喜欢的人是秦漫月。希望你们搞清楚情况再卖弄你们的长舌头。"

陆均璨声音一出，所有人都安静了，江蓉蓉面子上尤其挂不住。

这么多年陆均璨看在两家的面子上，从来不会在公开场合拂江蓉蓉的面子，今天却为了秦漫月做了这件事。

秦漫月有些震惊地看着陆均璨，他这话一出，江蓉蓉肯定会崩溃，她刚想说点儿什么的时候，就被陆均璨拉走了。

风吹过她的眉心，陆均璨的手像小七一样温暖，有些人，真的在你心里某个地方，瞬间能温暖整个胸腔，就好像陆均璨刚才的行径。

她对他的愧疚，更加重了几分。

8

秦漫月在忐忑不安中度过了一周，她几乎夜夜失眠，梦中都能出现谭展飞的脸，她每天都在挣扎和煎熬。

那一周她几乎天天都在网上刷新闻，陆氏的电子产品由于没有芯片供应商，暂时停止生产，一周后，陆氏影视基地的项目突然传出股东撤资的事情，这对陆氏来说几乎是双重打击，一时间陆氏的新闻铺天盖地，风云骤变。

连婉珍都很紧张地和秦漫月说："不知道陆氏得罪了谁，先是数码产品出了问题，现在影视基地股东又撤资，真是倒霉。"

只有秦漫月知道，这都是谭展飞在背后搞的鬼。

“陆氏最近怎么样？”

“还能怎么样？陆伯伯最近四处找人注资，小陆同学也忙得焦头烂额。”

秦漫月听着婉珍和她说的话，心情沉重，连看书都心不在焉。

从图书馆出来的时候，Rain的车停在图书馆门口。

“Hi，两位美女。”Rain热情地和她们打招呼，目光一刻也离不开婉珍。

“真烦人，让他别来非要来。”婉珍嘴上这么说，可是看得出脸上却美滋滋的。

婉珍对他的态度有所好转，已经没有了之前的敌意，看来这段时间Rain做了不少功课。

“你们走吧，我就不当电灯泡了。”秦漫月很识趣。

Rain带着婉珍消失在她面前，她刚刚还挂着的笑脸，在他们走后立刻沉了下来。

包里的电话突然响起，她拿起来一看，是一组陌生号码，她接起来，一道熟悉的声音响在耳边：“想好了就来海边的白房子找我。”

不给她回答的机会就挂了，这就是谭展飞，无论过多久都不能改变他的冷漠和霸道，秦漫月走到门口，拦了一辆出租车。

晚上的空气中有一股说不出的寒冷，她下意识地抱紧了自己的身体。

她不知道她将要面对的是什么，只知道自己这一趟势在必行。

海边只有海浪拍打沙滩的声音层层叠叠地环绕，白色的别墅前挂着一盏小橘灯，像是幽冥的指路灯。

海边的防御装置已经被解除，她一路畅通无阻，在别墅门口站了很久才鼓起勇气推门而入。

门是虚掩的，屋里并没有开灯，她陷入了一片黑暗中。

——哗，沙发前的茶几顶部亮起一排琉璃灯，谭展飞坐在沙发上，拿着一部Zippo（之宝）的打火机，点起一簇火苗。

忽明忽暗间，谭展飞的脸邪气冷漠。

“过来，坐。”谭展飞指指沙发，秦漫月看到那个沙发，他离开那晚的记忆又涌了上来。她攥紧拳头走过去，视死如归地说：“是不是我陪你一晚，你就放过陆氏？”

谭展飞的脸靠过来，秦漫月下意识地后退，缩到了沙发的角落，她闭上眼，感觉谭展飞的气息喷到她的脸上。

“把桌子上的酒都喝了。”他在她耳边低喃。

秦漫月睁开眼，谭展飞已经点了一支烟，似乎在等她表现。

谭展飞把自己藏在烟雾之中，目光像是回忆往事。

秦漫月看到茶几上的一排酒，记忆一下子回溯到十八岁——那天她从妈妈的医院回来，在酒吧喝得酩酊大醉，谭展飞送她回家，她不肯，谭展飞只好把她带回自己家，她把谭展飞一柜子的酒排列在茶几上，一瓶一瓶喝进嘴里，醉眼蒙眬间，她哭，她闹，宣泄自己的情绪，谭展飞只是静静地抱着她，温柔地抚摸她的发丝。

秦漫月吻了谭展飞，那是她的初吻，唇齿间的酒气让她想好好放纵自己。

而她和谭展飞的关系，从那个夜晚开始变得明朗起来。所有人都觉得不可思议，连她自己也觉得这是一个新奇的开端。

最初，谭展飞要和她撇清关系，他说他们年龄差距太大，他们不可能。她看着他冷淡的眼睛，一扁嘴，开始歇斯底里地哭起来。

“你不要我，我就去告诉我爸爸，说你非礼我！”那年她最擅长的就是无理取闹。

谭展飞蹲下来，擦了擦她的眼泪，无可奈何地说：“你怎么把话反过来说？”

她愣了一下，想笑，又蓄着泪，急急地搂住他，蛮不讲理地回答：“我不许你不要我，不许！”她把脑袋蹭在他的脖间，那么温暖的怀抱，这么多年，终于有一个让她觉得温暖的地方，她不想离开。

“我怎么舍得不要你？”谭展飞抱紧秦漫月，有些叹息地说。

从那一天开始，他似乎坚定了要和这个小自己十岁的女孩走完这一生的信念，他要等她长大，他要给她全世界最美好的一切。

可惜后来，她没有给他这个机会，还说了许多伤他心的话。

那些后来，使他们走到了现在。

同样的夜晚，秦漫月一口一口地喝着茶几上的酒，记忆像翻滚的海浪在脑海里颠簸。她不是容易醉酒的人，但是内心却像有一股恶心的东西不停地翻搅，最后几乎是边喝边吐。谭展飞一点儿怜悯心都没有，露出惯有的淡薄表情，不停地抽烟。

最后一杯92度的伏特加下肚，她感觉肚子里全是酒精，谭展飞这才掐灭了烟，把昏沉的秦漫月放在自己腿上，像抱着一个小娃娃，灯光昏暗，他低下头来，嘴唇掠过她的耳边。

“你为什么都不肯求我？”谭展飞的手紧紧环绕着她，像是要把她捏扁。

“做……梦……”秦漫月含糊地回应。

谭展飞把她抱起，径直走向房间。白色的床单，黑色的枕头，黑白世界的一切是分明的，却又显得冰冷，秦漫月又吐了，吐了谭展飞一身。

“该死。”他骂了一句。洗了一条毛巾帮她擦嘴，又拿了一杯水说：“张嘴，漱口。”

秦漫月紧闭着嘴，哪怕她意识不清醒，都要抵抗他。

谭展飞用力揪住秦漫月的头发，她吃痛地喊了一声，他趁势把水倒进她嘴里。

“脏死了。”他骂。

秦漫月来回吐了数次。

最后，谭展飞拍拍她的脸问：“吐完了没有？”

她难受地点点头，谭展飞伸出手，捏住她的下巴，把她的嘴强行打开，看了看说：“很干净。”

秦漫月头皮痛完脸痛，却不明白谭展飞这么做的含义是什么。

只听见一阵窸窸窣窣的脱衣服的声音，半开的黑白窗帘，透进小缕月光，照出谭展飞完美的身材。

刚才的酒醒了大半，谭展飞看了看手表，冷冷地说：“我伺候了你这么久，现在换你伺候我。”

9

当谭展飞的身体靠过来的时候，秦漫月奋力反抗，谭展飞冷冷地说：“你既然来了，当然做好了准备，不要现在才告诉我你反悔了。”

是的，她凭什么反悔？整件事根本就是由她而起，她一想起这些，就停止了挣扎的动作，谭展飞的嘴唇抿了抿，拍着她的脸讥讽道：“好好听话，陆氏就靠你了。”

秦漫月缓缓地闭上眼睛，绝望的感觉再度袭来，重温噩梦像是给心灵又蒙上了一层厚厚的灰，或许永远都不能扫干净了。

谭展飞用力地掐住她的手臂，喘着粗气问她：“为什么？为什么？为什么？”他似乎有无数的怨气，只是这几年积淀得更深，顷刻间的爆发力让秦漫月整个人都像溺在水中，像无数个把自己泡在水里的日子，只要不起来，似乎就要步入死亡。

“你有没有和陆均璨这样？”谭展飞问她。

秦漫月呆呆地笑了：“这对你来说重要吗？”

“我不会让他有机会碰你。”他冷冷地笑，手在她雪白的肩膀上掐出一道红印。

“你现在才阻止是不是晚了？”秦漫月不屑地回应，散乱的黑色头发把枕头渲染得更有光泽。整个人在幽幽的夜色下，出奇地冷静和嘲讽。

“你真的和他……”谭展飞的眼中又露出火焰般的颜色，她很会激怒他，他只要一想到她被别人搂在怀里，就有一种无名愤怒的火燃烧，烧到他不自觉地加重手上的力道，鹰一样凶狠的目光像是盯住猎物一样注视她，是火焰，一团一团地要将她烧毁。

秦漫月头痛欲裂，浑身都似乎要裂开了。

她想起她在离开谭展飞的时候，他说过：“哪怕是我不要的东西，我也不能容忍被别人拿走，唯一的方法就是毁了它。”

而现在的自己，就是谭展飞不要的那个东西，他不是爱她，而是他的自尊心不允许她和别人在一起。

谭展飞洗完澡之后，从柜子里拿出个东西，对她说：“趴着，别动。”

砧板上的鱼肉就是这么受人摆布的，秦漫月第一次发现自己是一件货物，只是为了讨谭展飞欢心。

随之而来的疼痛席卷了她的全身，那是针刺在背上的感觉。她疼得想跳起来。

谭展飞按着她缓缓道：“放心，我只是给你刺青，死不了。”

秦漫月不敢动了，她知道谭展飞要做的事你越抵抗下场就越惨，她忍着巨大的疼痛，让刺骨的痛在自己背上蔓延。

10

天微微亮了，海浪的声音让她清醒过来，像是过了一个世纪那么久，又像多做了一个可怕的噩梦那么长。

“好了，最近不要喝酒，保持睡眠，尽量穿宽松的衣服，洗澡不要用香皂。”谭展飞的声音再度告诉她，这不是一个梦。

“穿上你的衣服，可以走了，重温旧梦，你并没有让我有太多惊喜，任何一个女人，都比你让我开心，一个陆氏，外送一幅刺青，怎么样你都不吃亏。希望你不要破坏我的杰作，这可是我构思了好久的图案。”谭展飞说得很轻松，穿着宽松的家居服站在秦漫月面前。

秦漫月忍着疼，穿好衣服，谭展飞的话很明显是在侮辱她，他就是要看秦漫月被羞辱，是不是还能冷静淡定。

秦漫月快速地穿好衣服，一个夜晚的折磨，她像纸片一样苍白，本来就有些颓废的脸像是受了暴风雨冲击那般楚楚可怜。她慢慢地朝门口走去，后脑勺因为上次的摔伤外加今天的撞击，似乎更加让她晕眩，她还没有走到大门口，就一头扎在地上，晕倒了。

谭展飞大步冲过来，抱起她，冲向医院。

“总是要这么逞强吗？头痛不会讲吗？求我有这么难吗？”在路上，谭展飞摸着秦漫月的额头，把她紧紧地搂在怀里，之前的狠毒残忍通通变成了温柔的疼惜。

折磨她并不是他所愿，却不是他能控制的。

彻夜未眠的夜，黎明破晓的天，明天的明天，未来的永远，会在哪里得到光明的救赎？

第五章 离开你，是我唯一的选择

1

依然是那个温暖的怀抱，在每次痛苦的梦魇里将她温柔地抱起，似浓烈的阳光均匀地铺洒，再也没有了曾经的痛苦和挣扎。

秦漫月醒来的时候，陆均璨安睡的侧脸映在她的眼前，紧紧地握住她的手，在梦中都紧紧地拽着，怕丢了。

秦漫月刚要起身，发现头微微地疼，陆均璨醒来抬起头，温柔地问她：“痛不痛？”

秦漫月摇头：“你怎么在这里？”

“谭展飞的助理给我打的电话。”陆均璨表情有一点点伤感，他看着秦漫月像是沉寂了许久，“你和他……”欲言又止的口气带着深深的无奈。

秦漫月垂下眼睑，长长的头发覆盖住她的面颊，身体的疼痛一再告诉她昨天并不是一场梦，她再一次被谭展飞凌虐了，毫无尊严地让他在背上刺青。

陆均璨还会无动于衷吗？聪明的他，还会察觉不到她和谭展飞的关系吗？

“其实昨天……”秦漫月想告诉陆均璨。

“医生说你有轻微脑震荡，别说话，多休息。”陆均璨突然打断她，“我把小雕带来给你解闷。”他把小雕放到秦漫月手中。

这只和“千岁”长得一模一样的龙猫，总能给人善解人意的温柔。

就在秦漫月还想说什么的时候，陆均璨抢先一步站起身，背对着她道：“我去给你买点儿吃的。”

秦漫月望着陆均璨离去的背影发愣，许久并不见他回来，秦漫月起身拉开窗帘，她看到陆均璨坐在医院花园的椅子上，目光萧索地拎着一碗粥。

他知道了吧？知道了她和谭展飞有不寻常的关系，可是他宁可折磨自己，却什么也不说。

她低头看了看手里的小雕，小雕无辜的大眼睛正水灵灵地望着她。

秦漫月许久不曾出现的惆怅，慢慢地涌了出来，她暗暗下决心，待陆氏渡过这次危机，她就和陆均璨彻底断绝往来，从此孑然一身，不再拖累任何人。

2

从医院回到学校之后，秦漫月一直想找机会和陆均璨讲清楚，可是陆均璨似乎不给她这个机会，再加上矛盾的婉珍，被Rain和夏逸峰搞得焦头烂额，三五不时地向秦漫月倒苦水。

对Rain，不甘心这么快和他和好，所以找夏逸峰气他。

对夏逸峰，怀着一份强烈的愧疚，可是又想让他做挡箭牌。

女人是复杂的动物，有安稳道路不愿意走，总喜欢挑选满是荆棘的路，才显得人生精彩。

此时，白萧的一则新闻吸引了婉珍的注意：前日，清榕偶像白萧不慎从楼梯跌落，所幸伤势不重，却让她目前准备接拍的广告停拍，其绯闻男友兼老板谭展飞表示，广告改由公司另一新人纪纯微接拍……八卦杂志再度出现谭展飞是天煞孤星的措辞。

同时受伤的还有Rain，他出了一场不大不小的车祸，没有生命危险，只是伤了脚，暂时留在医院治疗。

婉珍带上鸡汤，拉着秦漫月去医院看他。

她们刚走到楼下，就看到鲜花满园，敏感的婉珍瞬间打了几个喷嚏，楼道里站满了歌迷影迷，她们这才知道，白萧和Rain在同一家医院。

秦漫月对婉珍说："我不上去了，在楼下等你。"

她知道他们两个小情侣有很多话要说，她就不去凑热闹了，婉珍心急如焚地跑了上去，生怕Rain出什么事。

能为一个人牵肠挂肚，心急如焚，也是一种幸福吧。

天气有些凉，秦漫月慢慢走到医院的后院，准备上小楼的天台晒太阳。

没想到在小楼僻静的角落，她听到了两个人的对话。

"离谭展飞远点儿，否则下次就不是跌落这么简单了。"秦漫月听出这个声音，虽然时隔三年，依然清晰在耳。

"每次都是你吧？展飞的所有绯闻女友出事，都是你搞的鬼。"这道声音来自白萧。外面那么多歌迷都在等着她，她不在病房，而是这里？

"是我又怎么样？我以为你会知难而退，没想到你坚持了这么久。"

"我爱他。"

“哼，你的爱有多重？你能为他去杀人吗？”

……

秦漫月不想继续听两个女人争一个男人的对话，何况是她最痛恨的男人，她悄然地上了天台。

“你刚才都听到了吧？”尖锐的女声从她身侧传来。

火红色的大风衣，浓艳的妆容，鲜红的指甲，长而直的金黄色头发遮住她左半边脸颊，凤目微挑。

不熟悉的面孔，却有熟悉的气场。

“秦小姐。”她笑意深深地唤她，像一种可怕的音符。

“你认识我？”秦漫月不记得她的容貌。

“我对秦小姐可是再熟悉不过了。从安海到清榕，我们照面过好几次，只是秦小姐没有留意我罢了。”她火红的大衣在风中摇曳，那么熟悉的目光，像是……对了，是那天啦啦队比赛的时候见过的那抹鲜红衣服的主人。

“让我正式介绍一下我自己，我叫丽莎，谭展飞的好朋友，你父亲曾经的情人。”她一挑眉，丝毫没有羞怯，似乎只是很平常地叙述一件事。

秦漫月知道父亲在外面有很多莺燕，却没有见过，没想到这个女人，还和谭展飞有着不寻常的关系。

“你一定很疑惑吧？”丽莎继续说道，“其实道理很简单，我是谭展飞安排在你父亲身边的一枚棋子，否则你以为，以他个人的力量能在那么短时间内搞垮你们秦氏？”

秦漫月明白了，这个女人，是谭展飞的帮凶，谭展飞从刚和她认识，就觊觎她的家产，说什么报复她的背叛，原来不过是借口。

她冷着一张脸，转身要走。

“有没有兴趣和我合作？”丽莎拦住她。

“合作什么？”

“对付谭展飞。”

“什么意思？”

“我知道你恨他，我们合作对付他，我可以让他所有的一切毁于一旦。”

“你不是很爱他吗？”秦漫月想起她刚才和白萧的对话。

“爱有多深，恨就有多重。”丽莎的声音尖锐地迸发出来。风吹散她左脸的发丝，秦漫月惊恐地看到她脸上有一块像烙印一样的记号，扭曲地在风中伴随她的笑容而变形。

“很可怕吧？谭展飞亲手烙的。”她微微抚摸那块伤疤，眼睛半眯，有一种复杂的狰狞。

秦漫月惊恐地转过身，想要逃跑。

“什么时候有兴趣了，记得来找我。”丽莎轻佻的笑声在空气中弥漫，像是一道催命符。

回到医院楼下，看到所有人围着生病的白萧，素颜的样子竟有一些柔弱，婉珍从人群里挣扎出来，看到秦漫月，对她神秘兮兮地笑着说：“你有没有发现，其实白萧和你有些相似。”

3

陆氏的危机顺利渡过，这次谭展飞总算没有食言，秦漫月在手机来电那里看到上次谭展飞打来的记录，不知道出于什么原因，她给他存储了一个名字叫“恶魔”。

秦漫月心中永远的恶魔，每次洗澡的时候看到背上的刺青，秦漫月都觉得是一种耻辱，展翅欲飞的老鹰，锐利如同谭展飞一样的眼睛，仿佛时刻都在切割她的皮肤。

大四下学期，所有的同学都已经开始找工作，只有秦漫月投出去的简历石沉大海。

婉珍提议：“你去谭展飞的游戏公司嘛，正好专业对口，他们现在正好在招人。”

秦漫月白她一眼：“你怎么不去？Rain在那里做工程师。”

“我专业课很烂的，好不好？再说我还没耍够他呢，谁要和他一起工作？”婉珍撇撇嘴，美丽的容颜多了几分俏丽，看来Rain最近表现不错，婉珍渐渐动摇。

不消几日，便是陆均璨妈妈的生日，陆均璨邀请秦漫月前往，说是为了感谢她，秦漫月不好拒绝，硬着头皮前去。

陆均璨妈妈生日那天，秦漫月穿了一件休闲的荷叶领针织毛线衫和牛仔裤。

陆均璨家的风格属于轻奢风，装饰摆设品位极高，处处透出一股富贵明丽的气质。

那天来的人并不多，凑足了也不满十个人。

陆均璨的妈妈长得非常美丽温婉，陆均璨的好样貌完全继承了他妈妈。

“老婆，生日快乐，祝你永远美丽。”陆均璨爸爸给陆均璨妈妈戴上一条粉钻项链。

“多大的人了，还这么肉麻。”陆均璨妈妈灿烂地笑着。

江蓉蓉拿出一枚胸针，上面斗大的南海珍珠夺目璀璨：“干妈，我也祝你健康美丽。”

“蓉蓉最贴心了。”陆均璨妈妈慈祥地笑着。

秦漫月递上一条围巾，是她自己花了一个礼拜的时间织的，素雅的蓝色，花色特别。

“阿姨，我不知道你喜欢什么，自己织了一条围巾，希望你别嫌弃。”秦漫月把围巾递过去，手上的珍珠在明亮的灯光下闪耀着奶白色的光泽，陆均璨妈妈的目光一下子追随而来，目光闪闪。

“妈，漫月很心灵手巧吧？”陆均璨毫无避忌地夸奖秦漫月。

“现在的女孩子啊，个个都贴心。”陆均璨妈妈很懂得照顾所有人的感受。

饭后，江蓉蓉拉着陆均璨说话，秦漫月看着她叽叽喳喳的样子，还是一个小女生的状态，依赖陆均璨似乎成了一种习惯。

秦漫月一个人在花园里闲逛，玫瑰花的香气扑鼻而来，满园的玫瑰，可见男主人对女主人的爱。

秦漫月想起小七曾经和她说要为她种一片玫瑰花园，可惜世事总是不尽如人意。

“秦小姐也喜欢玫瑰？”陆均璨妈妈不知何时走到秦漫月身边。

“有朋友送过。”秦漫月回答。

“我猜想一定是一位特别的朋友。”

秦漫月抚摸手腕上的珍珠手链，默默地垂着眼。

“我看得出均璨很喜欢你。”陆均璨妈妈蓦然一问，言语中没有任何排斥，更多的像是关心。

秦漫月苦涩地笑：“他待我极好，是我配不上他。”

“如果不爱他，就离开他吧，我不希望你们两个人都受伤。”陆均璨妈妈握住秦漫月的手，眼中闪动着难以言说的苦涩。

秦漫月点头：“我知道怎么做，您放心吧。”

4

回到别墅，迎面冲过来的是江蓉蓉，美丽的脸哭红了，楼上传来一阵喧嚣的吵闹声，秦漫月陪着陆均璨的妈妈走上去，隔着半开启的门听到陆均璨和他爸爸在吵架。

“我就是喜欢她，我非她不娶。”

“蓉蓉到底哪里比不上她？长相家世都和你门当户对。”

“可惜她不是秦漫月，我只要她。”

“你知不知道她是谁的人？谭展飞只要动一动手指，我们就要面临多大的危机，这次的教训还不够吗？”

“我不管他们是什么关系，我爱她，我就要保护她，不让她受别人欺负。”

秦漫月扶住走廊的墙，有片刻的震惊，陆均璨为她所做的一切已经超出了她的想象，他不是不知道谭展飞的存在，他只是一直在掩耳盗铃。

她和陆均璨妈妈对望一眼，两个人很有默契地转身离开。

秦漫月坚持不要陆均璨送她回家，离开的时候她回过头，看到陆均璨站在原地目光温柔地看着她，略带淡淡的忧伤，他越来越像小七的一个延续，奋不顾身要给她所有爱的勇气。

走到“珍珠街”的街口，秦漫月发现陆均璨一直跟着她。

秦漫月走到陆均璨面前，看着眼前这个眉目温婉的男生，平静地说：“我们以后不要再来往了。”

“我们连朋友都不能做了吗？”他目光感伤。

“我不配和你做朋友。”

“什么烂借口。”陆均璨抓住秦漫月的手腕。

“你爸爸说得没错，我是谭展飞的女人，我们很多年以前就在一起了，他这次回来就是要和我重修旧好，我也准备答应他，谢谢你陪了我这么久，以后，我们再无瓜葛。”秦漫月甩手，转过身。

陆均璨一把从后面抱住秦漫月：“其实我一直都知道。”陆均璨的声音悲切，“你第一次住院换到VIP病房，你们都以为是我换的，我并没有当场说破，那天我看到病房楼下的林肯领袖，我就知道你的背后一定有别人，我曾经迷茫过，彷徨过，也深思过，可是后来我发现爱你的心战胜了一切。”他的手抱得更紧了，“所以，我不管以前你和他怎么样，现在我只要你，我爱你，我爱你，漫月。你就不能给我一个机会吗？”

陆均璨的声音急促，仿佛下一秒秦漫月就会消失，秦漫月内心震惊，原来陆均璨一早就知道了，只是假装不知，就如同小七的替代品一样，他是多么痴心，却又痴心得让人心疼。

秦漫月无奈地叹口气。正当她想回什么的时候，迎面一辆车朝他们两个直直地开过来，陆均璨推开秦漫月，黑色的车子像夜里的一艘火箭，秦漫月害怕地闭上了眼。

刺耳的刹车声让秦漫月睁开眼睛，车子停在陆均璨的前方，只有一厘米就撞到陆均璨，惊险到所有人错愕。

车子里面的人摇下车窗，从里面探出一张俊逸冷漠的脸。

“死里逃生是什么感觉？”谭展飞的嘴边洋溢出一丝不易察觉的笑。

“你疯了？”秦漫月急急地冲过去扶住惊诧的陆均璨。

谭展飞真是一个魔鬼，总能隐藏于无形。

他把手搭在车窗上，冷漠的眼睛一挑，冷冷地看着眼前的两个人，声音清浅却很有震撼力：“你继续和秦漫月在一起，下次绝对没有这么好运。”

他的目光一转，看向秦漫月，脸上露出一抹诡异的笑：“我的小公主，别忘了，我在等你。”

车子从他们眼前呼啸而过，街道瞬间恢复了繁华，仿佛刚才只是一场错觉。

秦漫月浑身打战，在谭展飞离去很久，始终不能平复。

在面店，秦漫月把猪脚面线一口一口塞满嘴，油腻的饱足感让她微微抵消了一点点恐惧。

陆均璨握住秦漫月的手说：“漫月，我一点儿也不怕死，我只是舍不得你被那个坏蛋欺负，你为我做的，我都知道，委屈你了。”他低头，满目忧伤。

“我做的与你无关，都是我以前的纠葛。”她把手抽出来，面孔冷漠。

“我不会放弃你的，无论发生任何事，我都会永远爱你。”

“为了我这样一个人，值得吗？”

“爱一个人，又怎么会计较爱得值不值得？”

秦漫月看着他，想要脱口的狠心话，又咽了回去。

5

暗夜里，一盏玫红的灯影影绰绰，谭展飞站在窗前，点燃一支烟。

丽莎的手从他的背后攀附到他身上：“你还在想她吗？”

“不要问不该问的问题。”他吸了一口烟，望向窗外的夜色。

“你连欺骗都不愿意施舍。”丽莎的手搭垂，眼神失落，她为他做了这么多，却换不回他的目光。

“我们认识十多年，没有人比我们更了解彼此。”谭展飞注视着她，“我不会爱你，无论你伤害多少个我身边的女人，我都不会爱你。”

“至少，我可以让你恨我。”丽莎的目光有了仇恨，嘴角浮出一丝残酷的微笑。

“不要再自以为是地耍小聪明，脸上的疤痕还让你学不乖吗？”谭展飞迅速捏住她的脖子，几乎要掐到她断气。

丽莎只是看着谭展飞妖艳地笑，直直的长发散落在身后，露出她那张原本美丽却因为一个烙印而扭曲的面孔。

死怕什么，死也要拖着你一起下地狱。

十六年了，他们认识十六年了，在九岁的时候被继父卖到马来西亚，她拼死才逃了出来，饿倒在路边，是谭展飞把她捡回去的。

他妈妈因为这件事，把谭展飞打了一夜，打断了三根棍子他都没有吭一声。十三岁精瘦挺拔的少年，已经有了和秃鹰一样凶狠的目光，等母亲走后，他拖着满身是伤的身体给她拿来水和马来糕，裹着椰丝的食物混合着一股淡淡的奶香。

她问过他，为什么他母亲总是打他。

“一种痛苦的宣泄。”他回答得极其平淡，没有恨，甚至有一些忧伤。

“她仇恨自己因为爱一个男人而为他生了孩子，看到这个孩子又想起男人对她的背叛。”谭展飞很平静地为自己上药，换新衣服，看书，写试卷，像是铁人一般。

谭展飞的妈妈是当地一个帮派老大的情人，十八岁生了谭展飞，从越南到缅甸，最后来到马来西亚，她觉得一个女人要养活一个孩子，除了靠别的男人，没有别的门路。

而谭展飞，从一出生就被人嘲笑是个没爹的孩子。

而丽莎，从小颠沛流离，不知道亲生父亲是谁，活在黑暗中，吃剩菜剩饭，面对无数人的鄙视唾骂，是谭展飞教会她生存之道，他们有太多相似的背景，在某种意义上说，他们是战友，是同类。

她永远都不会忘记她被几个男人欺负之后，谭展飞把他们打得鲜血淋漓的场景，冷静，淡定，他把她抱在怀里，带回那间贫民窟的旧房子里。

这个男人从那天开始，就是她的信仰。

那些年，打架受伤似乎成了他生活中的一部分，谭展飞读完中学就退学在家自学。

他可以一个人打十个人，一点儿不气喘，使用枪支比任何人都快准狠。

他长大之后，母亲再也没有力气打他，有时候抱着房间里的盆景呆呆地看着窗外。谭展飞在她的记忆中永远只有冰冷的一张脸，唯一一次见他哭，是他母亲去世，那是帮派之间的报复，连累了无辜的女人。

他妈妈死的时候，衣衫凌乱不堪，是丽莎给她换的新衣服，谭展飞始终跪在地上，看着他妈妈的床沿发呆，目光里是从来没有的空洞。稀薄的光线把他整个人衬得像一只玩偶，像是人一下子被抽空了，爱，恨，痛，统统看不到。

曾经多少个日子，他都是这样跪着挨打，不论多重多痛都绝不喊痛。

可是那一天他跪了很久，没有人知道他都想了些什么，他的头发遮住了他的眼睛，只是在站起来的一瞬间，天光明澈的光线中，布满血丝的眼睛落下了两行眼泪。

无声的，却又无比哀伤的眼泪。

那一年他十六岁，葬完母亲之后，他主动加入了最大的帮派，做了老大的义子，短短两年帮他铲除了异己，包括那群害死他妈妈的人。

他的义父给了他一大笔钱，他离开了马来西亚去美国读书，临行前他把钱分了一半给丽莎，丽莎在他怀里哭得像个孩子。

“我爱你，你能不能带我走？”丽莎抬头问他。

“爱太沉重，我们都要不起。”他推开她，踏上甲板。

谭展飞离开之后，她渐渐长成美丽的女人，她渐渐懂得如何利用自己的美貌生存，十八岁她就成为当时最大帮派老大的女人之一。所有人对她望而生畏，她明白只有自己变强，才不会被别人踩在脚底下，讨好一个男人总好过面对一群男人。

只是她心里，最爱的人，一直都是谭展飞。

直到三年前她查到他的所在，一路找寻而来。她满心欢喜，却得知那个冷酷不言爱的男人有了一个喜欢的女孩子——天真无邪的少女秦漫月，她见过他们在一起的甜蜜，他那张冰冷的面孔，哪怕没有表情的时候，都藏不住对她的宠溺。

她出卖自己，接近秦漫月的父亲秦天正，都只不过希望能离他近一些。

秦天正死了之后，她找人撞死任夏航，故意在秦漫月来的时候说出真相，让她误以为是谭展飞做的，她让秦漫月更加仇恨谭展飞，让他们这一生都毫无转圜。

而谭展飞呢，在知道她一切所为之后，在她的脸上狠狠地印下这个烙印。皮肉烧焦的感觉，像一束燃烧的火焰吞噬着身体。

“哪怕秦漫月死了，我都不可能爱你。”他残酷的话萦绕在耳边。

生死般的疼痛，让她的仇恨加深加重，她表面上装着乖顺听话，跟在谭展飞身边，希望他有一天能回头看到她。

从谭展飞来到清榕，她便知道，今生谭展飞的心里，都只有秦漫月一个人。她这么多年做的一切，都只是自己的痴心妄想罢了。

既然爱不了，就毁了他吧。

丽莎抱住谭展飞的身体，卷发下面，扭曲的印记衬出一张阴暗又恐怖的笑脸。

一起下地狱去吧，带着所有不甘心未完成的爱，去到泥土和灵魂中去吧……

6

“秦漫月小姐吗？”天刚亮，秦漫月就接到一通电话。

“是我。”

“我们这里是天讯科技，前几日收到您的简历，周五请来面试。”终于有一家公司让她去面试，她高兴得顿时清醒了。

“好的，谢谢！”挂上电话，她特别开心。

等到面试的那一天，秦漫月刚走到大厦楼下，突然接到电话：“秦小姐，不好意思，我们公司暂时不招人了，抱歉，下次有机会再合作。”

“面试都没开始，就说有人了？这公司也太儿戏了吧。”这时，秦漫月旁边路过一个女孩问她：“天讯科技招聘是不是在这里？”

“他们说暂时不招人了，你没接到电话吗？”秦漫月疑惑地问。

“没有啊。”女生不确定地拿出手机看了看，确实没有。

秦漫月站在大厅，电梯门一打开，秦漫月看到一张熟悉的面孔，那是谭展飞的助理阿Ken，一个西装革履的人握住阿Ken的手说：“我们真不知道秦小姐的身份，希望贵公司海涵才是。”

秦漫月站在门口，看到阿Ken走过来，她气愤地走上去：“没有公司招我，是你们从中作梗吧？”

“秦小姐何以这么说？”阿Ken的姿势从容，在谭展飞身边待久了，冷静的架势都差不多。

“你们的对话我都听到了，谭展飞也欺人太甚了吧！”

“和老板无关。”阿Ken回答。

秦漫月满腔都是怒火，毕业实习好不容易有一家公司找她面试，居然又被搅黄了。谭展飞到底要害她到什么时候才能罢手？

阿Ken刚一上车，秦漫月拉开右边车门一屁股坐了进去。

“带我去见谭展飞。”像是命令。

阿Ken并不排斥，只是镇定地应了一句：“是的，秦小姐。”

秦漫月认识阿Ken是在和谭展飞确定关系之后，阿Ken经常来接她去谭展飞的地方，她知道阿Ken是一个忠诚的司机加助理，是谭展飞最得力的助手，以前对秦漫月的话也唯命是从。

以前秦漫月经常和谭展飞闹脾气，总是肆无忌惮地坐上车对阿Ken下命令“载我走，快点儿”或者是“他又开会？载我去找他，我不许他开会”。

“一切真像回到了过去。”阿Ken感叹道。

那个时候秦漫月总爱耍大小姐脾气，霸道，乖张，阴郁，暴戾，谁都无法忍受。她要谭展飞时时刻刻陪在她身边，可是他却有无穷无尽的工作，一直让她等待。

她这辈子最恨的就是“等待”这个词。

到了楼下，秦漫月被大楼顶部的一道彩虹吸引了，那是一道人工画上去的彩虹，因为太高，七彩光在阳光下有一种不真实的美态。

“以后你盖新的办公楼，就在办公楼顶部画一道彩虹。”

“那多傻，又不是幼儿园。”

“我才不管，不画就是不爱我。”

“好了好了。”他温柔地用手臂圈着她，暖融融的，很温暖，“真是个傻孩子。”他的唇微微贴着她的脸，空气中都是潮湿的甜蜜。

他从来没有说过爱她的话，秦漫月每每都像一个索要爱的孩子，得不到就要小脾气，企图通过任何方式来证明他的爱。

谭展飞和她的对话似乎还停留在十八岁，只是如今，一切都已面目全非。

秦漫月突然转身：“我不去了。”

“秦小姐真的想永远失业吗？”阿Ken半带威胁地提醒。

“你……”阿Ken的话没错，如果她不和谭展飞说清楚，那么除非她离开清榕，否则她将会永远失业。

7

电梯到达六十层，整一层只有一个秘书台和一间总经理办公室，空气中流动着谭展飞圣罗兰鸦片的余香，久久不散。

“老板就在里面。”阿Ken指着办公室的门说，然后转过头对前台甜美的秘书说，“珍珍，联系老板，就说秦小姐找他。”

秘书接通办公室的电话：“老板，有位秦小姐找您。”

谭展飞抬头，透过窗户上的玻璃，看到秦漫月拎着包站在那里，红彤彤的脸色仿佛刚生了一场气，却像苹果一样可爱，自然卷的头发顺着白皙的面颊搭落在肩膀上，有种随性的妩媚。

他突然有种想抱她入怀的冲动。

他把桌子上的相框放到抽屉里，对着电话说："让她进来。"

秦漫月一推门，一下子就落入一个怀抱中，死死地被人扼住身体无法动弹。

"你想我了吗？"他魅惑的声音在耳边回荡，身上蔓延着淡淡的圣罗兰鸦片香。

"我想猫想狗也不会想你这个魔鬼。"秦漫月应他。

"是吗？"他抚摸她的背，"我以为你每天照镜子的时候，都会想起我。"

秦漫月狠狠地一脚踩在谭展飞的脚上，他终于放开她了，秦漫月端起桌子上本来就有水的杯子朝谭展飞身上泼去。

水顺着西装滚落下来，金色的光芒中，谭展飞没有一丝窘态，更增添了一种特别的俊逸。真是一副祸害人间的皮囊，这种卑鄙无耻的小人，早该给他一张獐眉鼠目的脸，省得让他自以为傲。

秦漫月愤愤地想完才开口："为什么所有公司都不收我？"

"你认为是我干的？"

"除了你还有谁这么无耻？"

"看来我在你的心里就是一个卑鄙小人。"

"本来就是。"

"好吧。"他不顾身上的水，慢慢走近她，冷酷的脸上有了一点儿促狭的表情，"其实，我是想你来我公司实习。我的游戏公司正好和你专业对口，而且我可以天天看到你，想想都觉得美好。"

"你到底要逼我到什么地步？"秦漫月气炸了，"你以为我离开你就没有地方工作了吗？"

“难道你想去陆均璨的公司？”

“与你无关。”

“他只不过是任夏航的替代品而已。”谭展飞不屑。

“那也比你好一百倍！”

“比我好？”谭展飞收回戏谑的表情，恢复了一如既往的冰冷，“你了解他多少？你清楚他是什么人，你就拿他和我比？”

“这不需要你操心，只要你不出现，我会过得很好。”

“只可惜，”他一步一步地逼近她，性感的薄唇微微开启，“我就是来破坏你的幸福的。”谭展飞的手抚上秦漫月的头发，似那个夜晚那样，秦漫月头皮发麻，仿佛疼痛感随时袭来。她突然整个人紧绷起来。

“头，还疼不疼？”他温柔地抚摸她的后脑，声音是催眠般的柔和。

“一点儿都不疼。”秦漫月想如果我说疼，岂不是正好如了你的意？

“不疼就好，我们的游戏还能继续。”谭展飞冷冷的声音伴随抽离的手掌，几步走离了秦漫月，周遭刚才的危险像是突然停顿下来。

谭展飞恢复了往日的冷静：“如果想来我的展讯游戏，我随时欢迎。”随后一按电话，“珍珍，帮我送秦小姐下去，另外再给我冲杯咖啡。”

说完，拿起桌上堆叠如山的文件，再也没有看秦漫月一眼。

“秦小姐，请。”秘书推门而入。

秦漫月瞪了谭展飞一眼，真是喜怒无常的暴君，自己以前怎么没有发现？

秦漫月走后，谭展飞按响了阿Ken的电话：“为什么让所有行内的公司不收秦漫月？”

“对不起，老板。”阿Ken静默了三秒，继续道，“我想如果秦小姐能来，您一定很高兴。”

谭展飞叹口气，说：“算了。”

挂上电话，他靠在办公椅上，正午的阳光把他的眼角融化在金色的刺眼的光芒之中，阿Ken太了解他了，他的心思，他的记挂，他都放在心上，哪怕他只字不提，他都能猜度得到。

他的内心，是多么希望再看到秦漫月，哪怕是仇恨的目光，哪怕是冷嘲热讽。

原来有时候，人可以卑微成这样，不惜任何手段达到自己的目的，也可以如此心甘情愿地自取其辱。

只缘于一个爱字吧。

他第一次看到她，她只有十三岁，那时候她妈妈还没有疯癫，她还是被保护得很好的小公主，心底存善，以为全世界都是光明的。

那时他刚回国，从华尔街的金融市场抽身，有一种铺天盖地的疲惫，他突然想起母亲说过他们老家在一个叫安海的地方，思乡情切的感觉让他买了机票来到这里。

他从来没有见过那样一双干净又纯真的眼睛，在稀薄的雨中，瑟瑟地蹲在地上，小心翼翼地捧着一只受伤的小鸟，对每一个路过的人说话，但是都被人甩开了。

最后她有些沮丧地拉住他的衣角，冲他笑了笑，那笑容甜而天真，她说：“哥哥，麻烦你帮我带这只小鸟回家吧。”

“为什么你不带它回家？”他一皱眉，想拒绝，可是一对上她水灵灵的大眼睛，又有些不忍。

她认真地想了想，然后瞪着无辜的大眼睛看了看他：“爸爸不让我养。”

所以她蹲在这里，只是想为小鸟找一个主人。

谭展飞觉得不可思议，他没见过这么傻的女孩。

“我知道你是好人。”她毫不避忌地拉住他的手，把鸟放在他的手心，“当心，要好好照顾它呀。”

“小姐，快上车吧。”一辆白色的轿车停在旁边。

谭展飞把小鸟放在手心，用手遮住，怕雨淋湿，她似乎更加放心了，笑着冲他招了招手：“哥哥再见。”

那时他并不知道他与秦漫月会有怎样的瓜葛，只是一瞬间，他似乎想在这座城市停靠，只因为她笑容里那一点点的温暖。

再见的时候他已经创办了自己的公司，他在秦氏工作了两年就出来独自打拼，凭借自己在波士顿和教授共同研发的专利很快站稳了脚跟。

他在宴会的游泳池旁再见到她，她已经长成了清新秀丽的少女，她不认得他，只是提着白色的流苏裙子摇摇晃晃地朝他走来，她虽然在笑，眼眸却孤独而感伤，她跳下水去，明知是个玩笑，他依然跳下去救她，她抱着他欢快地喊，那样一张调皮却寂寞的脸深深地入了他的眼中，他那颗尘封许久的心，蓦然为了她强装的笑脸而感到心疼。

他试图让自己清醒，他试图想扼住这场看似不可能的恋情，可是当她每次撒娇地在他怀里甜甜地喊他“展飞展飞”的时候，他就再也无法将她推开。

心中始终无法放下的小公主，现在他们再也无法像从前那样，在每次彩虹出来的时候，看着彼此幸福地微笑，给未来画上美丽的蓝图。

他试图忘记她，可是两年的时间，所有的一切，都只是让他更加刻骨铭心地记住了她。

十八岁的相爱，二十岁的离开。

途经一场翻天覆地的洗礼，最终成了陌路。

她是那样恨他，满腔的仇恨，恨不得将他抽筋削骨，明知她对他的仇恨，明知他和她再无可能，可是为什么，只要一闭上眼，满目都是她微笑的样子？

谭展飞从抽屉里拿出那张合影，放在桌子上，用手轻轻地抚摸，像是抚摸他们刻骨铭心的伤痛，无法追回的曾经。

爱一个人，只是一瞬间，忘记一个人，却要用一生。何其痛苦的人生。

8

秦漫月从展讯游戏的大楼下来，遇到的人竟然是丽莎，她烟视媚行地看着秦漫月，跟她走出大楼，像是早就猜到她会在这里似的。

“他已经开始对付你了吗？”丽莎问。

秦漫月盯着她，非敌非友的丽莎只能让秦漫月为之沉默。

“他接下去，还会对付陆均璨，以及你周围别的朋友，你信不信？”

“他为什么要这么做？他害得我家破人亡还不够吗？为什么还要来害我周围的人？”秦漫月不解。

“你和他认识这么多年，竟然一点儿都不了解他？”丽莎的目光有些同情，不知道是同情谁。

“不过这不重要，重要的是你恨他，你想他死，对不对？”丽莎走近秦漫月，想得到她的回答。

秦漫月重重地点头。

“还是那句话，和我合作，我可以让他一无所有，到时候你就可以摆脱他，随便上哪儿逍遥快活。”

“我为什么要和你合作？”

“你没得选择，要么一辈子被他操控，要么彻底毁灭他，你自己好好想想。”

丽莎从包里翻出一张名片给她：“随时打我电话，我等着你。”她又笑了，丽莎每次笑，秦漫月都毛骨悚然，那种笑太不真实，半掩着面的脸像是隐藏在黑暗里的幽灵，随时能把人带入死亡。

9

秦漫月恍惚地回到学校，在宿舍楼下，看到一个模糊的身影站在一棵榆树旁，带着萧索凄凉的眼神。他手上捧着一只盒子。秦漫月走近一看，才发现是陆均璨。

他的眼角忧伤，满眼血丝，整个人邋遢得不像平时的他，秦漫月吓了一跳，轻轻地拍了拍他说：“怎么了？”

“小雕……小……雕……”他目光凄楚地盯着手中朱红色的盒子，眼睛微红。

秦漫月突然有种不祥的预感，她接过盒子，颤抖地打开，平日里活泼可爱的小雕，此时双眼微凸地盯着她，身体被血染红，皮毛失去了平日里的光泽柔顺。

往事一幕幕地倒退，小七的“千岁”死时也是如此，她那天大吼大叫着把谭展飞的肩膀咬出了血，她不知道他为什么要这么残忍地对待一只可爱的龙猫。

谭展飞只是冰冷地回复她：“我只是要你记住，只要你做出错误的决定，死亡只是一瞬间。”

秦漫月的脑袋突然一下子清醒了，这个陪伴在她身边多年的男人，凶残才是他的本性。

就是那天之后，她下定决心要和他分开，她要离开这个残暴的男人，和单纯善良的小七在一起。

可是一切都已经晚了，所有的一切从千岁的死开始，就变成一出诀别的离歌。

“怎么会这样，漫月？”陆均璨握住秦漫月的手，声音有些哽咽。

秦漫月的心底生出一种绝望，像是曾经所有亲人都消失的绝望，像蚂蚁一样爬满了她的全身。

她不敢去想未来的发展，她更不敢想象，陆均璨会是第二个任夏航？天不怕地不怕的恶魔，会使用怎样的招数来对付他？

秦漫月感觉自己像被一张黑色的网罩住，永远找不到光明的出口。

“要么一辈子被他操控，要么彻底毁灭他。”

丽莎的话一阵一阵地回荡在秦漫月的耳边，她捧着那个木盒，突然内心做出了一个重大的决定。

榆树下的青春校园，在这个快要过去的秋天，一切和青春有关的东西都画上了句号，迎面而来的，是猛烈的反击。

谁也不知道终点在哪里，被逼到绝境的人，是否还有机会再看到明日的彩虹？

陆均璨被风吹干的眼角，渐渐弥漫出一种谁也无法察觉的幽暗，邪恶？善良？都交由命运来定夺……

第六章 人最大的恐惧，是没有一个爱自己的亲人和一盏等待他回家的灯

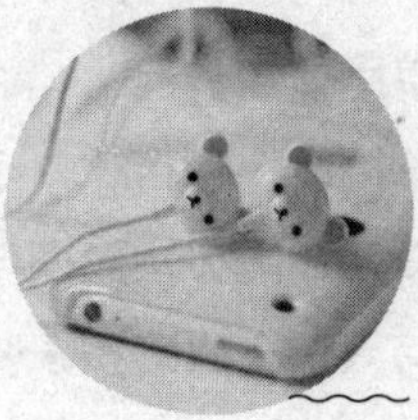

1

寒冷的冬天像是没有征兆地快要过去了，除夕那日，秦漫月接到了安海安养院打来的电话，是遵循惯例汇报她妈妈的近况。

她妈妈近来身体健康，再也没有大吵大嚷，高兴的时候还会画画。

秦漫月想起小时候妈妈教她画画的画面，户外的溪流中，支起一个画板，听着山林里小鸟的啁啾声，流水的叮咚声，跟随大自然感受心灵的纯净。

妈妈就是这样一个简单的大家闺秀，爱着一个永远花心的男人，痴怨了一生，最后落得疯癫痴傻。

而安海那个给她无数儿时记忆的地方，她已经很久没有回去过了。她不愿面对那里的一切，那样伤心的一切。

计划伴随元宵节来临拉开帷幕，丽莎的计划简单叙述就是：找

出谭展飞给人洗黑钱的证据。

洗黑钱就是通过正常途经将非法所得变为合法财产，丽莎说谭展飞这么多年的财产都是非法所得，只要找到他洗黑钱的证据就可以给他定罪。

秦漫月听到丽莎说谭展飞在暗地里帮人洗黑钱的时候，内心不是不震惊的。

丽莎看到秦漫月目瞪口呆的模样，笑着说："你对他真是一无所知，他十三岁就能在马来西亚拿枪以一敌百，一个人对二十几个手持长刀的人被砍到浑身是伤都没死，能在短短两年内用计帮他的老大干掉敌对的所有帮派，这样的人，在黑暗和子弹中长大，刀口上舔血的生活，他早已习惯。"

秦漫月沉默了，她从来都不知道谭展飞的过去是这样腥风血雨。

"我能做什么？"秦漫月不知道自己的价值在哪里。

"他的证据都在他的电脑里，不过他的电脑设置了非常安全的防火墙，我找了顶尖的黑客都无法入侵，你只要破译他的密码，然后把这个我已经安装了程序的U盘插入他的电脑，那些罪证就会被copy（复制）到这个U盘里。到时候他就完了。"

"你确定我可以破译他的密码？"听上去简直不可思议，能破译谭展飞密码的人，必须是对他有足够的了解，且同时是他非常信任的人，她们可能吗？

"这世界上除了你，没有别人能够做到。"丽莎拍拍秦漫月的肩膀，像是巨大的锤子敲击她的身体。

"我要怎么做？"秦漫月迟疑，这听上去是一件难度奇高的事。

"接近他，待在他身边，暂时收起你的仇恨、你的倔强，用你的可怜、柔弱来打动他，走完这一趟，你就可以浴火重生了。"

“看来你已经有了全盘计划。”

丽莎抿嘴笑了笑，寓意深远，诡异纠结：“不要急，慢慢来，你现在要做的第一件事就是和陆均璨分手。”

“看来我们有了一致的想法。”秦漫月淡淡地回应，计划的第一步，肯定是要和陆均璨分手。

“恶言相向，对你来说，应该不难办到。”

秦漫月的目光冷漠，萧瑟的风将她的眼窝吹得干涩。

丽莎真像一个指挥大局的军师，而秦漫月就是那个冲锋陷阵的头军。

只是，这是一场孤勇的战斗，谁赢谁输，不到终点，无人知晓。

2

清榕大学为庆贺新的化学实验楼竣工，特意请来此次赞助商展讯游戏公司总经理负责剪彩。

学生会代表、院长、院领导满面红光地站在门口迎接谭展飞的到来，秦漫月作为为数不多的迎宾同学，举着硕大的花球站在实验楼楼下。

白色绣球花开满了整个校园，成堆成堆地印在接天碧水的校园里，似一幅幅清丽的山水图。

谭展飞在同学的簇拥下走近她，逼人的气势，冷峻的双眼，一身黑色华贵的西装，就像从言情小说里走出来的俊逸男人。

秦漫月一身淡紫色的迎宾礼服，在灼灼的日光下，像一株妖娆的牡丹。

剪彩的时候，谭展飞故意站在秦漫月面前，一手握住剪刀，一手捏住她的手，像是不经意，又像是刻意，秦漫月淡淡地笑，把手抽回。

剪彩完毕，她只身离开，这偌大的校园里，四处都是情侣的身影。

她走到学校最僻静的蝴蝶谷，手里还捧着刚才的花球，呆呆地看着水中自己的倒影。

蝴蝶谷是学校传说中的不祥之地，它路径通幽，菱形环绕，池水青绿。校园有一个传说，在这里相爱的男女都难逃分开的噩运，所以情侣们从来不踏足此地。

高大的身影掩盖了秦漫月水中的倒影，她抬头，迎上谭展飞深潭似的目光，冰冷中透着犀利。

“你说，我如果这样跳下去，会不会死？”秦漫月问。

“对于一个游泳金牌选手，不会。”谭展飞坐在她身旁，一把缠住她的腰。

“是不是我离开他，你就会放过所有人？”秦漫月不挣扎，在他的怀里安静地看他。

“你觉得呢？”他并不回答。

秦漫月突然主动搂住谭展飞的脖子，柔软的唇印了上去，一种甜美的味道温柔地传来。他没想到这个吻来得这么猝不及防，在他反应过来的时候，看到对面一双愤怒的眼睛。

眼睛的主人，是陆均璨，他绕过菱形的小径，走到他们面前，抓住秦漫月的胳膊，有些不相信地问：“为什么？”

“不为什么。”秦漫月很冷静，“如你所见，我和展飞旧情复燃。”

“不可能！”陆均璨嘶吼，声音里再也没有了平日里的淡定。

“没有什么不可能。”秦漫月掰开他的手，“我和展飞以前只是闹了一些小别扭，现在他回来了，我发现我最爱的人还是他。你只是我无聊时候的玩伴，我现在已经想清楚我心底最爱的那个人是谁，何必苦苦纠缠?”

秦漫月的声音冷漠，说话的时候字字铿锵，她紧握谭展飞的手，窝在他的怀里。

“我和你，今天，到此结束。”她别过头，感受寒风吹下落叶的忧伤，枯萎的枝叶都像在谴责她的无情。

她不敢看陆均璨的目光，良久之后，她只听到他沉重的叹息和离开的脚步，很久很久都回荡在耳边。

像逝去的轻飘飘的青春年少。

“他走了。”谭展飞把她从怀里拉出来。

秦漫月立刻站起身，理了理自己的头发：“谢谢你的帮忙。”

“你利用我？”他眯起眼睛。

“这是你要的结局，不是吗？”

“你说起决绝的话永远都能伤人于无形。”他嘴边噙着笑。

曾经秦漫月也如同今日这般，站在他的面前，迎着清晨的阳光对他说：“我们分手吧。”

他有些震惊地从熬夜的疲惫中抬起眼来看她，她目光坚定，表情冷静。微微的卷发落在肩膀上，像一个分别的姿势。

“你是认真的？”他不确定。

“是，这一年，我想了很多，我需要的是一个能给我很多很多爱，能陪在我身边的人，我试图说服我自己你就是那个会给我爱的人，可是你的生活里最重要的是工作。”她顿了顿，继续说，“就当之前是我小孩子不懂事，现在我已经找到那个能给我所有爱的人，所以，我们分手吧。”

这段话，成为谭展飞那段时间的一场噩梦，总在午夜的时候敲击他的心灵。

秦漫月之前对他的喜欢，只不过是因为她是小孩子不懂事而已，而现在她已经找到了她真正所爱，所以要抛弃他。

谭展飞还来不及告诉她，他这么努力地工作只是为了给她更好的一切，他一直在等她长大，大一点儿，再大一点儿的时候，他就要娶她。

可是她没有给他任何机会，她给他的，只是兜头而来的冰水，透心刺骨的寒冷。

“再见。”她轻轻地道别，把陷入回忆中的谭展飞拉了回来。

半途上，她拨了电话给丽莎：“计划第一步已经完成。”

“很好，接下去，会更加精彩。哈哈……”在丽莎的笑声中，秦漫月挂了电话，绣球花的花蕊从枝头掉落，青白色的花瓣落在秦漫月的手中，像是一盘孤独的碎沙。

她要尽快解决这件事，尽快让这个男人毁灭，唯一的办法，就是先变成和他一样狠毒的人。

她希望自己能做得更好。

3

元宵节，清榕四大财团联合举办一年一度的烟火晚会，烟火晚会设在清榕城美丽的西江湖畔，电台记者，明星，商政名流尽数到场，锣鼓喧天，好不热闹。

刚刚拿下金曲奖的当红人气偶像落单，千里迢迢赶来就为唱一曲开场，明星阵容豪华，无不惊叹。

这么热闹的场合，作为特邀嘉宾的婉珍特意带秦漫月来欣赏。

“漫月，我看你这阵子精神状态不好，看看烟火散散心。”婉珍无论做什么都会想到秦漫月，这让她心里感到一丝温暖。

夏逸峰早早地守候在会场中间，只为了等会儿拉住婉珍的手看烟火。

秦漫月很随意地穿了一件明黄色礼服，手上戴着一串珍珠手链，整个人显得与世无争。

陆均璨一晚上都和江蓉蓉待在一起，他今天难得穿得庄重，穿着银白色的燕尾服，头发也特意做过造型。

看得婉珍直呼：“小孩子长大了，长大了。”

他看秦漫月的目光有淡淡的伤感，秦漫月不忍直视，婉珍有些奇怪地问：“小陆今天怎么没有过来找你？”

谭展飞和Rain是在烟火表演开始前一分钟来的，两个人身着黑色西装，还有白色衬衫、蓝色条纹领带，同样颀长完美的身材，吸引了无数人的目光。

尤其引人注目的是他们身边携带的女伴——当红女星白萧和新晋小花纪纯微。

成熟俊男配美丽女星，无人不艳羡。

只见白萧挽着谭展飞，纪纯微挽着Rain，秦漫月没有多大反应，倒是婉珍气得直骂。

“好你个张世均，居然找个美人做伴，你不要后悔！”婉珍跳着脚，根本顾不得什么气质礼仪，可见婉珍气到什么地步才会连名带姓地吼出来。

秦漫月看着婉珍吃醋生气的模样，几乎忘了糟糕的心情，不自觉地笑了出来。

那种淡淡天真的笑容，晶莹的目光如水波荡漾，在谭展飞转头的瞬间看到。

漆黑的天幕下，湖畔几盏影影绰绰的美人灯，把秦漫月勾勒得有些甜美得不真实，像是笼罩在柔和线条中的一缕薄纱，有种晶莹剔透的美。

秦漫月的目光一对上谭展飞立刻就收住了笑，此时所有的灯一黑，天空中闪起了无数美丽的烟花。

她微微地抬起头，想，烟花再美，都是一瞬间的停留，如逝去的青春，永远不会再回来。

她不知道自己从什么时候开始，变成了习惯的睹物感伤。

最后一场烟火，天空拼出了“I LOVE YOU（我爱你）”三个单词。

主持人在台上说：“今天有人借此机会求婚，大家猜猜是谁？”

所有的人面面相觑，场面有些劲爆。

“下面欢迎我们的主角——陆氏集团公子陆均璨先生。”

婉珍拍拍秦漫月，笑着说：“没想到小陆来这一招。”她以为陆均璨要告白的对象是秦漫月。

陆均璨帅气的装扮足以迷晕在场的所有女人，他就像在花园饭店过生日那天，目光扫了一下所有人，慢慢地说：“我的求婚对象，是江氏企业二小姐江蓉蓉。”

周围的人一阵喧哗，婉珍惊讶到嘴巴能塞得下一个鸡蛋：“搞什么乌龙，他不是不喜欢江蓉蓉吗？”

秦漫月有些无力地闭着眼睛，江蓉蓉欢欣雀跃地走到台上，抱住陆均璨，像捡了个宝贝似的大哭起来。

台下掌声雷动，记者照片一路猛拍，婉珍把陆均璨拉下台。

“小陆，你疯啦？”

“是啊！我是疯了，一个被人玩弄欺骗的人，还能不疯吗？”陆均璨恨恨地看着秦漫月，然后又看向谭展飞，他环抱着手，目光冷峻地回看他。

秦漫月并没有上前，只是倒退了两步，银色的漆皮鞋在黑色的夜晚闪动着洁白的光。她慢慢地转过身，大步朝门口的方向走去。

“你要不要上去看看啊？你的小美人好像被人抛弃了。”Rain戳了戳谭展飞的胳膊。

谭展飞看着秦漫月的背影，俊脸更添冷漠。

“你怎么一点儿都不懂得怜香惜玉？算了，我找我家珍珍去了，活该你这辈子找不到老婆。”Rain丢开纪纯微，去找婉珍了。

婉珍看秦漫月那样，急得不知如何是好。

“别急，珍，漫月需要的是时间调整。”Rain安慰她。

婉珍一时间顾不上生气，靠着Rain，担忧地叹息起来。

4

跑出那个华丽的场所，秦漫月脱掉了高跟鞋，赤足在街上走，不知道是什么，让她心底这样空寂。

是对陆均璨的狠心，还是对自己改变的一种同情？

黑色林肯开到她的旁边，谭展飞冲着秦漫月说：“上车。”

秦漫月没想到他居然会跟出来，内心的倔强让她不理会谭展飞的话。

“我让你上车。”他的声音提高了分贝。

秦漫月不理，继续走，还没走两步，她的脚踩在了一堆碎玻璃上。

“咝……”她疼痛地叫了一声，停下来去看脚底。

血汩汩地冒了出来，血流不止。

谭展飞从车上下来，不管她同不同意，直接把她拦腰抱起，丢进车里。

“海边别墅。”谭展飞吩咐阿Ken。

这辆车的空间大到可以摆个桌子打四人麻将。

谭展飞把秦漫月的脚摆在自己腿上，仔细看了看她的脚底，细碎的玻璃扎得不算深，却触目惊心。

他慢慢地将它们取出来，生怕错漏了一块。

取完玻璃，他从口袋里拿出一块手帕，按在她的伤口上，秦漫月蹙紧双眉，本能地抓住谭展飞的胳膊减轻痛楚。

手臂上的依赖感让谭展飞恍惚了片刻，以前秦漫月每次打针的时候，都把脑袋紧紧地靠在他的身上，双手抓紧他的手臂，秋水般的瞳孔，卷长的睫毛惊恐地扑闪着，紧张得像只受伤的小鸟。

那种依赖感，是谭展飞从来没有感受过的，像鸟兽的羽毛，一点点地撩拨他的内心，让他充满责任感。

“还是那么怕疼。”谭展飞把秦漫月的头放在自己的肩膀上，用手臂紧紧地圈住她，秦漫月要起来，谭展飞圈得更紧了，命令般地说，“不许动。”

暴君！秦漫月内心浮出这个词。但是今时不同往日，现在不能过度惹怒他。于是秦漫月乖顺了，让自己在他的怀里放松下来。

“乖。”他抚摸她的发，像对待一件玩具。

在海边的白色别墅里，谭展飞把秦漫月放在紫色沙发上，自己则半蹲着帮她检查伤口，确认没有问题之后，他抬起头来，幽暗的灯光照在他像鹰一样锐利的眼中，他看着秦漫月，短短几秒，像是要从她眼睛里看出什么。

“你爱他？”谭展飞慢慢开口。

“我不想拖累任何人。”

“你什么时候变得如此伟大？真让人刮目相看。”

“我不是伟大，我只是倒霉，惹上了你，就注定要孤苦伶仃，无依无靠，没有幸福。我认命了。”她低下头，像是有万般的痛苦无处倾诉。

谭展飞抿着性感的唇，看着她垂下去的眼眸，那里似乎已经没有了任何期望。

秦漫月抬头，开口道：“我要走了。”

她一站起身，疼痛袭击了她的周身，谭展飞搂住她的腰：“你要去哪里？你还可以去哪里？”

“如今的我，想去哪儿就去哪儿，我早已无家可归。”秦漫月说得凄楚，闪着柔光的眼睛盯住谭展飞，他深邃的五官映入秦漫月的眼中，没有任何波澜。

“回到我身边。”他把她拉得更近。

“做你的玩物？”秦漫月轻笑。

“一年，我彻底离开你。”

“我能相信一个恶魔的承诺？”秦漫月拿他以前的话来堵他。

“我以我死去母亲的名义保证。”谭展飞的话掷地有声，俊脸埋在阴霾的光线里，是郑重的承诺。谭展飞对他的母亲是最敬重的，如果他用母亲的名义保证，那绝对不可能食言。

秦漫月迟疑着，事情进展得比她想象中还要顺利，谭展飞主动提出让她回到他身边，可是为什么，她又迟疑了？

“答应我一个条件。”秦漫月开口。

“讲。”

“永远不要对付陆氏。”

谭展飞扼住她手腕的手加重了力道，把她拉得更近。

“好。”一个字，像是千金重，重重地砸入秦漫月的耳际。

秦漫月抬头看了看眼前的谭展飞，张口想说什么，却被他一把拉到怀里，用力地吻住，黑暗中的他像一只豹子，房间里玫红色的光线照出她裸背上已经完全成形的秃鹰刺青，就像是展翅欲飞的凶鸟，随时向其他生物扑咬。

谭展飞一如既往地霸道，一手将她的手狠狠地扼住，一手在她的背部游移，那是专属于他的标志，它和秦漫月的肌肤已经融为一体，秦漫月目光幽幽地看着他，平静得如同窗外的月光。

她的平静和无所谓彻底激怒了他，他变得粗暴野蛮，他的脑袋里只有一个声音，留住她，留住她，哪怕是她的仇恨。

半夜秦漫月起身去浴室，身上套了一件谭展飞的大衬衫，呆呆地坐在马桶上抽烟，在安海的多少个夜晚，她半夜起来，都独自坐在床沿抽烟，直到认识了谭展飞，他收起她所有的烟，给她煮安神的茶。

秦漫月脚上的伤口又裂开了，血淌到浴室的白色瓷砖上，满目鲜红，谭展飞走进来，帮她放温水。凌乱的衣服，凌乱的头发，成熟深邃的脸上有一抹邪恶的俊逸，是秦漫月当初最爱的样子，坏到眼神都是迷人的。

“不要让水碰到伤口。”他交代完，抽掉她手里的烟，微微地拉门走了出去。

真的要回到他身边了吗？他对她已经没有昔日的温柔，她身上的每一道青紫，还有他牙齿的印记，每一次他都在她身上留下刻骨的伤痛。

她真的能坚持到最后吗？

秦漫月甩甩头，把自己浸泡在浴缸里，除了仇恨的希冀，剩下的被绝望填满。

谭展飞抽着秦漫月剩下的香烟，站在门外的缝隙中看着秦漫月把自己浸泡在水里，闭气，淹没头顶，离死亡近一步，那是他最初认识的小女孩，天真叛逆，内心装满阴霾，随时想把自己葬身于滚滚红尘中。

他小心翼翼地呵护她，把她从深海中抽离，可是一不留神，她又回到了海中，并且跌入更深的底层。

越是想爱，就越是伤害，每一次把她拥在怀中都像拥抱着不真实的泡沫，急着要留下什么让她不会遗忘。

滚烫的烟蒂烧到手指，谭展飞竟一点儿也不觉得疼。看到她伤心，他的心竟比她还要痛苦千倍。

何以如此相互折磨？谭展飞的心里有一股痛楚。就如同母亲死时的酸涩离别，哪怕母亲给他的永远都是伤害和折磨，可是当她真的死了，他还是感到巨大的悲伤和绝望。

像是匍匐前进的所有动力，一夕之间灰飞烟灭。

母亲死后，他才发现，人最大的恐惧不是没有钱，也不是面临多少艰难困苦，而是没有一个爱他的人和一盏等他回家的灯。他在枪林弹雨中走累了的时候，回过头，永远找不到回家的路。那种孤独的绝望，是铺天盖地的悲伤和空洞，时刻啃咬你长期练就的无坚不摧的心，让人扭曲。

“永远不要去爱一个人，爱会让人变得软弱、无能、痛苦，被伤害得无以复加。”母亲的话还回荡在耳边。

可是，真的可以不爱吗？真的可以吗？

5

秦漫月醒来的时候，是在她熟悉的白色大床上，阳光透过斑马线的窗帘，一道一道地照在她的身上，她记得昨天将自己淹没在水中许久，昏昏沉沉地睡着了，是谁把她抱到床上的？

衣服已经换了一件，房间外面传来一阵阵食物的香气，她慢慢地推开门，浓重的芝士味道弥漫在空气中。

“过来吃早餐。”谭展飞的声音是不真实的平和，秦漫月看到桌子上是一份芝士火腿三明治和一杯冒着热气的牛奶，谭展飞正在洗手，结实黝黑的手臂在水花中闪动光泽。

她呆呆的，头发蓬松，衣衫宽大，水灵灵的大眼睛仍然有疲惫的神情，谭展飞看看表：“累的话再多睡一会儿，想要出去打电话给阿Ken，号码贴在门后。”

看秦漫月不说话，谭展飞喝了两口咖啡之后，站起身套上西装，烟灰色的西装像是漂亮的金缕衣，把他的王者气质凸显出来。

“从今天开始你就住这儿，脚好了过几天安排你去上班，学校应该没什么课了吧？”

秦漫月机械地点点头。

谭展飞拿上公文包，走到门口，拉开门，回头看了看一动不动的秦漫月，又走回来，托起她的下巴，在她的嘴上吻了一下。

“新生活正式开始，轻松一点儿，enjoy（享受）你的新身份，OK（好吗）？”他的声音带着藏不住的得意和嘲弄。

待谭展飞走远，秦漫月才回过神来，她真的回到了这个恶魔身边，还要和他共处一室，她恨不得立刻夺门而逃，可是她只是举起牛奶杯摔在了地上。

滚烫的液体烫红了她被玻璃刺伤的脚，旧伤加新伤，秦漫月愣愣的，半天没回过神来。

6

“从今天开始，你不要联系我，每周五晚上7点准时换上新的SIM卡（身份识别卡），这是谭展飞例行会议的时间，一般会拖到很晚，见机行事。”丽莎在电话里交代完毕，也没等秦漫月回答就挂断了。

一切都渐渐开始，看似顺畅的道路是否还会发生什么事？无人能够知晓。

大四下学期没有课，所有人不是忙着实习就是忙着考研，秦漫月在准备毕业论文答辩之余，正式进入谭展飞的展讯游戏公司实习。

宿舍暂时不住了，婉珍打电话来说有人帮她办了住家的手续，秦漫月回到学校收拾东西的时候，所有人都对她露出诧异的目光。

婉珍也在收拾东西，本来她是为了秦漫月而住宿的，现在秦漫月走了，又到了实习期，她更没有理由留在这里“过苦日子”了。

Rain很体贴地帮婉珍收拾东西，她坐在一旁吃吃瓜子，喝喝水，悠闲地感叹：“小美人，没有你在的日子，我会寂寞的。”

秦漫月和Rain面面相觑，秦漫月说：“Rain，这是暗示，你没有排解她的寂寞！”

婉珍脸一下就红了，激动地跳起来：“小美人你的小脑袋里都想些什么？”

Rain靠在衣橱旁边，揉揉太阳穴，促狭地回答：“看来我还需要更努力才行……”

这句话含义就更多重了，秦漫月大笑，婉珍扑上去就打Rain：“让你说，你们两个合伙欺负我。”漂亮的脸蛋上是满满的幸福。

下楼的时候，楼下热闹得很，所有人都站在原地像是看动物一样看着他们，再一抬头，所有宿舍的窗户口都挤满脑袋，不知情的人以为领导来了。

走近了才发现是一辆兰博基尼，炫目的蓝色，同学们像发现了新大陆一样围着这辆车转，有的还和这车拍照。

车门突然开了，阿Ken从里面走出来对着秦漫月说：“秦小姐，我是来接您的。”

“这是谁的车？”婉珍问。

“这么大手笔，肯定是展飞准备的。”Rain在婉珍耳边说道。

婉珍从Rain那里多少也听过一些谭展飞和秦漫月的事情，具体的过程并不知晓，只知道他们现在在一起了。

“这车是特意为秦小姐准备的。”阿Ken回答。

“他怎么不自己来接？”

“老板有工作，比较忙。”

婉珍还想说什么，被秦漫月制止了，他怎么会来接她呢？他怎么可能会来接她？

打开后备厢，阿Ken帮秦漫月把东西一一放进去。

秦漫月站在旁边，突然看到迎面走来的陆均璨，几日不见，他瘦了，他骑着那辆捷安特，像她最初见到的样子，俊秀天真，目光如水，只是笑容，有些单薄的干涩。

秦漫月低头，钻进了车子里。

“负心汉，还有脸来。”婉珍的声音在外面重重地响起，她半低下头，在秦漫月耳边说：“如果谭富豪欺负你，你就告诉我，我冒着倾家荡产的危险也会帮你找人揍他。”

不知怎的，秦漫月的眼眶红了，这么多年，能遇到婉珍这样的朋友，对她来说，是件太过幸福的事。

因为从未奢望，当发现拥有的时候，才尤为珍贵。

“你也是，要幸福。”

“你看你，又不是生离死别，不就搬家嘛！论文答辩的时候还要回来呢，我们还要戴学士帽拍毕业照，别那么伤感，小美人，你永远是我心中最美丽的小美人。”

婉珍逗她，秦漫月破涕为笑。

车子缓缓开过陆均璨的身边，茶色的玻璃窗，他们对视了两秒，她看到他眼中的话，却什么也不能说，胜负未分，计划未成，而她，早已做好鱼死网破的准备。

7

秦漫月的脚伤好了之后，正式进入展讯游戏公司上班，和同一批实习生一起，被分配到研发部门，公司的人只知道她是老板助理推荐来的，没人知晓她和谭展飞的关系。

秦漫月所在部门的主管是一个四十多岁有点儿胖的香港女人——虹姐，一讲话就是英文夹着不标准的中文，秦漫月第一天上班的时候，在大厅和一排实习生站在一起，前面站了各部门的主管、经理、高级工程师。

她一下子就看到Rain那张戴着金丝边眼镜的脸，在阳光炎炎的大厅里，有种金光灿灿的英俊。看上去根本就是一个迷倒众生的尤物，哪里像一位年满三十岁的IT（计算机）精英。

“这是研发部的经理Rain。”

实习生里大多数女生看到Rain时眼睛都放光了，秦漫月暗笑，如果婉珍知道公司里有这么多水灵灵的小姑娘对她家Rain虎视眈眈，她肯定会发疯的吧。

Rain看了大家一眼，走到秦漫月的身边，笑眯眯地拍拍她的肩膀说："秦同学，好好干呀。"

一排的实习生都盯着秦漫月猛看，以为Rain看上她了。

秦漫月很嫌恶地拍掉Rain的手，在一排新老员工面前毫不留情地说："经理，请不要为老不尊。"

一排的员工倒吸一口气，所有人都知道Rain在公司的地位，他是老板的好朋友，又是研发部的一把手，这个实习生居然敢如此大不敬。

"小秦，怎么和领导说话呢？快点儿道歉。"虹姐责备秦漫月。

秦漫月咬着唇，看着虹姐。

"虹姐，干吗这么严肃？小秦就和我开个玩笑嘛。"Rain主动出来打圆场。

此时大厅的门被拉开，穿着阿玛尼灰色西装的谭展飞在阿Ken的陪同下出现在大厅，所有人都恭敬地弯腰喊："老板。"

谭展飞有一种王者般冷漠的气势，在远远的地方都能感到寒冷，原本深邃俊逸的五官即使在日光下也能折射出一片阴暗的冷漠。

秦漫月和众人一样，微微弯着腰，谭展飞路过秦漫月身边的时候特意停了停，秦漫月一时间又成了众人的焦点，她很冷静地看着谭展飞，大庭广众之下，她倒要看看他想怎么样。

谭展飞只是把嘴角扬了扬，转头对她身边的女生说："你是白萧的妹妹？"

谭展飞说话的对象是一个叫白萍的女生，白萍和秦漫月一样是新来的实习生，在清榕理工大学读书，人长得小巧可爱，有一种恬静的秀丽。

“是的，老板。”她点头。

“听你姐姐说你是跳级生？”

周围的人都对白萍投来惊讶的目光。

“只跳了两级而已。”白萍谦虚地回应。旁边人又从惊讶的目光换成了钦佩的目光。

“很好。”他薄唇一扬，很快消失在电梯，从头到尾都没有看秦漫月一眼。

散场之后，所有的人都对白萍投来友好的暗示，年龄小，长相甜美，还是高才生，又有背景，就连那个很威严的主管也只让白萍做很轻松的活，却打发秦漫月做一些数据分析、资料收集的活。

秦漫月抱着一摞资料从楼上下来的时候，因为东西太多，在电梯口一个错手把资料弄了一地，所有人看着她掉东西，却没有人帮她捡，此时从电梯旁边走过来一个男生，弯腰帮她把资料捡了起来。

“怎么让你一个人拿那么多东西？”熟悉的声音在秦漫月耳边响起，她抬起头，夏逸峰那张干净的脸正对着她。

他怎么会出现在谭展飞的公司？秦漫月无暇八卦，只是笑笑，说了一句：“谢谢！”然后按了电梯按钮。

“你是小珍的同学。”他像是突然想起来，“我帮你拿。”他变得很积极。

电梯门再次被打开，谭展飞和阿Ken站在电梯里，一开门就看到夏逸峰殷勤地帮秦漫月拿东西，谭展飞先是目光不悦：“我不知道设计部原来工作这么清闲。”

“老板。”夏逸峰恭敬地喊了一声，秦漫月看谭展飞从电梯里出来，也不理他，径直走进去，直接按了关门键。

8

事实上，从秦漫月搬到海边的白房子起，到去公司上班，中间隔了十天的时间。

谭展飞一次也没出现过。

这片海滩，包括中心的一座小岛，都被谭展飞买下来了，外人不得入内，这里安装了一套完善的防御系统，除非有通行卡，一般人是不能出入的。

秦漫月每次出行都是阿Ken负责，如果自己回来，可以打车到附近，再走过来。如果主人的系统设置是可以随意进入，外人才能进入。

她先是彻底地检查了一下她住的房子有什么蛛丝马迹，虽然她知道谭展飞不可能这么大意把电脑放在别墅里。

什么也没找到之后，她坐在空荡荡的房间里听着海浪声，独坐到天明。她甚至怀疑谭展飞只是想把她圈养在房间里孤独终老。

那她和丽莎的计划就再也不能实现了。

从电梯上下来，她回忆起刚才谭展飞略带不满的脸，知道她并不是不能激起他内心波澜的，她想起丽莎说的话，尽量让谭展飞看到你和别的男人亲昵的画面。

虽然秦漫月很不齿这种利用人的伎俩，但是如今也别无选择。

她故意打听了设计部的楼层，在午饭时间上楼约夏逸峰吃饭。

夏逸峰看到她来，果然显得很意外。

“你怎么来了？”

“感谢你的帮忙，请你吃午饭。”

员工餐厅的环境非常好，当秦漫月和夏逸峰一人吃着一份B套餐在餐厅里有说有笑的时候，她深深感觉有一道目光在凝视着她。

“你为什么到展讯游戏来上班？”秦漫月故意找话题。

“我就是想看看那个Rain到底有什么好的，能让小珍那么喜欢，所以我就让我爸和谭先生商量让我过来实习。”夏逸峰戳着碗里的饭，不甘心地说着，那语气就像一个得不到玩具的小孩。

从谈话中，秦漫月得知夏逸峰在这儿工作了一个月，在婉珍彻底拒绝他之后，心灰意冷、万念俱灰地来这里疗伤。

夏逸峰孩子气的脸带着愤愤的不满，中午的阳光晕染在他身上，这个不食人间烟火的贵公子。

秦漫月不知道要怎样才能让他明白，爱一个人不是他的条件有多好，而是他们彼此之间的一种感觉。

“你在国外读的什么？”

“设计。”

“不继续读了？”

“还在放假时间，我就回国来实习了。”

“你有没有想过，或许婉珍并不适合你，这只是你自己某个时期的错误判断。”秦漫月企图说服他。

“不，我喜欢她，她可爱活泼漂亮。”他连声辩解。

秦漫月笑了：“傻孩子，这世界上可爱活泼漂亮的女孩子多的是。”

他吃一口饭，眼睛亮亮地看着秦漫月，不确定地问：“真的吗？”

“我保证你会找到比婉珍更好的女孩子。”秦漫月安慰他。

他笑了笑，瞳孔明亮。

吃完饭之后，秦漫月急着回去，夏逸峰突然拉住她的手，秦漫月一惊：“我给你留个电话吧。”他拿过秦漫月的手机快速输入自己的电话号码，“谢谢你安慰我，我可以把你当成我姐姐吗？”他有些忧伤地问。

秦漫月突然没有理由拒绝，只好点了点头。

秦漫月感到餐厅中蔓延了一股难以觉察的凝重，这下，她彻底激怒谭展飞了。

果然，秦漫月下班后，走到公司附近的路口，谭展飞和他的林肯领袖已经开到她面前。

“上车。”谭展飞命令道。

秦漫月很识时务地坐进了副驾驶，谭展飞在驾驶位上，她看到他紧握方向盘的手，因为用力过猛，手上的青筋暴起。

这种感觉，就像他第一次看到小七和她站在树下拥抱，他把她拉进车里，目光冰冷得像一把锋利的刀，手在方向盘上，不安地握紧。

谭展飞愤怒地开着车，越开越快，在车子快要撞到山路边的时候停了下来。

他转过头，一把将秦漫月拽到自己面前，两道火焰一般的目光锁住她白嫩的脸庞，像是随时能喷出火焰来。

“你真是一个不安于室的女人。”

“正好配一个没有心肝的男人。”这次轮到她讥讽他，“怎么，这就恼羞成怒了？”

谭展飞停顿了一下，自己真的恼羞成怒了吗？明明以为可以不再为她和任何人在一起而心有波澜，为什么还是会暴怒成这样？光是想到中午夏逸峰拉她手的场景，他就恨不得把夏逸峰的手砍下来。

“你不来陪我，我就去找别的男人，你别忘了当初你就是这么失去我的。”秦漫月狠狠地提醒他，当年他一心埋在工作上，想等她考上大学，公司迈入正轨进入美国市场之后再好好陪她，没想到就在那段时间，她认识了小七。

“你……”谭展飞迸发了一个字。现在的秦漫月总让他不知道如何是好。

秦漫月突然主动搂他的脖子，在他耳边呢喃："何必要把人生弄得如此不愉快，我们就不能和平共处一年吗？"

"你有什么阴谋？"谭展飞警惕地问。

"我最大的阴谋……就是离开你。"秦漫月像是说真，又像是说假，"我相信你会遵守诺言，我也希望有快乐的日子，如果你再不来陪我，我就找别人陪我，这很公平。"

微风敲打着玻璃，山边的枝蔓垂直而下，像是一只大型手臂，揽住了半座山腰。

秦漫月像曾经那样，把脸埋在他的脖颈间，微凉的唇触碰着他的肌肤，像是那个孤独的女孩，要从他身上汲取所有的温暖。

"不要再离开我了，好吗？"她轻轻呢喃，像是呓语。

谭展飞有片刻的发怔，像是一切回到了从前。

9

山顶上，穿一袭红衣的女人拿着高清望远镜看着山下，玻璃窗内相拥而吻的两个人，谭展飞开始迷失却又心疼的目光告诉她，计划正顺利地进行。

秦漫月是一个聪明的女人，在上周六用另一张SIM卡打电话给她，她告知做法，秦漫月按部就班，果然就让事情顺利进行。

对一个爱自己的人，只要使用一些小手段，他很容易弃甲投戈。

丽莎随手摘下身边的一丛枯草，在手心搓成枯萎的细条，一松手，便随风飘散。

那些纷纷扬扬下落的，是她绝望的爱和不甘心的愤怒。

不甘心，谭展飞爱的那个女人，不是自己，哪怕自己为他付出生命，他也弃如敝屣。

好戏还在后头，谭展飞，你就等着下地狱吧。

丽莎的笑容连同那张美丽的脸，扭曲在风中。

第七章 你能明白家的定义吗

1

秦漫月在公司的第一个月，虹姐让几名实习生各自做一个新游戏的策划方案，如果策划方案不错，可以纳入之后的研发项目，寓意测试几个实习生的水平，所以并没有让大家一起完成一个项目，而是独立策划。

本来策划不属于秦漫月专业的范畴，她不明白领导为什么要让他们做研发的写策划，既然领导这样安排，也只能这样照做了。

大家都怀着紧张期待的心情跃跃欲试，因为男生比较多，女孩子只有秦漫月、白萍和另一个叫苏夏的女生。

苏夏显然没有信心，一直很紧张地问秦漫月："如果做不好，到时候想留下来很困难吧？"

秦漫月很疑惑："你想留在这里？"

苏夏望了望Rain的办公室，略带羞涩地点了点头，秦漫月明白了，小姑娘动了心，偌大的游戏公司，撇去公司的规模待遇不说，单是这满公司拥有高学历的帅哥，也能让小姑娘舍生忘死。

谭展飞的游戏公司不仅占据了网游市场的很大份额，还大手笔购买了一些影视IP（知识财产）的游戏改编权，在电视剧热播的同时投放广告，现在还看准了手游市场，开始研发新的手游产品，这才使这家游戏公司在短期内势如破竹地发展起来。

这是公司的员工在聊天的时候说的，看得出来，虽然大家很惧怕谭展飞，但是也很崇拜他。

“如果老板不那么冷酷，就是公司头号帅哥了。”苏夏有些八卦地说。

白萍甜甜地笑：“我见过老板笑的时候，真是迷人。”

“什么时候？”苏夏有些激动。

“就是在和我姐姐说话的时候嘛，两人可甜蜜了。”白萍和白萧的神态完全不相似，白萍像是道甜蜜的饮品，笑起来能融化每个人的心，脸上总挂着天真单纯的表情。

秦漫月在白萍提到白萧和谭展飞的时候，微微地低下头。

她想了想谭展飞什么时候笑过，好像有一次他们过圣诞节，她在他腿上挂满气球，两个人互踩。输的一方要答应对方一个条件。

踩了一轮，秦漫月自己脚上的气球全被谭展飞踩没了，而谭展飞的气球全都完好如初，他的嘴角微微上扬，双手环抱着，静静地看着秦漫月。

秦漫月气得又叫又跳，说：“不可能，不可能。”

接着恶作剧似的蹲下来假装肚子痛，谭展飞关心地走过来，她一激动朝前一蹦，脚没站稳，整个人扑倒在谭展飞怀里，他一把将她抱住，亲了她的脸颊一下，促狭地说：“投怀送抱啊！”

秦漫月噘起嘴生气地说：“你欺负我，你欺负我！”

谭展飞抱着她：“为了表示我没欺负你，我给你两个选择吧！”

“什么？”

“一、你亲我一下；二、我亲你一下。”

“你耍无赖……”秦漫月打他，他也不恼，低下头来亲她的脸颊。

秦漫月的脸突然红了，那时他们刚在一起，他总是这样温柔地亲她的脸颊，可是只有这一次，秦漫月看到他脸上的笑容，那是一抹极度灿烂的笑容，停留在气球南瓜灯的影像中，透露出淡淡的幸福，秦漫月那时恍惚地以为，那一点点的幸福，是她给他的。

2

“想什么这么专心？”夏逸峰突然出现在秦漫月面前。还是那张单纯孩子气的脸，不食人间烟火的样子。

“在想这个策划要怎么写。”秦漫月走到茶水间泡一杯咖啡。

“喝咖啡对身体不好，喝点儿蜂蜜柚子茶吧。”夏逸峰拿出一罐蜂蜜柚子茶递给秦漫月，“我刚才路过超市买的。”

秦漫月有些不好意思：“这……”

“你可别浪费我一番心意哦。”夏逸峰递给秦漫月。

“谢谢！”秦漫月迟疑了一下，还是拿了过来。

“对了，我中午来找你吃饭，我们设计部最近也在研究新项目，想让你给我点儿意见。”夏逸峰临走前留下这么一句话。

秦漫月喝着蜂蜜柚子茶的时候，苏夏过来说：“小帅哥是不是要追你啊？”

旁边的白萍突然打翻了茶杯，秦漫月看一眼，白萍只留给秦漫月一个模糊的侧脸。

“怎么了？”苏夏问。

“没什么，不小心打翻了东西。”白萍的声音很平静。

秦漫月站在窗户口向外看，对面大楼的玻璃上反射出一道道七彩的彩虹，在烈日下，美得惊心夺目，仿佛从赤道折射过来的热，都汇聚到了彩虹的光线上，像是七彩的翎毛，自天边飞洒而下。

“好美的彩虹，我第一次看到的时候还真惊讶，这么庄严的办公楼怎么会建这样一道彩虹呢？”苏夏问。

“最妙的是到了夜晚还闪着珍珠的白光呢。”旁边的员工回答。

“我想起来了，白萧有一次上采访的时候说她最喜欢彩虹了，老板真是细心的人啊！”苏夏又说。

原来如此，为博美人笑，秦漫月心里一荡，那个为了谭展飞可以不畏丽莎警告的倔强明星白萧，原来和谭展飞的关系如此牢固。

3

六十层的空气永远散发着淡淡的圣罗兰鸦片的味道，红色地毯，沿着墙边放着一排君子兰，墙纸的颜色是黑白条纹的冷色调。

谭展飞靠在椅子上，黑胶唱片缠绵的声音回绕在整个办公室，阿Ken站在谭展飞的旁边，永远从容淡定地汇报情况。

“老板，最近秦小姐和夏逸峰走得很近……”

“办妥当就行了。”谭展飞打断。

“我明白，老板放心。”

“出去吧。”他摆手，阿Ken轻轻地走出去。

黑胶唱片还在运转，慵懒如天籁的声音将他带入一个又一个迷雾之中，刀霜一样俊逸的脸孔埋在时光的影子里，有明灭的遐思。

午间休息，秦漫月泡了杯茶，对着电脑发呆。

夏逸峰打了个电话来，声音有些沉闷：“漫月姐，我中午有事，不能找你吃饭了。”

“这样啊，没关系，下次吧。”秦漫月也不细究，挂上电话，独自去了餐厅。

4

谭展飞来白房子的次数明显增加了，平均三天来一次，煮咖啡，做饭，听黑胶唱片，有时候沿着海边迎风而走，或者跳入水中游泳。

秦漫月注意过他，从来不带电脑，每次来，他只会带一把满天星，插在门口的风铃上。

他习惯做早餐，两个人的早餐，火腿三明治或鱼片瘦肉粥。有时候配大麦茶，有时候配鲜牛奶。

他们虽然住在同一个屋檐下，可他几乎不和秦漫月说话，他将自己和秦漫月分离成两个孤独的个体。

除了在有月光的黑夜，他偶尔会拥抱着她，其他时间，只是像对待一个仆人一样。

“咖啡。”

“茶。”

“拖鞋。”

“开门。”

短促的几个字，简洁地从他的嘴里吐出来，不平不淡，没有感情。

他习惯站在窗户边，颀长的身影，手持一根雪茄，明灭的红色烟头，暗淡的光线中，他冷漠的俊脸被夜的寂寞筛成旧时光的影像。

这不是秦漫月所熟知的谭展飞，抑或她从未熟悉过他，她曾经看到的，只是他最明亮的一面，而明亮的面具下面，隐藏着一颗终年冰冷的心。

秦漫月将策划方案带回白房子来写，在公司一直没有好的环境，索性回来继续做。

每天晚上，秦漫月洗完澡，等到谭展飞睡下了，再悄悄地起身到客厅里去工作。

有时候写到早上，太累了趴在桌子上睡着了，醒来的时候已经被谭展飞抱到床上，身上是一床薄薄的被子，餐桌上是他给她做的早餐，谭展飞开车离去。

阿Ken准时出现，载秦漫月去公司，在街对面把她放下来。

秦漫月和谭展飞的关系始终没有公开，她也无所谓，反正她在他身边，不会待太久。

谭展飞的绯闻女友，依然是众所周知的当红偶像白萧。

秦漫月并不是不识时务的人，也从未想过要什么，这样更好，安全低调。

没多久婉珍突发奇想开一家美容院，不足两月，清榕最大最豪华的美容院正式开张，她给秦漫月打电话，让她务必到场。

秦漫月握住电话，轻声应承下来。

开业仪式在周日，她的策划方案已经做得差不多了，她终于可以松一口气。

所以周日她准备和谭展飞“请假”。

“下班在我私人车库等我。”周五午休的时候，谭展飞要出门开个会，临行前这么交代秦漫月。

秦漫月终于有一天清闲的时间，她把写得差不多的策划方案拿出来看看还有什么漏洞。

“哎哟！”秦漫月循着声音看到远处的苏夏摔倒在地上。

她赶忙去扶她：“没事吧？”

“谁这么缺德弄一地水啊？”

秦漫月一低头，果然地上湿湿的。

“可能是打扫卫生的阿姨偷懒。”旁边有人说道。

“我扶你回去休息吧。”

秦漫月把苏夏扶到座位上的时候，看到白萍的身影从她的位子那端走过来。

“苏夏，你怎么了？”白萍也是一脸关心。

“算我倒霉，刚穿新鞋就摔了。”

“下次要注意啊。”白萍拍拍苏夏的肩膀，轻盈地走回自己的座位。

5

站在谭展飞的私人车库里，秦漫月觉得自己像一尊雕像，她料想谭展飞会使用各种手段让她感到羞愤、受挫、痛苦。

因此在一开始，她就告知自己，一定要有一颗硬如磐石的心，永远都不能被他打倒。

如今的她，再也没有回头的余地，除了孤注一掷地前进，别无选择。

谭展飞进入车库的时候，就看到秦漫月站在那里，拎着她的笔记本电脑，白炽灯光下的秦漫月，额前的发有微微的凌乱，身上的职业套装把她细长的身材勾勒得更加有韵致，眼角那一抹水波荡漾的目光，搭配一张清纯的脸，散发出一种内敛的清幽。

“想什么？”谭展飞靠近她，温热的唇触碰她的耳际。

“反正不是想你。”她故意气他。

“上车。”他也不恼，拉过她上车。

“去哪里？”秦漫月问。

“到了就知道了。”

车子开到一处豪华的私人会所，装修时尚，衣服琳琅满目，看得出是一处集休闲、妆造、美容于一体的会所。

店员笑容可亲地对谭展飞说：“谭先生，您好！”

她看到秦漫月的时候明显愣了一下，仿佛出现在谭展飞身侧的人不应该是她。

“给她搭配一件最漂亮的衣服。”

“是的。”

试了几套华丽的礼服，谭展飞都直摇头，秦漫月就觉得自己像一个布偶，被人转来转去，看来看去，她不知道谭展飞要干吗。

最后谭展飞似乎有些不高兴了：“你们最近品位下降了是吗？”

公关经理赶紧走出来，那是一个打扮时髦的女人，她笑着说：“我们有一件非常好看的衣服，但是……”

“拿出来。”谭展飞打断她。

店员从里面拿出一件淡紫色的礼服，经理开始介绍：“这是一件中西结合的鱼尾设计礼服。融合了多种时尚元素，腰间带着微微的褶皱，纯手工绣的花娇艳盛开，最特别的是整个裸背设计能将背部和腰间的曲线很好地表达出来。”

“去换。”谭展飞一摆手。

秦漫月迟疑了一下，她想起她背部的那个展翅欲飞的刺青，咬了咬唇，还是进去了。拉开试衣间门的一瞬间，谭展飞的目光也停留在她的身上久久不能离去，以前他就觉得秦漫月适合紫色，却没想过这样混合元素的衣服穿在她身上竟然有这种美丽。

她玲珑的身材、白皙如藕的手臂如同盛开在池中的荷花，如同飞身在树林的精灵，眼眸中那一点点的漆黑，更像黑夜里闪耀的一颗星。而她的脖颈处，还留着他的吻痕，淡淡的红印，在她雪白的皮肤上，更像是点缀的红梅。她整个裸露的背，流畅的腰线加上他亲手印上去的飞鹰刺青，又增添了几分狂野。

“就是这件，给我包起来。”

“可是，这是特意为白萧小姐下个月参加晚会准备的礼服。”

秦漫月这才明白，原来谭展飞以前都是带白萧来这家会所，所以这里的人看到她才感到惊讶，所以她的衣服，原来都是为白萧准备的。

“不用了，这件我不要。”秦漫月说完走入试衣间，把衣服脱下来，穿回自己的套装，径直走出门去，不管身后的谭展飞有怎样黑青的脸。

如果连最后的一点儿气节都失去了，那么，她的内心还有什么呢?

6

秦漫月没有走回车子里，她只是慢慢地在街边行走，谭展飞并没有追上来。秦漫月觉得非常沮丧，她似乎并不适合扮演一个情人的角色，她不会逢迎，不懂温柔，就连说话的机会都少有，她除了有一颗坚硬的心，一无所有。

她认识谭展飞的时候，以为遇到了一个她最爱的人；认识小七后，以为遇到了一个最爱她的人，可是到头来，她始终都是自己一个人，在这孤独的尘世中，徒步而行。

小七和陆均璨的面孔交叠地出现在她的脑海里，她用手遮住脸，心中涌起无限悲凉。

隔壁的橱窗里，她看到一枚并不美丽的戒指，珍珠母贝打底，印着她看不懂的文字，细碎的钻石将字体围成几个长方体，她想起小七说过以后赚了钱就娶她，给她买一枚她最喜欢的戒指，这样永远不能实现的承诺，让秦漫月每次想起来，都有一种苍茫的绝望。

再也不会有一个人，为她悲，为她喜，为她谋划将来。

她以为结束的是一段青春过往，不承想，继续的是一世的无望。

当她拎着笔记本电脑回到白房子的时候，谭展飞已经坐在房间里喝咖啡，他不会担心她，亦无须担心她，她在他的心目中，现在只是一个小小的角色。

这一夜，谭展飞的唇一直在她的背上流连，小小的空间里，秦漫月狠狠地把细长的指甲嵌进谭展飞的皮肤里，微微冒出的血珠扩散在秦漫月的手指上，天太黑了，她闭起眼睛，想象自己看到珍珠一般白净的天空，她觉得自己就像被碾碎的珍珠粉末，纷纷扬扬地从黑色的夜幕中坠落。

她流下了一滴清热的眼泪。

“被人玩弄是什么感觉？”谭展飞喑哑的声音在她的耳畔回响。接下来是他有些冷酷的笑，淡淡的，扎入她的心脏。

这个男人，要把她曾经给他的痛苦，如数地还到她的身上。

他紧紧地搂住她，沉沉地睡去，睡梦里，眉头永远紧皱，心事无限。

7

婉珍美容院的开业典礼，秦漫月在衣柜前找了半天，也没找到一件合适的衣服，又要遮住手臂上的青紫，又要盖住脖子上的吻痕，不把自己裹成一只熊是不可能了。

最后秦漫月找了一条围巾，搭配一套简单的咖啡色长风衣，黑色长靴，三月的天气乍暖还寒，这一身穿着还算过得去。

谭展飞一大早就不见了。

今天是白萧新戏开机，他作为绯闻男友，怎样都要去捧场。

秦漫月坐上阿Ken开来的车，阿Ken像是谭展飞肚子里的蛔虫，从来都只在适当的时候出现，衣服整洁，目光淡漠，和谭展飞如出一辙。

窗外的景色露出了清新的样子，整洁的大街上成排的梧桐树，偶尔路过几棵芙蓉花树，飘扬的花朵让秦漫月一下子想起了安海的街道。

小时候每年三月，妈妈都要带她走遍几条古街，那是安海最老的一个区，名为烟城区，早年修的柏油马路已经渐渐破损，很多人不再喜欢走这条街道，可是妈妈却毫不嫌弃。只因为街道两旁也有这样葱郁的梧桐，像是妈妈多年来的一个寄托。

后来她才知道，妈妈喜欢张爱玲，喜欢她笔下多次出现的梧桐树，可是那个女子和妈妈一样不幸福，生活最后在郁郁中收场。

“不知道安海的烟城区一带怎么样了？”秦漫月突然说道。

“修了路，已经好走多了。”阿Ken回答。

她曾经和谭展飞走过，谭展飞站在路口就不愿意继续前行，只有小七愿意拉着她的手，一路奔跑在这条泥泞的大路上，弄脏了裤脚也不在意。

他温柔如水的眼睛，转过头要给她坚定的幸福，已经成为秦漫月内心的一道伤疤。

“物是人非了吧。”秦漫月叹息。

“秦小姐，不要把事情想得那么悲观。老板他……”

“好了。”秦漫月摆摆手，打断阿Ken的话。

车子开到婉珍的美容院门前，大大的“珍珠”标志，像是某种纪念。

婉珍穿一身宝蓝色的礼服，戴着鲜艳的毛衣链，永远是耀眼夺目的。

“我的小美人来了。”婉珍看到秦漫月，笑着过来拥抱她。

“你的美容院怎么叫这个名字？”

“你不是喜欢珍珠吗？纪念我们的姐妹情和珍珠一样永恒。”

夏逸峰也来了，他送了一个巨大的花篮给婉珍，看到Rain的时候警告他说：“你如果对小珍不好，别怪我回来把她抢走。”

“有这么个忠实fans（粉丝），我不敢对她不好。”Rain笑着回应。

秦漫月看得出婉珍和Rain的感情已经非常好，他做得很好，和当初对她承诺的一样，他说要给婉珍幸福，他在兑现这个承诺。

也不枉秦漫月帮他一场。

婉珍看着秦漫月消瘦的脸，心疼地说：“谭富豪是不是对你不好？看你瘦的。”

秦漫月摇头：“不说他了。”

婉珍拉秦漫月参观了她的美容院，里面的陈设非常典雅，空间里有水声潺潺，竹枝漫漫，水底铺上一排白色纯净的鹅卵石，集美容、美甲、按摩、瘦身于一体的美容院，规模相当豪华。

“你以后来我店里做美容，一切免费哦，把你做得美美的，迷死那没心肝的某人。”婉珍还是一张嘴就替秦漫月愤愤不平。

秦漫月看到夏逸峰，走过去问：“后来怎么都不找我吃饭了？”

他面露难色，欲言又止，秦漫月笑：“什么理由这么难开口啊？难道是约了别的小姑娘？”

“没有，漫月姐，我没有约别人。”他顿了一下，像是想了许久，“我只是工作比较忙。”

“好啦，看你的脸绿的。我就是随便问问。”秦漫月没想到自己的问题让他这么为难。

参观得差不多了，她和婉珍道别：“我先走了，还有工作没做完。”

其实她担心她的那个策划案，还想回去再整理一遍。

几个人一起送秦漫月离开，刚到门口，就看到因为事情耽搁而迟到的陆均璨。

陆均璨今天依然穿得很随意，淡而如水的眼眸挂在他干净的脸庞上，举手投足间多了一份从容淡定。

“婉珍，开业大吉。”陆均璨送上花篮。

秦漫月愣愣地看着他，紧紧地抿住唇，他的旁边没有江蓉蓉，他走近秦漫月，轻声说了句：“小月，最近好吗？”

“好好，我们家小美人不知道过得多美好。”婉珍不知道中间的故事，所以还在气陆均璨。

“你今天一个人来的？”陆均璨问。

“我……”

“她不是一个人。”一道威严的声音从侧面传来，谭展飞嚣张的气焰一下子压住了整个场面。

他今天一直心神不宁，阿Ken打电话告诉他开业活动陆均璨也会来的时候，他根本待不住，开着车就往这里赶，像是不受控制似的，刚才看到陆均璨走近秦漫月，他就立刻从车子里走下来。

谭展飞把手放在秦漫月腰际，像是宣布他的所有权：“我本来要和月月一同前来，临时有点儿事耽误了。”

连称呼都刻意更改了，比做戏，谁都是高手。

陆均璨的眼睛里，是深深的落寞。

“不知陆公子何时发结婚请柬？”谭展飞像是故意说给秦漫月听的，他能感觉到秦漫月的身体抖动了一下。

“陆总费心，若我结婚，到时一定会通知你。”他抬头，像是蕴藏某些坚定的神色看着谭展飞。

秦漫月始终一言不发。

“谭富豪，你太不够意思了，现在才来。”Rain也走了出来，学婉珍的口气说话。

“你怎么对我家小美人的啊？你看她整个人瘦了一大圈。”婉珍在一旁抱怨。

“瘦了吗？”谭展飞的手抚上秦漫月的脸颊。

秦漫月把他的手拨开，她知道谭展飞故意在人前这样对她。

“我头有点儿痛，先走了，婉珍，有空再给我打电话。”秦漫月从谭展飞的怀里挣脱。

两个人在众人的目光中离去。

“你为什么要来？”车子行驶在路上，秦漫月问谭展飞。

“来看看我的宠物听不听话。”他回答得毫不留情。

“为什么你总要这样对我？”秦漫月觉得自己快要窒息了。

谭展飞把车停下来，锐利如鹰一般的眼神看着秦漫月，缓缓地开口：“因为你不配再获得我对你的好。”

“你这个疯子，魔鬼！”秦漫月抓住他的衣领大吼。

“我要让你尝尝伤心绝望的滋味。”他依旧平静，“当一个人一无所有又备受煎熬是什么感觉？现在你明白了吗？”

他说完，突然觉得自己心里那块柔软的地方如针刺般疼痛，他并不想伤害她，可是看到她和别的男人在一起，他所有的怒气就像魔鬼的一只手，驱使他去做让她痛苦的事，说让她羞辱的话。

窗外的梧桐落在车前，像许多年前她站在马路中间对谭展飞招手时候的样子，他站在街道的尽头，目光淡漠地看着她，却难掩担忧和宠溺。

她提着她最喜欢的白色流苏长裙冲他跑过来，抱着他的手臂一遍遍地说：“我喜欢你，你喜欢我吗？”

整个街道的人都停下来看她，看一个肆无忌惮的女孩跳跃的青春。

隆隆的时光中，那个曾经她爱的男人，再也不可能站在尽头看着她，给她一个笑容。

8

周一的早上，虹姐召开部门会议，就是让几个实习生把自己写的策划通过投影机放给大家看，让大家一起投票打分，分数高者胜出。

秦漫月的策划被安排在最后一个。

每个部门都有一个代表前来投票，秦漫月在一堆陌生人里看到了夏逸峰微笑的脸。

“加油。”夏逸峰用嘴形对秦漫月说。秦漫月的信心更增添了几分。毕竟这是自己花了几个通宵的心血。

每个人都开始阐述自己的策划，大家也都给了一些意见，秦漫月看完那些人的策划案，对自己写的策划就更加有信心了。

白萍是倒数第二个出场的，当她的策划一放出来的时候，秦漫月震惊了。

这个游戏策划的内容跟自己写的那个一模一样。虽然撞梗的事情常有，可是撞到90%就不能说是想到一起去了。

白萍很冷静地解释自己的策划案，说到一半的时候，秦漫月再也忍不住了，大声地打断白萍。

“这明明是我写的策划，怎么变成你的了？”

会议室一阵错愕。

“怎么回事？”虹姐发话了。

“漫月你怎么了啊？这个明明是我写的啊。”白萍用那双清澈无辜的眼睛盯着大家，“明明是我自己花了几个通宵写出来的东西，怎么说是你的了？”

秦漫月气愤地打开自己的电脑：“不信你们自己看。这分明是我写的。”

“到底怎么回事？”

“谁抄谁的啊？

“白萍是跳级生，怎么可能去抄袭一个普通学生的策划方案啊？”

……

一时间会议室各种声音都有。

“不是白萍先把策划拿出来的吗？我前天还帮白萍看了呢……”有一个部门的代表说。

“这样啊。”虹姐说，“漫月，你说是你写的，谁能给你证明？”

这些内容都是在家里写的，哪里有人给她证明？

“漫月，你为什么要诬赖我？”白萍开始嘤嘤地哭泣，那样子更加让人怜惜。

众人心里的天平早就跑到白萍那里去了，谁也不相信一个跳级的高才生，会抄袭一个普通大学生的内容。

秦漫月突然在白萍单纯的眼中读出了一丝不寻常，她看了看在场人的质疑的目光，她明白这个时候做任何解释都是无力的。

她合上电脑，看了看四周的人，调整了自己的呼吸：“谢谢你们让我知道什么叫人心险恶。”

秦漫月瞪了白萍一眼，她真的不明白，这么一个表面单纯甜美的女孩子，为什么要耍这样的手段对付她？

秦漫月拎起电脑走到会议室门口，正当她要拉门的时候，谭展飞推门而入：“发生什么事了？”

“总经理，我会解决好。”虹姐怕事情闹大。

“说，不要让我重复。”

“是。”虹姐把事情经过讲述了一遍，谭展飞听着，点了点头，看看哭泣的白萍，看看投影机上放出一半的PPT（幻灯片），了解了个大概。

“秦漫月说白萍抄袭她的策划，可是没有人能证明，而白萍前天还把程序拿给我们部门一个员工看过，所以……”一个偏帮白萍的员工说道。

看得出白萍为了做这场局，面面俱到。

“所以你就断定是秦漫月诬赖白萍？”谭展飞问。

大家望着谭展飞，露出肯定的表情。

从头到尾秦漫月都站在门口，她从来不奢望谭展飞能为她说一句话，只要他不趁机羞辱她，她就觉得是上天怜悯了。

“听上去，似乎没错。”谭展飞说。

秦漫月在听到谭展飞说这句话的时候，心里的委屈瞬间涌上心头，眼泪几乎要落下来。

可是她忍住了，她告诉自己不能哭，绝对不能哭，趁他还没有说出更难听的话之前，她要离开这里。

她伸手拉开会议室的大门，绵密的大风钻入她的耳鼻口，她拎着自己的电脑包，大步地朝前走，双脚重重地踩在地板上，在空间里回荡着一种空寂的声响。

她早就不应该对他有奢望不是吗？从他摧毁她的那一天开始，他于她而言，只是一个狠毒的名词。

眼泪被风吹干了，看不见眼前空洞洞的路，她还能博得他的信任重新扳倒他吗？就连职场这一点点的钩心斗角她都无法应对，她还能应对怎样的变数？

9

秦漫月回忆了一下事情的经过，白萍是如何弄到她的策划方案的。

她突然想起周五下午，苏夏摔了跤，她开着电脑走过去扶她，而她回来的时候，白萍正好从她座位的方向走出来。

当时她虽然觉得奇怪，但是没有往深处想，就是那个时间吧，白萍窃取了她的方案。

原来危机出现在每一个地方，是她低估了人心的险恶。

秦漫月的头很疼，她不知道怎样继续接下来的生活，她给丽莎打了电话，重述了这次事件。

“我想我做不了，他对我只有百分之百的恨，我根本无法获得他的信任。”秦漫月很沮丧。

“别冲动，你看到的都只是表面，不要轻言放弃。”

“我还能怎么做？”

“下一步，写辞职信，搬回学校。”

“这样是放弃计划了吗？”搬回学校，不就意味着自己之前都白白付出了？

“不，这是一种策略。以退为进。”

“如果他就这样让我回去了怎么办？”

“你放心，他肯定会去找你。”

和丽莎通完电话，秦漫月立刻更换了SIM卡，人还处于一种茫然的状态。

如果她走了，谭展飞真的会找她吗？她从床底拖出自己来时的箱子，把和自己有关的东西都塞了进去。

整理完之后，她才发现，她没有车离开这里。平日都是阿Ken负责接送她，可是现在……

电话很识相地响起，是Rain的号码。

“需要我帮忙吗？”Rain肯定是听到了风声，像是洞悉一切。

“开车到谭展飞的海边别墅来接我吧。”

“马上到。”

挂上电话，秦漫月拎着大大的箱子，坐在钢琴的椅子前。

来的时候是一个人，走的时候依然没有人，自从妈妈疯了之后，哪怕有爸爸的生活，她一直都是如此孤独，一个人走路去吃饭，一个人坐车去上学，一个人坐在学校的天台抽烟，想心事。

在没有遇到谭展飞前，无数个夜晚，她都这样坐在钢琴前，想念着妈妈的怀抱。

心中最大的那盏灯，在心里一点点地熄灭，锦衣玉食，也不能抵挡内心的荒芜。

和Rain回学校的路上，秦漫月一言不发，目光空洞。

最后还是Rain先开口："今天的事我听说了。你别太在意，我相信那个策划是你写的。"

秦漫月苍白地笑了笑，那个策划，就是她在别墅的白房子里写完的，熬了几个通宵，可是没有人可以为她证明。

一种无力感充斥了她的全身。

原来不是所有的事情只要你努力就会成功，飞来横祸总让人措手不及。

这或许就是现实的残酷。

到了宿舍楼下，Rain问她："你不和展飞说一下？"

秦漫月摇头："他不会在乎我的去向。"

"别这样想。"Rain安慰她，"其实展飞，很关心你。"

"看到我被人冤枉，也不会帮我说一句话，这叫关心？"秦漫月拖着包包，Rain还想说什么，秦漫月只是转身，上了宿舍楼。

10

秦漫月开始认真写论文，上图书馆，查资料，宿舍里的人虽然对她的回归很吃惊，但是也没有发表什么看法。

秦漫月搬回来的事，特意嘱咐Rain不要告诉婉珍，以婉珍的性格，肯定会去找谭展飞拼个你死我活。

回到校园的生活让秦漫月身心放松，在公司那种压迫的感觉很快就消失了。

从那场愤怒中醒过来，秦漫月渐渐明白了一个道理，有些事，不是你想躲避就能躲避得了的，尔虞我诈，嫉妒反扑无孔不入。

她蓦然觉得，谭展飞能活到现在这个地位，真是不容易。

她不知道是不是因为长大的关系，渐渐懂得站在别人的角度想问题。

有时候静下来，她也会想，如果丽莎的猜测不对，谭展飞对她失去了耐心和兴趣，从此退出她的生命，没有钩心斗角，没有那些可怕的报仇，她的人生会不会是另一种局面？

可惜，事实证明，丽莎比她更了解谭展飞。

一个黄昏，秦漫月刚从图书馆出来，有一个长相羞涩的学弟叫住了她：“学姐。”

“有事？”秦漫月看着眼前略带腼腆的男生，看上去很青涩，说话有些不自然。

“你……你……你能和我交往吗？”那学弟像是鼓足勇气似的对秦漫月说道。

秦漫月只觉得好笑，大学四年陆续收到不少电话短信和纸条，除了陆均璨就没有人当面和她表白过。

她正想拒绝的时候，谭展飞出现了。

“她不会和你交往。”谭展飞霸道地搂住她的腰，他脱掉了西装，扯掉了领带，这样的他看上去没有一点儿商人的铜臭，在校园枝蔓横生的季节，他气宇非凡的面孔，让人觉得更像是一个有些冷酷的导师。

小学弟被强大的气场震撼了，仓皇地逃离。

秦漫月从谭展飞的臂弯里站出来，抬着眉眼看他，那一抹愤然的目光，挂在她白嫩如娃娃般的脸上，平添了几份神韵。

谭展飞不说话，只是凝视她，永远一副猜不到心思的冷峻脸庞，遥遥地望着她。

秦漫月抱着书本朝前走，他跟在她身后，这绿葱葱的校园，平整的水泥小路，三三两两的女生经过谭展飞身边都忍不住回头瞻望他的王者气质，他的冷酷气质让人想靠近，又感到恐惧，却不自觉地被他吸引。

像是故意，秦漫月朝蝴蝶谷走去，如果学校这个传说是真的，她真的希望，她和谭展飞能永世分开。

终于到了僻静的地方，秦漫月转过来：“你有什么事吗？”

“气完了没？”他慢慢靠近她。

其实这么多天，她的气早就没了。

“我气的不是你不帮我，而是你不信任我。”到如今，谭展飞依然不信任她，哪怕在这件事上她没有做错。

“我相信你。”他揽住秦漫月的肩膀，坚定地说出了四个字。

秦漫月一愣，她没想到谭展飞会说出这四个字。

“那你为什么当时不说话？”

“当时那种情况，你让我说什么？”谭展飞露出了难得的耐心，“哪里都是战场，哪里都有敌人，唯一能信任的，只有自己。”

他像是在告诉她一个道理，也是这么多天，秦漫月渐渐领悟的道理。

对于谭展飞的到来，她是意外的，而他对她说的一席话更是秦漫月料想不到的。

“那你为什么这么多天都不来找我？”她不知道自己为什么会说出这种质问的话。

“你希望我来吗？”谭展飞的眸子盯住她，像在等她的回答。

她别过头去，心里有些酸，他没来代表不在乎她，准备放了她，而他来了，却只能代表他没有折磨够她。

无论他来不来，对秦漫月来说，都没有分别。

“回家吧。”他在她耳边轻轻说。只是三个字，声音沙哑眷恋，像是有无限的思念。有力的手臂，紧紧地圈住她的肩膀，把她搂得紧紧的。

秦漫月的心停顿了一下，许久以前，他总是这样抱着她，对她说，走吧，回家吧。

那时候她太小，不明白家对他的含义，谭展飞心里的家，就是那所他母亲曾经形容过的房子，那个他们一起取名叫“白房子”的地方，因为他说过，这一辈子，他和他的母亲，都渴望自己能白净如玉，可惜永远都不能达到。所以把这所房子当作他们内心最纯洁的一片领土。

秦漫月以前以为有妈妈的地方就是家，从妈妈疯了之后，这空荡荡的世界，她从来都没有一个家，家的概念对她来说太模糊了，她无数次地幻想过要和一个爱自己的男人拥有一个家，她甚至以为她可以和他走完这一生。

当初年幼的她不明白一个家对他的重要，而在对他充满恨意的成长中，她突然有了一点点真实的领悟。

有一个家，是一个多么卑微又无力的愿望，难以企及，才终日郁郁寡欢。

第八章 如果爱是人生最美好的相逢，那么我和你，算不算相逢过呢

1

“不要去公司了，从今天开始，你就待在这里写论文。”

这是搬回“白房子”的第一天，谭展飞在吃早饭的时候和她说的第一句话。

此时，他悠闲地看着一份财经报，室内散发着淡淡的食物香气，白色窗帘随着清晨的微风轻轻摆动，空气中有一种难得的和谐气氛。

这也是他们第一次坐在一起吃早饭，以往她每天起来的时候，谭展飞已经开车出门了，与她相对的，只有桌子上摆放的食物。

秦漫月大口大口地咬着火腿三明治，想着自己是怎么回到这里的。

那天晚上收拾东西，谭展飞陪她上楼，宿舍里面没有人，他一声不响地把她的东西归纳，理清，他熟悉她的一切，准确地辨认她

的床，生活用品，储藏柜子，动作娴熟老练，躬亲而温柔。

傍晚的柔光把他深邃的五官和奔忙的身影照得有些不真实，他抿嘴的侧脸，沧桑且不失英俊，让秦漫月觉得恍惚。

她突然觉得这个男人，比自己预计的还要了解自己。

心里有什么在一点点地变化，她感到了这个男人对她的细微改变。

是关心吗？否则为什么，他能如此清晰地了解她所有的一切？

“好了，走吧。”谭展飞提着她的箱子，额上有微微的汗渍。

“你确定我会和你走？”秦漫月坐在下铺的床上，仰头看着他。

“你没得选择。”他拉起她，笃定的目光看着她。淡淡的汗味混合着他身上的古龙香水味，让她有片刻晕眩。

谭展飞说得一点儿也没错。她没得选择，他来了，她就要跟他回去，所以现在她坐在这里，和他一起吃早饭。

“你准备金屋藏娇？”秦漫月突然说。

“你？娇？”谭展飞很配合地从报纸里抬出头，不咸不淡地回了两个字。

他这是在开玩笑吗？秦漫月不确定，他这是气她还是逗她？不管是哪一种，都让秦漫月稍有愠色。

她半眯起眼睛，看着态度认真的谭展飞，红润的脸上挂着生气的表情，微微嘟着嘴，整个人看上去就像一个可爱的小刺猬。

谭展飞的嘴不自觉地扬了扬，目光蕴着笑。

他最喜欢秦漫月半眯起眼睛的样子。像一只慵懒的猫，像是随时都会扑到你的怀里，温暖整个心窝。

秦漫月把牛奶一口气喝完，站起来，准备回到房间。

“有没有护照？”谭展飞淡淡的声音从后面传来。

“要护照干吗？”秦漫月转过头。

“办签证。”谭展飞的头还埋在报纸里，留给她一个光洁的额头。

“去哪里？”秦漫月有些兴奋，一层原因是她太久没有出国，最后一次出国还是跟妈妈去墨尔本参加妈妈朋友的婚礼，但是正逢下大雪，她怕冷，冻得无暇顾及国外美丽的风景。另一层原因，不久前丽莎就说，如果谭展飞要带她去哪里，两个人就多了朝夕相处的机会，那关系就能更快地改进。

“马……”

“马尔代夫！”谭展飞只说了一个字，秦漫月就激动地想到了马尔代夫。那是她一直向往的地方。

“你喜欢马尔代夫？”谭展飞把报纸放下，双手相扣，搭放在桌子上。薄唇轻启，饶有兴趣地问。

“难道不是去马尔代夫？”

谭展飞摇头，早晨柔淡的水雾淡淡地落在他的周身，真像一幅完美的人物油画。

他站起身，穿上浅咖色的西装外套。配上雪白的衬衫，整齐的领带，搭配他一张俊美冷酷的脸，任谁看了都会感叹造物主的不公。

谭展飞看到秦漫月呆滞的目光，伸手摇了摇：“过来。”

秦漫月乖乖地走过去。

他性感的手指指了指自己的唇：“亲一下，我就告诉你。”

秦漫月反应过来，脸红了，谭展飞看了看表，等不及秦漫月做出表态，就先低头在她唇上轻轻地啄了一下。

“马来西亚。”他在她耳边说，声音中带着秦漫月不曾察觉的笑。

秦漫月看到谭展飞离去的背影，回想起刚才那个淡淡的吻，心里少了一种排斥的感觉。

她甩甩头，到底是什么，让她觉得谭展飞变得不一样了，连自己也变得不太一样了。

2

“把握好这次机会，我们很快就会胜利。”丽莎在电话里咯咯地笑。

“可是到现在为止，我一点儿头绪都没有。”

“取得他的信任，你肯定能很容易地找到他的电脑和他的密码。”

容易吗？秦漫月一点儿都不觉得容易，对于一个话少，口风严，思维和狐狸一样狡猾的男人，他会那么轻易地把这么重要的东西告诉她吗？

秦漫月在大脑有些昏沉的下午，坐车去市区逛了逛，太久没有外出，人似乎变得迟钝。

谭展飞知道她要写论文，找阿Ken送来很多资料，虽然他平时什么都不说，秦漫月却能感觉到他对她的变化。

秦漫月没想到的是，在商场的一家香港品牌的手表店，遇到了夏逸峰、婉珍和Rain。婉珍和Rain是一起的，夏逸峰和秦漫月都是落单的，但是清榕说大不大，在一家商场相遇可以说是一种巧合。

婉珍看到秦漫月非常激动，拉着她的手说：“漫月，你最近怎么也不约我出来玩？”

“我怕打扰你这个大老板赚钱。”秦漫月笑着回答。再看看婉珍身边的Rain，眉目都含着笑，看婉珍的目光满是珍惜，不免羡慕。

“漫月姐。”夏逸峰和秦漫月打招呼。

“你这个小鬼，真是人走茶凉，连个短信也不见你发给姐姐。”秦漫月和夏逸峰打趣。

“这么势利啊，这还得了？”婉珍也帮腔。

“不是的，是我没有漫月姐的电话啊。”

“怎么可能？”秦漫月觉得不可思议，起初明明自己给他打过电话的。

“你们就别问了。”夏逸峰像是有难言之隐。

“快说，小心我活剥了你。”婉珍急了。

“这……”夏逸峰看了看秦漫月，又看了看婉珍，“是阿Ken助理在我约漫月姐吃饭那天，和我说让我远离漫月姐，第二天我再打漫月姐电话，就成空号了……”

“一定是谭富豪，这是在赤裸裸地吃醋！”婉珍说。

“我开始不明白漫月姐和总经理的关系……”夏逸峰小心翼翼地看了秦漫月一眼。

秦漫月有些不明白，夏逸峰的意思就是她以前的号码变成了空号？那她现在的号码又是什么？她拿出手机：“可是婉珍半个月前才打过我电话，明明是通的。”

“对啊！”婉珍一说完，有些审视的目光转向了面色不对的Rain，还没开口询问，他就招了。

“我就说会穿帮，展飞非逼我。珍，我是被迫的。”

“好哇，你联合别人欺负我姐妹。”婉珍打他。

秦漫月这下彻底明白了，谭展飞在不知不觉中撤换了她的手机号，因为她平时往来的朋友只有婉珍，所以更改了婉珍手机里自己的新号码，就不会被她察觉。

“他有病吗？”秦漫月骂道。

“你千万别怪展飞，他也是太爱你了。”Rain忙着帮好友说话。

秦漫月只是想笑，谭展飞会爱别人吗？他最爱的只有他自己。

见秦漫月不信，Rain又赶紧说：“展飞这么做也是为你好，由于你一进公司就树敌，他怕你受到伤害，所以提早让夏逸峰远离你，以防万一，才给你换的号码，但是没想到最后你还是受了委屈，因此他也很自责。”

“树敌？”秦漫月不懂，Rain所指的敌人是谁？

“就是白萍啊。白萍喜欢夏逸峰，而夏逸峰亲近你，你就是她的敌人，所以她才害你的啊。”

“白萍喜欢夏逸峰？”秦漫月又是一惊。

“你自己问这个臭小子。”

夏逸峰有些不好意思：“对不起，漫月姐，我也是后来才知道白萍是因为这个才诬赖你的。”

“你怎么知道？”

“因为白萍在新一轮的会议上说出了诬赖你的事情经过，你最近没去公司，可能不知道，总经理已经还你清白了。”

“她怎么肯说出事实？”秦漫月觉得奇怪。

“展飞调出了公司的监控，把白萍偷取你资料的画面存了下来，她不得不承认。”Rain看了秦漫月一眼，“我都说了展飞很关心你的。”

回去的路上，秦漫月坐在车里呆呆地想着刚才他们说的话，一切像是上天注定，她偶然的外出，巧遇了她在这个城市仅仅认识的几个人，而通过他们，她知道了一些事。

她想起她临走前，Rain对她说：“或许，换号码还有一个原因，就是不希望陆均璨再联系你。这表示，他害怕失去你。他想把你牢牢地绑在自己身边。”

身旁的阿Ken，每次只要秦漫月一打电话就会开车而来的阿Ken，正安稳地开着车，秦漫月想起来，阿Ken是谭展飞的司机兼助理，平日里应该公务繁忙，追随谭展飞左右，怎么会有这么多时间让她随传随到？

“你平日的工作忙吗？”秦漫月问。

“没有老板忙。”

“那为什么只要我打一通电话，你就会来接我？”

“老板交代，秦小姐有吩咐，我无论身在何处，都应该随叫随到。”

“只是一个司机，随便雇个人不行吗？”

“如果换作别人，老板不放心。”

随着最后一个字说出，秦漫月缄口。

不知道是什么在她的心头微微地挠着。她扭头，把玻璃窗摇下来，望着车窗外次第而过的树木，呼吸着城市上空清新的空气，望着纷纷扬扬而落的叶片，片片都闪现着谭展飞的脸。

他这种几乎霸道的方式让秦漫月心里像是堵着一股说不出来的感觉，更换她的手机号，把自己最信任的属下调给她差遣，为她洗刷冤屈。

难道这是一个魔鬼馈赠给她付出这一年的奖赏吗？

不不，永远不要为这一点点的细节打动，现在的秦漫月，心如磐石，她只有一个目的，打倒恶魔，永远翻身。

摇下窗，秦漫月把头靠在柔软皮质的靠背上，卷翘的睫毛微微耷拉下来，伴随有些疲惫的双眼，入梦中去遗忘今日所发现的一切。

3

签证办妥，谭展飞带着秦漫月直飞马来西亚的首都吉隆坡。

当秦漫月跟着谭展飞从马来西亚国际机场出来的时候，已经是下午，刚一出机场，一股属于赤道的热风扑面而来，各种热带植物，高耸的大厦，带有异域风情面孔的人群，吸引着秦漫月的目光。

几个穿花衬衫的马来人接的机，其中一个带头的人头上戴一顶很大的草帽，握住谭展飞的手，叽里咕噜地说着秦漫月听不懂的话。

想必这应该就是马来话了，谭展飞从小跟妈妈在马来西亚居住，会马来话并不奇怪。

谭展飞镇定自若，流利地和对方交流。

似乎在秦漫月的记忆里，就没有谭展飞做不来办不到的事，爸爸夸过他，再困难的事情，只要让谭展飞出马，一切都能搞定。

这样的男人，无论身在何处，都是名门淑媛角逐的对象。

对方看到秦漫月，说了些什么，谭展飞搂着她回了两句。

两个人同时哈哈大笑起来，秦漫月因为听不懂，只能尴尬地赔笑。

坐上车的时候，秦漫月才知道，刚才来接机的人是谭展飞这次生意合伙人的助手。

秦漫月不敢问他谈的是什么生意，只是小鸟依人地待在谭展飞的怀抱里，感受着这个离赤道很近的国度传递给她的炎热。

住的是豪华客房，最顶楼的位置，金色调，霜白色的光线。屋内家具摆设一应俱全，推开窗户，可以看到窗外的灯火和辉煌的夜晚风光。

谈完生意的第一天，谭展飞在回酒店的路上，买了一个巨大的榴莲。

吃榴莲，是他想让秦漫月学会的第一件事。

他熟练地拿起刀切开榴莲，戴着手套从榴莲里面拿出一块果肉放到秦漫月嘴边。

“吃。”

浓郁的味道让秦漫月捂住鼻子：“我不吃。臭死了。”

“听话，”他板起脸，“很好吃的。”像是哄小孩。

“我不。”秦漫月想逃，谭展飞一把揪住她，她挣扎，碰到床沿，一下子跌落在床上。谭展飞手拿榴莲，很快就靠过来，一如既往地专制，几乎是强迫的，把一块黄嫩的榴莲肉塞入她的嘴里。

浓郁的味道在口中形成一种强烈的翻搅，味蕾受到强烈的刺激。

“不许吐。”谭展飞似乎看出秦漫月的动机。

秦漫月挣扎着爬起来，谭展飞再次按住她不安分的脑袋，炽热的吻立刻落了下来。带着浓郁的榴莲味接吻，似乎淡化了刚才浓郁的味道，榴莲渐渐散发淡淡的香气。

吻完之后，秦漫月头发散乱，赤红着脸，像个红苹果一样诱人可爱，她有些生气地指着他：“你欺负人！”

话一说完她就后悔了，自己刚才的举动像是真正的情侣才会发生的。

她一下子愣在那里，思考自己什么时候开始对他放下戒备的。

谭展飞看着她刚才窘迫又可爱的笑脸，突然就笑了，那么真心的一个笑容，藏在眼底的宠溺和爱，对他来说已经许久不曾出现。

秦漫月呆呆地望着他，空气中还残留着榴莲淡淡的甜味。时光像是回到了曾经青春的岁月，他的笑容隐在晨光中，宠溺而迷人。

曾经的谭展飞，也是用这样的方式逗她，蕴在眼底的笑，满满的都是幸福的神色。

有一刻，秦漫月感到了长久以来都没有的慌张。

4

后几日，谭展飞带秦漫月游玩吉隆坡。

从双峰塔到独立广场，马来西亚这个充满热带风情的国度，放眼望去绿草如茵，天空碧蓝。

他带她去吃虾面、炒粿条、咖喱鸡、沙嗲，还有娘惹糕。

他为她一一解释关于这个国家的一切，从未有过地耐心。

他穿着简单的POLO短衫，轻松且随意，少了平日里紧绷冷酷的西装模样，整个人多出了一些少有的温柔。

他牵着她在这个城市游走，像是甜蜜的情侣，渴了就随便找一家711便利店买一杯可乐喝。

711的可乐机是自己加冰块自己打可乐，她总是害怕打多了会浪费，每次装的时候都很紧张，他故意逗她，在可乐快满的最后一刻才关上开关。

他端着满满的可乐，端在手里，秦漫月像只小猫一样，探着头先喝一大口，碳酸饮料总能让她眯着眼，透出无限满足，他俯身看她的脸，小小单薄的一个身影，没来由地感觉温暖。

谭展飞所到之处，吸引不少人驻足，他的英俊的外貌和气质，哪怕在国外，还是有许多人向他投来爱慕的目光。

谭展飞有一张世界通用的帅哥脸，秦漫月在马来西亚皇宫门前的时候，望着谭展飞有些呆呆地想。

“你们也是中国来的吗？”一个长相可爱的女生打断了秦漫月的思索。

“是的，你们也是？”在异国看到同胞，有种难以言说的激动。

“嗯，可以帮我们拍张照片吗？”秦漫月这才发现女生旁边还站着一个男孩子。

看得出来是一对热恋中的小情侣。

“可以。”秦漫月点头。

拍完照之后，女生看到站在旁边沉默的谭展飞，突然很好心地问：“要不要我帮你和你男朋友照一张？”

秦漫月看了谭展飞一眼，他目光沉沉，却没有说话。

“不用了，我手机没电了。”秦漫月推搪。

“可以用我手机拍，回头我发你邮箱。”女生好心地建议，“这么漂亮的地方，不拍一张多可惜啊。”

“用我的手机。”谭展飞在旁边突然说道。秦漫月愣了一下，他已经走过来拉住秦漫月的手，把手机递给那个女生说，“麻烦你帮我们拍一张。”随即扬起了笑容。

“不麻烦，不麻烦。”好心肠的女生笑了，“你男朋友长得真帅！”

谭展飞搂住秦漫月的肩膀，像是一个非常简单而礼貌的姿势。

女生似乎不满意：“亲热一点儿嘛……”

秦漫月抬头看了看高出自己一个头的谭展飞，他也正低下头来看自己，那道目光，融合着赤道的热，微微扩散在两个人中间，让秦漫月有些局促不安。

为了掩饰尴尬，秦漫月把左手一伸，直接搂住谭展飞的胳膊，整个人像一只小猫一样缩在他的怀里。

谭展飞莫名感到了一丝温暖。

阳光突然变得明亮起来，折射到他们身上，秦漫月眯着眼睛，有些仓促地笑了一下。

“咔嚓！”

“好了。”女生欢天喜地地把自己的作品拿来给他们欣赏。

照片上，金碧辉煌的马来西亚皇宫，熙攘的游客，门口的士兵和身后碧蓝的天，成了他们的背景，秦漫月像一只小动物，缩在谭展飞的怀里，有一片温暖的阳光照在她的脸上，她的眼睛半眯着笑。

谭展飞的手轻轻地搭在她泛着光泽的发丝上，那张俊逸如画的脸，在低头凝视她的瞬间，浅浅地漫出一种温暖。

她从未见过谭展飞这样的表情，有些感伤的温柔。

谭展飞看了看手机里那张照片，只是一秒，就把手机塞回口袋了。

他习惯了讳莫如深地处理一切事情，包括那些隐藏在内心的疼爱。

5

在吉隆坡待了五天，谭展飞带秦漫月去了马来西亚另一个地方，云顶。

世界第二大赌场的所在地，谭展飞来这里会见一个人。

“今天我有事要谈，不方便带你出门，你自己待在酒店别乱跑，如果我晚上没回来，你就先睡。”他出门前嘱咐。

谭展飞还真当她是金丝雀，出个门都恨不得把她装在箱子里锁好。

她有些不忿地想着。

一个小时后，百无聊赖的秦漫月还是打开房门，准备出去转转。

刚走到门口，就听到走廊传来如泣如诉的声音，是女人的声音，说着她听不懂的话。

她循声望去，一个长发美女满脸泪痕地从她身边跑过。

长廊的那头，一个男人背靠在金色背景的墙壁上，看上去像二十多岁，却有一种冰寒的气质。

他从口袋里掏出一只打火机和一支烟，点燃吸了一口，薄唇轻启，浓重的烟雾缠绕在他的四周。

这个动作似曾相识，他转头的一瞬间，秦漫月还以为是谭展飞，那样一双锐利深沉的眼眸。

但是又不一样，眼前的这个人眼中横生出更多妖孽般的笑意。

一个男人，怎会有一双生得如此华丽而又凶狠的眼眸？

“抽烟吗？”他走近秦漫月，用流利的中文问道。

“不会。”秦漫月嗅到了危险的气息。

“想去哪里？我可以为你做导游。”

“不用。”秦漫月转身要走。

“我不喜欢别人拒绝我。”他拽住秦漫月的手，声音有些冷。表面带着淡淡的笑，手上的力道却加重了。

秦漫月隐隐地感到这不是一个普通人。

“初来乍到，我不知道去哪里。”秦漫月推搪。

“我说过，我是一个非常好的导游。”他比了一个请的姿势。

他连说话的口气都和谭展飞那般相似，完全不容拒绝的口吻。

秦漫月突然很后悔自己没听谭展飞的话，应该老实待在酒店里，现在遇上这么一个人都不知道该怎么办。

从谭展飞身上秦漫月学乖了，知道此类的男人和他硬碰硬是不行的，干脆乖顺地跟在那男人的后面，看他到底要耍什么花招。

男人把他带到了酒店的赌场。

云顶每个酒店都有赌场，此处的赌场，虽不比拉斯维加斯来得磅礴大气，却也气势恢宏，华丽不逊。

此起彼伏的声音，夹杂着重重的烟雾，让人感觉更像置身于烟火迷漫的世外桃源，纸醉金迷的极乐世界。

“来世界第二大赌城，不赌博，岂不是说不过去？”男人邪魅地说道。

“我没有钱。”秦漫月说。

“我借你。”他扬一扬手，马上有人递上换好的筹码给秦漫月。

这明显是赶鸭子上架，不赌不行。

秦漫月战战兢兢地玩了几局下来，很快就输了好几千马币。

“输了太多了。”她有些忐忑。

“没关系。”男人抿嘴一笑，“大不了拿你做抵押。”

秦漫月一惊，觉得他不像开玩笑。

“我可不值钱。”

“你在害怕？”他靠近秦漫月，人声鼎沸的赌场，他的气场让人发怵。

她的确在害怕，眼前的一切都让她觉得非常不安全，可是现在谁也指望不上了，谭展飞说今天晚上可能不回来，她一个人在异国他乡还遇到这样一个人，看来只能靠自己了。

横竖都是一死，干脆豁出去了。

“你到底想怎样？”秦漫月终于质问道。

“不想怎样，就是想让你陪陪我。”他言语轻佻，伸手就要往她脸上摸。

“阿冰，好久不见。”谭展飞那道具有辨识度的声音随着周围嘈杂的环境，让秦漫月紧张的心情一下子放松下来。

她转头，看到谭展飞扶着一个威严的大叔朝他们走过来。

这是谭展飞曾经的干爹，人称赵叔，在马来西亚很有势力，他此次将谭展飞母亲的骨灰带到云顶安葬，顺道见一见谭展飞。

“我看你的女人无聊，帮你陪陪她。”那个男人诡异的笑容，让秦漫月想到了丽莎。

“劳烦大少爷抽空陪她，也算是她的荣幸。”谭展飞脸上毫无表情。

但是，秦漫月依然闻到了语气中浓重的火药味。

“阿冰，你这几天不是应该在洛杉矶参加赛车比赛吗？怎么突然回来了？”赵叔问道。

“有一宗大买卖，比赛车更吸引我。”阿冰回答。

“我不管你们之前有什么恩怨，展飞难得回来一趟，你别找他麻烦。”赵叔警告。

“爹地，我和展飞一直情同兄弟，我怎么会找他麻烦？”他笑着回应，秦漫月听得出他话里的玄机。

“你最好说到做到。”赵叔目光如炬，但他并不畏惧。

“展飞，你母亲的骨灰，我现在交还给你。”赵叔郑重地拿过一个盖着墨色绒布的骨灰盒递给谭展飞。

“谢谢赵叔。”谭展飞接过骨灰盒，表情沉重。

“那我们先走了。”赵叔瞪了阿冰一眼。

“赵叔慢走。”谭展飞抱着骨灰盒，恭敬地鞠了个躬。

阿冰跟在赵叔身旁，表面上毕恭毕敬，但是眼中那道邪气的目光却意味深长，他脸上的笑意更深了，像是胜券在握的猎手。

6

谭展飞把秦漫月带回酒店，关上房间门的时候脸色铁青地质问秦漫月：“我一走，你就耐不住寂寞了吗？”

秦漫月气结，她没想到今时今日，他还会对她说出这样的话。

她不想和他多做解释，故意气他：“我是耐不住寂寞，我就喜欢跟别的男人跑。怎么样？”

谭展飞气得握紧双手，这个女人，到底知不知道自己刚才有多危险，刚才如果不是他碰巧回来，现在可能就要失去她了。

他一想到要失去她，内心就有种被人撕裂的感觉。让平时冷静内敛的他口无遮拦。

秦漫月看他青筋暴起的样子，知道谭展飞又生气了，她内心在揣测他要说什么，打她？骂她？折磨她？

出乎秦漫月意料的是，他什么都没有做，他静静地看着秦漫月因为赌气而红润的脸，突然微微地笑了一下。

“有时候我觉得你长大了，有时候觉得你还是十几岁的那个小女孩。”谭展飞叹了口气，慢慢走到窗边，一手抱着骨灰盒，一手推开窗户。

“以前我一直盼望你长大，现在你真的长大了，我又希望你永远都是十几岁的样子。”他对着月光，像是说给秦漫月听，又像是说给窗外的月光听。

秦漫月不知道谭展飞要表达什么，只是觉得他的话里有太深的感情。

他落寞地看向窗外的月色，整个人似乎要和月色融为一体。

“云顶是我母亲临死前答应要带我来的地方，现在，我只能把她的骨灰带到这里来。”

“你母亲一定很爱你。”秦漫月想起自己的妈妈，那个年轻时美丽动人后来疯癫的妈妈。

“她爱我的时候，哪怕自己病得看不起医生，也要给我买我最喜欢的球鞋，所有好吃的都会留给我，而她恨我的时候，会发了狠地往死里打我，最严重的一次打断了我三根肋骨，住院三个月。可是我住院的时候，她却天天在我床前哭，哭了笑，笑了骂，所有人都觉得她疯了。”

秦漫月有些震惊，这就是谭展飞从小相依为命的母亲吗？如此折磨他、打骂他的母亲？

“小的时候，我和我母亲一路颠沛流离，吃过很多苦，受过很多人欺辱，她教会我坚强，冷漠，多疑，她告诉我所有的爱都不可信，爱只会让人痛苦，软弱。可是每一次只要我们站在山顶，看着山下的高楼，她的目光里还是有一种我从未见过的甜蜜，许多年以后，我才明白，那是因为思念一个人才会有的甜蜜，哪怕口口声声说要忘记，但是永远都无法欺骗自己。

“我母亲说过，爱和恨是可以并存的，爱有多深，恨就有多深。可是，她忘了告诉我，其实恨一个人，比爱一个人更加痛苦。”

他说完，狠狠地吸了一口烟，同样是那张完美的侧脸，说出的话却是脆弱而感伤的。

秦漫月不知道谭展飞为什么要和她说这些话，像是一种临别的交代。

“月月。”他突然这样叫她。

“嗯？”她应。

“如果我死了，你会哭吗？”

“你想听真话吗？”秦漫月问。

“说吧。”

“肯定不会，我会放鞭炮。”秦漫月咬牙切齿地回应，却在回答完之后，眼眶微微地红了。

他要死了吗？为什么他今晚变得这么奇怪？

谭展飞看着她的脸，笑得有些苍凉，盯着她微红的双眼：“那就好，永远都要怀着这样的信念，才能一直坚强地活下去。”他转过头，看向苍穹，“曾经我以为，这里就是离天空最近的位置，只要我离那个位置越近，我就能快乐。后来我才发现，金钱，地位，所有人的敬仰，都换不回我内心想要的快乐。”

“你要的快乐是什么？”秦漫月忍不住问。

他转过头，目光淡漠，烟还在手中燃烧：“有一段时间，我以为我找到了，后来我才发现，那是一个更痛苦的深渊。”

秦漫月知道，他说的深渊是她给的，当年，真的只是他一个人的错吗？是谁给了他全部的希望，又是谁给了他所有的绝望，她以为一个二十八岁的男人断不会为了她要死要活，她永远也想不到，她在很早以前，就已经是这个男人对未来全部的希望和寄托。

怪只怪，爱太痴缠；怪只怪，年幼的她不理解这份爱的沉重。

月光凄凉，落在谭展飞的身上犹如晕开迷雾般的纱帐，他的背影是那么孤独，像一幅冰冷的完美人像。

他的目光像在思索着什么，怀念着什么。

那是谭展飞第一次对秦漫月说那么多话，像是剖开自己鲜活的内心，暴露在苍穹的月色中，在陌生的国度里，交给月光洗礼，交给岁月沉淀。

睹物思人，触景生情，褪去平日里的狡诈专制，他其实也只是一个得不到爱的可怜人罢了。

秦漫月的心突然有些悲凉，越接触到他的内心，越发现不一样的谭展飞，冰冷到让人有些心疼。

那天晚上，秦漫月主动地抱着谭展飞，从再见到现在，她第一次这样主动地紧紧地抱住他，像是出于本能，她要给他温暖。

他温柔地吻她，从脸颊到脖颈，最后是她刺青的裸背，他似乎把所有的话都放在这个吻里，让秦漫月自己去感受。

他们像是回到了曾经，甜蜜好似爱人，在一起就永远不想分开。

那时候她小，不懂爱，懵懂地想要很多很多，而如今，她真正领略到有一种爱，不用心去触摸，就永远都无法感觉它的所在。而一旦触摸，却直达内心最深处，冲撞着她脆弱的灵魂。

7

第二天秦漫月一吃完早饭，谭展飞开始办理退房手续，像是很急促地要离开。

“就要回去了吗？”秦漫月觉得很奇怪。

“以后有时间我再带你来。”他的眉宇间挂着忧愁。

坐缆车下山的途中，秦漫月看着一脸担心的谭展飞，感觉似乎出了什么事。

向来从容不迫的谭展飞，很少有这样焦虑的表情。

就在昨天，谭展飞接到密报，说阿冰准备趁赵叔去越南的时候把他做掉，就在下山之后。他不告诉秦漫月，怕她恐慌，连夜把阿Ken叫来，希望他能安全地把秦漫月和母亲的骨灰送回国。

“你听我说，等到了山下，我们分头走，阿Ken会来接你。”他叮嘱。

秦漫月感觉到了事情的严重性：“到底发生了什么事？阿Ken为什么会来？你和我说清楚。”

“没事，别担心。”他抚摸她的头，她感到他手指有些发抖。

他把装在箱子里的骨灰盒交给秦漫月：“这是我最贵重的东西，现在，交给你了。”

一定是出事了，秦漫月深深感觉到了谭展飞身上散发的不安，否则他不会把他母亲的骨灰盒交给她。

“出什么事了？”秦漫月再次问。她看到缆车快要到达山脚了。

谭展飞突然紧紧地抱住秦漫月，紧到让人快喘不过气：“回去之后，好好生活。”

缆车门一打开，她看到阿Ken在外面等着他们。连阿Ken都来了，可见事情的严重性。

“一定要把秦小姐安全带回去，知道吗？”谭展飞对阿Ken嘱咐。

“老板，那你呢？”阿Ken皱着眉。

“不用管我。把我母亲的骨灰带回去，葬在墓园。”他停了一下，看了秦漫月一眼，“如果我死了，把我的碑刻在我母亲旁边。”

秦漫月在听到谭展飞说到“死”的时候，突然心里震了一下。

谭展飞把秦漫月往阿Ken前面一推，那种决绝的态度让秦漫月心里有一种诀别的刺痛，虽然不知道发生了什么事，但是她知道，一定和昨天那个叫阿冰的男人有关。

秦漫月的五官凝结在一处，愁肠百结的样子。

谭展飞走了几步，蓦然转过头，定定地站在那里。

还是平日那副阴郁淡漠的样子，眼眸如画的面孔，深潭般的眼眸凝望着秦漫月，像是要把秦漫月深深地看入眼中。

那目光，就像是许多年前秦漫月在水池边第一次和他相遇，她在转头的瞬间，看到浑身湿透的谭展飞站在水池边，晶莹的水珠和浓墨的夜色下，他冷酷的眸子却挂着牵挂。

她想起张小娴的一句话，爱是人生最美好的相逢。

而如今，她突然觉得，分开是人生最切肤的伤痛。

涌动的人群，在他们中间穿梭而行，头顶碧蓝的天，那一刻，有一种海阔天空的遥远。

“不论这次我回不回得来，我都会让你走。”在人潮中，他声音颤抖，却坚定如星。转过身，丢给秦漫月一个僵直的脊背。

秦漫月突然有种恍如隔世的哀伤。

8

在秦漫月的强烈哀求之下，阿Ken才告诉秦漫月，阿冰这次要杀谭展飞，在他帮派势力范围之内，杀谭展飞根本是易如反掌的事。所以谭展飞现在要去自投罗网拖延时间，目的就是让秦漫月离开。

而阿Ken也是在昨日才接到消息，连夜乘飞机赶来。

难怪他昨天和她说了那么多的话，难怪他变得和平时不一样，他早就知道自己这次凶多吉少，所以在和她告别。

秦漫月坐在车子的椅背上，心里冰凉得不知道说什么。

她能预见，谭展飞此行几乎是九死一生。

“赵叔呢？我们找赵叔帮忙。”秦漫月突然想到赵叔。

“赵叔今天去了越南，要过三天才能回来，很明显这是阿冰一早就计划好的。本来老板没有打算来马来西亚的，可是这次葬他母亲的山头被政府回收了，所以才打算来这里带回他母亲的骨灰。现在看来，可能都是有人设下的陷阱。”

“掉头，快掉头。”秦漫月突然大喊。

“秦小姐，要去哪里？”

“去找谭展飞，我要去找他。”内心有一个巨大的力量在支撑着她。

“老板交代要我安全送秦小姐回国。”

“你不掉头，我就自己跳车。”秦漫月几乎是用吼的，她只要一想到谭展飞孤身一人面对死亡，就难过得无法抑制。

阿Ken没有办法，只好掉过头，“可是我们去，也只能是送死。”

“我不能让他一个人死。”秦漫月突然哭了，很伤心，她的心不知道从何时开始，会心疼谭展飞。

阿Ken打开导航仪，开始搜寻谭展飞手机的方位。

在路上，阿Ken和秦漫月说了阿冰和谭展飞的关系。

阿冰是赵叔的儿子，赵叔在谭展飞帮他打天下的时候，就非常欣赏他的才干，一直想留谭展飞在身边，而赵叔的儿子阿冰一直嫉妒谭展飞，三番五次地找他麻烦，谭展飞为了避免将来的冲突，毅然决定离开马来西亚。

而在谭展飞走了之后，阿冰爱上了一个女人，这个女人最后却为了谭展飞远走他乡，将他狠狠地伤害了。

这个女人，就是现在一直在谭展飞身边的丽莎。

真是一段错综复杂的三角关系。

车子停在一个仓库里，周围有许多热带植物，仓库掩埋在植物后面，不仔细看，根本发现不了。

“阿Ken，你在外面等我，我自己进去。”秦漫月脱掉安全带对阿Ken说道。

“秦小姐，你确定要进去？”阿Ken担忧地问。

“我确定。”秦漫月感觉自己从未这么坚定过。

她下了车，朝着仓库走去。

仓库里，谭展飞已经被阿冰的手下打得满身是伤，看到秦漫月走来，谭展飞本来不怕死的目光变得焦虑了。

“你来干什么？”谭展飞用最后一点儿力气喊。

“我来陪你一起死。”秦漫月觉得自己的声音从来没有像今天这样洪亮，视死如归原来是这种感觉。

“谭展飞，没想到就你一个杂种，也有人愿意来陪你死。”阿冰发话了，显然对秦漫月的到来感到惊讶。

“你闭嘴。”秦漫月听到阿冰这样说谭展飞，没来由地愤怒。她完全豁出去了。

“你愿意为他死是吗？你知道他是个什么样的人吗？你知道他妈妈是怎么把他养大的吗？他就是一个没有父亲的杂种！哈哈哈哈……”阿冰用尽一切语言来侮辱谭展飞，谭展飞几乎有些绝望地闭着眼睛，额头上的经脉已经暴了出来，伤口上的血正一点点地往外渗。

“无论他是什么样的人，我都爱他。”秦漫月站到阿冰面前，铿锵有力地打断阿冰的笑声。

谭展飞惊讶地抬起头看着秦漫月，包括阿冰。

她能回来找他，已经让他感动，她勇敢地站在阿冰面前，不畏死亡地与他对话，那张精致瘦小的脸上，有着他从未见过的坚定。

她爱他吗？是真的爱他吗？

阿冰脸上那抹妖娆邪魅的表情收敛起来。

秦漫月看着他继续说道：“你爱过一个人吗？你知道真正爱一个人是什么样的吗？你爱他，会不计较他的过去；你爱他，会愿意给他一切幸福；你爱他，不会在乎他能给你什么；你爱他，只要他开心，你就快乐。

“你觉得你那是爱吗？无情地报复和伤害，你不觉得现在的你很可悲吗？为了一个不爱你的女人，而仇恨另一个和你无冤无仇的男人，人始终活在仇恨中不可怕吗？”

“你是不是常常无法抑制你扭曲的内心？你是不是常常在面对明亮的事物时反而感到自卑？就算是在笑，你也不快乐，你根本不知道快乐要从何获得，所以你只能一再扭曲自己的心智，陷在痛苦的深渊里无法自拔。”

秦漫月不知道自己这席话是怎么说出口的，像是指责对方，更像自己内心的写照。

她的脑海里突然出现小七和陆均璨的脸，他们都是为了爱奋不顾身的人，他们的爱，才能获得别人的留恋。

时间像是静止了，只听见仓库里老鼠发出的窸窣声响。

谭展飞这才发现，秦漫月长大了，她的言语句句打入人心。

他何尝不是和阿冰一样，是一个心智扭曲，陷在痛苦深渊里无法自拔的人呢？

许久之后，原本目光冰冷的阿冰却突然笑了一下，他放下手中的枪，打了一个哈欠：“谭展飞，你的女人很有种，我真想把你打死，把她留在我身边。”

“你敢？”谭展飞勉强站起身。

“看来你真的爱上了她，有趣。”阿冰拉过椅子坐下，把手上的枪转了转，倒出三颗子弹，“给你们一次机会，二分之一的命中率，谁来？”

“我。”谭展飞护在秦漫月身前。

“我来。”秦漫月推开谭展飞，“我不会让你死在别人手上，你只能死在我手上。”秦漫月看着他，随即站起来，直直地站到阿冰面前，“别废话了，开枪吧。”

阿冰把枪抵在秦漫月的额头，冰凉的触觉让她的心几乎停止了跳动，可是她竟然不感到害怕，这么多年，死在她的心里反复地上演了无数次，她梦到一个又一个死亡，锥心刺骨的疼痛让她以为自己已经死了，而如今真的要死了，她倒觉得是一种洒脱。

她说出了自己内心的话，像是抛开了这么多年心里的伤痛，最后能和谭展飞葬身在这养他十多年的岛上，她觉得自己并不孤独。

“你这小妞，我还真舍不得你死。”阿冰突然把枪收回来，懒洋洋地说道，“在我没反悔之前，快走。”

秦漫月喜出望外，赶紧过来扶住谭展飞，抬头对阿冰说：“谢谢。”

“不用谢我，快走吧，说不定我还会补一枪。”他的脸上又恢复了邪魅的表情。

谭展飞在秦漫月的搀扶下出了仓库，阿Ken已经等在外面，快速地把谭展飞扶上车。

阿冰和一群兄弟却追了出来，阿冰的手上还拿着枪，像是追赶猎物一样。

难道他反悔了？

“阿Ken，快开车。”秦漫月催促道。

“等等。”谭展飞突然说，“我的手机呢？”

“后方二十米。”阿Ken看了看GPRS，“应该是刚才跑过来的时候掉了。”

“什么时候了，还管手机，回去买个新的。快开车。”秦漫月急了，像阿冰这样的人，从他手里逃脱，犹如虎口脱险，谁还有心思去管手机？

“后退，我要捡回来。”谭展飞命令。

“你疯啦？”秦漫月喊。

“快点儿，后退。”谭展飞拉开车门，准备下车。

阿Ken没有办法，只好按照导航的定位后退二十米，秦漫月看到他的黑色手机就躺在草丛边，在左车门的侧面。

谭展飞打开车门，俯下身去捡，秦漫月紧张地盯着后面举起枪的阿冰，她想拉回谭展飞，可是根本拉不动。

就在他的手接触到手机的瞬间，枪声响起，子弹打入了谭展飞的肩膀，他只是抖动了一下，迅速握紧手机坐回来。

阿Ken加大开车速度，如箭一般飞奔出去。

身后的阿冰嘴边挂着邪魅的笑，拿出手机拨了一个电话：“我没有把谭展飞做掉，定金会打回你的账户。”

他一定是中了那个女人的降头，他低下头来笑了笑，杂草横生的植物后面，他的目光有一种释然的解脱。

9

谭展飞用手捂住流血的肩膀，受伤的手紧紧地握住那部几乎用生命换回来的手机，俊脸上露出了舒心的笑容。

“一个破手机，你干吗冒着生命危险去捡啊？值得吗？”秦漫月真的气坏了。自己冒着生命危险救回来的命，差一点儿又没了。

“别哭。”谭展飞拿手给她擦眼泪，目光怜惜。

秦漫月这才发现自己不知道何时已经泪流满面。

她真的不想哭，他死了，不是正好让自己称心如意了吗？可是眼泪却止不住地流下来。

“谁哭了？你死了我都不会哭，何况你没死。我才不是担心你，才不是！”她像是要辩解，可是话语里却透露着担心。

谭展飞苍白的脸上又露出了淡淡的笑容，仿佛他们这么多年所有的隔膜在这个笑容里都渐渐消退。

他把冒着生命危险捡来的手机拿起来，手指轻轻地在屏幕上抚摸，小心翼翼地呵护。

秦漫月用哭红的双眼颤巍巍地看着他。

车厢里静得出奇，他也这样凝视她，不发一语。

他从来都不是一个容易表露自己内心的人，哪怕生死关头，也要独自面对困难，他习惯了把所有的痛苦吞进肚子里。

他以为这辈子得到的都是秦漫月的仇恨，可是今天他突然从她悲伤又坚定的眼眸中读出了另一层含义，那是真真正正把他放在心上的目光，那是坚定无比要跟他死于他国的目光，那是他死了她定会难过一生的目光。

他真的很想夸赞她的勇敢坚强，她的成长懂事，哪怕他有一天真的离去，她也会将自己照顾妥当。

他只觉得自己这一场虚惊，受得太值得，从此再无遗憾。

他微微叹了一口气，嘴角轻轻地上扬，拿起手上那部他冒着生命危险捡回来的手机。

“怎么会不值得呢？”他用呢喃一般的声音轻轻呓语，脸上是许久不曾出现的满足。

秦漫月的脑海里突然闪现出一幅画面，像是某种记忆的驱使，她拿过谭展飞的手机，轻按了一下HOME（手机上返回主界面的按钮）键——屏幕亮起的一瞬间，秦漫月看到手机桌面上，是那张他们在马来西亚皇宫门前照的照片。

他冒死取回的，并不是手机，而是他们的合影。

若不是珍惜他们的美好时光，怎会置生死于不顾？若不是绝望他们没有未来，又怎会有以死相救这瞬间的甜蜜？

秦漫月的心里萌发了一种从未有过的苦涩，哭不出，抑在心头，生生地让眼泪吞没了四肢百骸。

第九章 这一生，只要你爱过我，就够了

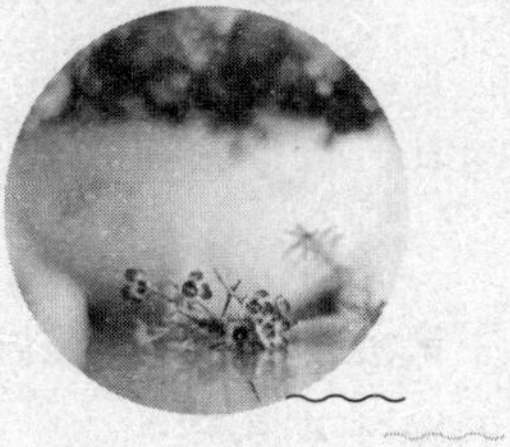

1

阴雨绵绵连续下了十日，将整个清榕城笼罩在一片青灰色的烟雨中。

五月的天气，在这莫名的阴雨中渐渐转向暖热的迹象。

从医院VIP病房的位置看下去，草地上一片青草萋萋，还带着未散去的雨水。

秦漫月打着白色的雨伞，走在医院里。

担忧而憔悴的脸庞，玲珑的大眼聚集了太多的感伤，因为来不及打扮，只是套了一件宽大的长袖搭配牛仔裤，就急匆匆地来到医院。

她怀里紧紧抱着的，是刚熬好的骨头海带汤，放上各种有助于身体调养的草药，从中午开始用文火熬了一下午。

她小心翼翼地注意脚下的路，慢慢地踏过地上的水渍，生怕滑

倒，摔坏了手中的保温杯。

这是谭展飞住院的第十天，手上还绑着绷带，却恢复了往昔的淡定，内敛。

病服松垮地穿在他的身上，没有一丝病态，还把衣服衬出莫名的华贵来。

他坐在秦漫月曾经享受过的VIP病房里，刚刚结束一个视频会议。

清榕的一切又把他拉回现实中，他又回到那个冷静狡诈、没有感情的商人谭展飞。

“骨头海带汤，趁热喝。”秦漫月把汤端到谭展飞面前。

谭展飞只允许她每天这个时候过来送汤。

谭展飞一把接过她手里的汤，目光并没有在她的脸上多停留一秒。那些液体经过他起伏的喉结，姿势潇洒又性感。

又是骨头海带汤？一旁美艳动人的护士小姐抿着嘴笑，看了十天秦漫月带同一款汤，连里面的草药都不更改，她看了都怕，喝的人恐怕也腻了吧。

开始的时候她以为这是谭展飞的女朋友，可是这十天观察下来，这位谭先生对待她的态度，淡漠，冰冷，没有一丝眷恋。所以她断定，这个女人和谭展飞没有一点儿情感关系。

“谭先生，你家用人真是细心，连送十天骨头汤。”护士小姐像是故意奚落秦漫月。

用人？秦漫月心里咯噔一下，自己无非头发凌乱，未施粉黛，穿得普通了点儿，怎么也不能和用人挂上钩吧？

“护士小姐，你们医院没有眼科吗？”秦漫月没好气地应她。

她对厨艺并不精通，这个汤还是婉珍家的一个老阿姨教的，她嫌麻烦，就总炖这个汤，反正谭展飞每次都喝得一滴不剩，从未抱怨。

“你……”

“我喜欢喝骨头汤。”谭展飞接话，硬生生把护士的话压回去。

喝完骨头汤，谭展飞把碗递回去，冷冷地抬头看了护士一眼，“你从明天开始不用来我病房。”

护士的脸发白，刚才趾高气扬的气势立刻没有了：“谭先生，我做错了什么？”

“再多说一句话，我保证，你明天就不会出现在医院。”他冰冷的唇，像是给她判了死刑。

护士再也不敢多说一句话，眼眶红红的，立刻出了门。

秦漫月盯着他冷酷的俊脸发呆。

一回到清榕，谭展飞在马来西亚所有的温柔和亲近通通变回了冷酷专制，甚至更加冷漠，他不再亲近秦漫月，不再抱她，更别说吻她了。

马来西亚之行，难道只是一场镜花水月吗？

她慢慢地拧紧保温杯的盖子，电视上出现新的娱乐新闻，美丽的主持人在电视上播报：“影视歌三栖明星白萧在今年柏林电影节获最佳女主角提名，并迎来她二十三岁生日，记者问她将如何度过二十三岁生日，白萧毫无避忌地回答，本来计划要和男朋友去旅游，但由于男友近日身体欠佳，改为共进晚餐……”

秦漫月看了谭展飞一眼，他饶有兴致地盯着电视看。

电视上白萧穿着一袭紫色的旗袍，手持香扇，微笑着面向众人。

白萧在短短一年半时间蹿红成国际巨星，除了自身的条件和努力，最重要的是有谭展飞这个富豪做靠山，这是圈内众所周知的事，秦漫月没少听婉珍提过。

而她秦漫月，对谭展飞来说又算什么呢？他的眼里根本没有她。

哪怕他住院的时候只允许她来看他，哪怕她住在他海边的白房子里，哪怕他特意给她买了一辆兰博基尼，哪怕他们曾经在马来西亚共同经历了生死。

她在他眼中，只不过是一个普通的情人而已。

秦漫月把额前掉落的头发拨到耳后，哀愁的眼睛微微垂下，原本如蝶般忽闪的目光渐渐暗淡，她抱起手中的保温杯，说了一句："我走了。"

"嗯。"他头也不回。

这样的谭展飞，让秦漫月不习惯，不喜欢，甚至恼怒。他就这样轻松地把她放在一旁，当作一件摆设，不闻不问，不管不理。

难道他真的厌倦她了吗？

2

白萧生日那天，阿Ken带秦漫月去市区买东西，说是谭展飞交代的，让秦漫月买一样自己喜欢的东西，多贵都行。

谭展飞还记得，今天也是秦漫月的生日。

四月十四日，泰坦尼克号沉船的日子，谭展飞第一年给她过生日的时候，是在一艘小小的游艇上，他亲手给她做了奶酪蓝莓蛋糕、深海三文鱼切片、芝士培根面、意式黑橄榄炒饭，还有可爱的曲奇饼。

他把蛋糕喂到她嘴里，她窝在他的怀中，抬头就是淡然的月光。

"以后我们在游轮上结婚吧。"

秦漫月笑着嘟嘴："谁要嫁给你啊？"

他一本正经地回："我又没说新娘是你！"

她扑过来拧他耳朵，河东狮吼般地问："你还想娶谁？"

她记得那时候自己的笑声，天真，幸福。

时光可以给秦漫月无数的仇恨，却永远无法抹去那些发生过的场景，他曾经是那样爱她，在她不懂爱的年纪，几乎给了她所有的疼爱。

街道上冷清孤寂，还下着绵绵细雨，秦漫月没有想买的东西，只是让阿Ken开车闲逛。到了吃晚饭的时间，阿Ken带秦漫月去一家意大利餐厅吃饭。

刚到餐厅门口，秦漫月看到谭展飞和白萧走了进去，他衣冠楚楚，眸色淡然，永远气宇轩昂，他搂住白萧的腰，就像金童玉女般登对。

鬼使神差地，秦漫月也跟了进去。他们走到楼上雅间，秦漫月也跟上楼去。

她看到谭展飞低下头来，托起白萧的下巴，温柔而深沉地吻在她的唇上，白萧就像一只可人的兔子，抱紧他的腰，沉醉在这个吻中。金童玉女的画面太美好，像是电影里才出现，她扶着墙壁，踢翻了走道上的花盆。

谭展飞和白萧都回过头来看她，谭展飞没有一点儿惊讶，惊讶的是白萧："我们不是把楼上包下来了吗？她怎么能上来？"

"他让我上来，看你们演戏。"秦漫月笑了，"枉你一个影后，这点儿名堂都看不出来。"秦漫月不是傻瓜，谭展飞的小动作她岂会不明白。

"很好。"谭展飞接过话，"我想你知难而退，不要我开口搞得那么难堪。"

"其实不需要这么麻烦，你只需要告诉我一声，我立刻就走。"秦漫月冷冷地说。

"那房子想住就住，不想住就搬回学校，反正我暂时不会再去了。车子随便你处置，扔了也好，卖了也好。"谭展飞面无表情地说。

“这是我收到的最好的生日礼物。”她笑，硬要表现得坚强，却显得那么单薄，憔悴的面容经过谭展飞的打击，更加凄楚。

谭展飞嘴角微微扬起，如往常一样嘲讽地笑：“别告诉我，恨我入骨的秦漫月，舍不得离开我。”

“我走。”秦漫月头也不回地走出去，心里涌出无限悲凉。

所有的计划都没有实现，而自己已经被谭展飞踢出局，最可恨的是她竟然有些舍不得。

谭展飞站在原地，看着那抹脆弱到几乎快要倒下的背影从他眼前消失。

“展飞，你捏痛我了。”白萧吃痛地喊，谭展飞的手松开白萧的手，跟着走了下去。

是他故意安排阿Ken带秦漫月来看眼前的一切，他不知道如何开口让她离开，所以，他才用了这么拙劣的方法让她走。

肩膀上还未痊愈的疼痛让他想起马来西亚的一切，那个奋不顾身都要回来陪他一起死的小女孩，那个口口声声说爱他的小女孩，真的要离开他了吗？

决定要放她走了，绝对不要再有任何留恋。

曾经自私的谭展飞，第一次无私。可是为什么心比伤口还要疼？为什么脚像不受控制地想要奔跑上去？

3

海边的风真的很大，尤其是夜晚，随着潮起潮落，像是能听到贝壳敲击的声音。

秦漫月赤着脚走在沙滩上，细微的疼痛丝毫不能抵挡她内心的不甘。

她想起刚才的一幕，明明知道是谭展飞耍的花招，可是内心还是莫名地有些难受。她绝对不能让自己功亏一篑，她不相信谭展飞能这样将她放下。

所以刚才，她故意给婉珍打了一个电话表述了自己的悲伤，她知道以婉珍的性格一定会让Rain找谭展飞，如果谭展飞还关心她，一定会出现，如果他对她真的毫无眷恋，那么就当她辜负了所有人的期望。

这一局，她真的没有把握自己能赢。

她想赢，证明谭展飞是爱自己的，她又想输，那么谭展飞就能继续做他的富豪，他们从此再无瓜葛。

算了算时间，她走向海边，潮水打在她的脚踝上，出奇地冰冷，她一步一步朝前，曾经，她喜欢把自己淹没在水中，闭气，感觉自己是一棵水草，融于水中，感觉死亡的气息一步一步逼近。

是谭展飞的出现，把她从冰冷的水中一次一次地拖起来。

不知道为什么，如今总是想起他的好，曾经那些微不足道的小细节，现在一点点地回想，是如此美好。

海水漫过她的膝盖、腰际、胸、脖子，最后剩下一个头露在外面。

太久不曾有过这样的感觉，仿佛有人在召唤她。

她要走了吗？一个不知道未来在哪里，看不到光明的秦漫月，浑浑噩噩活了这么多年，到如今，不知道心里到底装的是谁。

她不应该活在这个世界上，让她就此下沉吧。

有人抓住了她的手，握住了她的腰，把她一点点地推出了海面。

暗黄的月光下，她睁开眼，看到浑身湿透的谭展飞，他的发梢淌着水珠，眉宇凝成结。

“让我死。”秦漫月在谭展飞的怀里挣扎，他紧紧地抱着她，一语不发地看着她。

“我忘了，你怎么会让我死呢？你要的是我生不如死，你做到了。”秦漫月咬牙切齿地说，寒冷让她的唇齿打战。

“我恨我自己，我恨不得你死，却还是想要救你；我恨我自己，看到你吻别的女人，却会难过；我恨我自己，哪怕是死，最想见的那个人还是你。”

秦漫月抱着谭展飞的脖子，眼泪混着海水成片地落下来。

她在他来之前就设想好他来之后她要说这番话，可是这番话真的说出口的时候，她怀疑这并不是一段台词，因为太顺畅，像是发自肺腑的。

他将头微微地低下来，将冷酷俊逸的脸靠近她，温热的唇拂过她的泪，停留在她落泪的眼睛上。一种细腻温柔的触感，让秦漫月闭起了眼睛。

谭展飞看着秦漫月，微微抖动的小脸因为哭而有些红肿，在夜里却更加楚楚动人，让他舍不得放手。

他答应过要让她走，却说不出口，所以故意用了那么拙劣的方式，让阿Ken带秦漫月来那家餐厅，他希望这次她主动离开，像上次一样，那样他就可以放了她，真正放了她。

可是埋藏在她眼底的悲伤那么直直地印入他的瞳孔，把他所有的狠心瞬间摧毁。

拥抱的姿势持续了很久，最后谭展飞深深地闭起眼睛，用心去呼吸眼前的一切。

像是羽毛般柔软的声音在秦漫月的耳畔响起：“我们回家吧。”

淡黄色的月光下，谭展飞深如潭的眼眸和月色融为一体，他紧紧地抱住怀里的人，坚定地一步一步朝白房子的方向走去。

远处的白房子，就是他们的家，从此，他要给她所有家的温暖，哪怕她身上还背负着仇恨他的重任，他都不管。

此刻在谭展飞怀里的秦漫月，听着谭展飞心跳的速度，感受着他臂弯传来的温暖，她刚才孤寂的心像是找到了港湾。

她不知道自己是不是在演戏。她不敢想，也不愿意相信这是事实。但有一点可以肯定，谭展飞，对她已经彻底放下警惕。

4

在海水中泡了太久，又吹了冷风，秦漫月烧得很厉害。谭展飞不眠不休地照顾了她好几天，还是不见退烧，谭展飞怕她引发别的症状，特意找了医生来家里，给她做了全面检查，最后确定没事，只是感冒引起的扁桃体发炎从而引发的高烧，他一直紧张的面孔，才稍稍缓和下来。

半夜里，谭展飞给秦漫月掖好被子，自己坐在旁边托着吊瓶，秦漫月好几次醒来，都看到他深邃的目光看着手中的瓶子，仿佛手里捧着的，是她的生命。

秦漫月盯着他通红的脸，他也发烧了，可是他没有管自己的病，衣不解带地照顾她。她转过头假装继续睡觉，生怕自己再看下去就哭了。

如果说十八岁的她与这个大自己十岁的男人只是一场错误的相识，而如今，就是永远也说不清的孽缘。

可是她想起爸爸的死，小七的死，那些积压在她体内长达几年之久的仇恨很快覆盖了这些感动。

秦漫月的病好了之后，谭展飞紧皱的眉终于舒展开了，每天不忘叮嘱她吃药，秦漫月这才看到，谭展飞认真地把药包裹在糯米纸里，再温柔地递到她面前。

她想起来她第一次住VIP病房时那些被糯米纸包的药，原来是他的设计。

原来在那时，他就在默默关心着她的一切。她以前最讨厌吃药，每次吃药脸都苦得像吃了黄连。

有一次赌气，她说：“以后谁给我吃不苦的药，我就嫁给他。”

谭展飞故意笑她：“那你一辈子嫁不出去了。”

她扭过头去假装生气：“反正不嫁给你。”

现在，她吃着没有苦味的药，想着这些往事，那时候随口的玩笑，现在居然成了真。

病好之后，秦漫月安心地在别墅写论文，谭展飞对她有了很大的转变，定时回来，为她做早饭、晚饭。

中午哪怕不回来，也要打电话给她，问她在做什么，双休日定要带她出门，看电影，逛海洋公园，听戏，打球，骑马……

秦漫月开始慢慢了解谭展飞，他虽然有一张冷酷的脸，却有一颗敏感脆弱的心，他不相信任何人，却渴望得到别人的爱，他把自己最深的感情藏起来，只在黑夜里拿出来凝望。

秦漫月捡回自己曾经的爱好——游泳。蝶泳，蛙式，这是她以前最喜欢的运动，每一次游到深处，转头看到谭展飞一言不发地跟在她的身后，她总能想起十八岁时第一次相遇，她假意落水，他奋不顾身地来救她。

她问过他：“那时候你为什么来救我？真的不知道我会游泳吗？”

他抿着嘴，不以为意地说：“我只是不想看到你孤独失落的样子。”

那时候自己的孤独，是那样明显。

秦漫月喜欢看谭展飞做饭，房间里放着黑胶唱片，时光都变得缓慢，她帮他把围裙围上，他握住她的手亲亲她的脸，云霞灿烂下，只有两个人幸福的影子，他告诉她他在唐人街的餐厅学过雕花和切菜，也在刺青店打过工，他告诉她很多他的经历，她缩在他的怀里，两个人在夕阳下一起弹琴，她恍惚地以为这就是地久天长。

黑夜里，他也变得温柔无比，轻柔得像是对待一块瑰宝，他在床前挂上淡粉色的水晶珠帘，桃心的叶片总能随风摇曳。

秦漫月习惯了他身上淡淡的圣罗兰鸦片的味道，闻久了，真的会上瘾，明知道越陷越深，却依然沉浸在里面。

他们一起去看电影《美人鱼》，电影散场了，所有人都走了，她还坐在那里一动不动。

她平静地问他："如果有一天，你发现你爱的那个人，接近你只是想来害你，你会难过吗？"

他低下头温柔地抚摸她的头发："只要她爱过我，就够了。"

在灯火通明却空荡荡的3D电影院，秦漫月抱着一桶咸味的爆米花看着谭展飞。

她真的很想问他，他爱不爱她。

可是她不敢问，半个字都不敢问。她不再是十几岁的秦漫月，抱着他的胳膊死皮赖脸地问"你爱不爱我"。

如今他们中间横着太多仇恨和过往，今生今世都无法跨越，哪怕如今的她已经明白他是一个内心怎样孤独的可怜人，可是，她不会忘了她此行的目的，也不会忘了和别人的约定。

她真的希望谭展飞不会爱上任何人，她害怕自己又要面临抉择。

她知道，这个抉择，关乎着生死富难，她不忍心再一次把他打入深渊。

5

毕业典礼那日，秦漫月独自返校，正巧赶上谭展飞出差。

毕业是一个欢喜又忧伤的日子，过往的结束，也是新生活的开始，校园的石榴花沿着通幽的小路花瓣点点坠落，梧桐树的枝叶覆盖了整座校园的悲伤，离别的愁绪在每年的毕业典礼总是显得特别隆重，莘莘学子的分离，与恩师的告别，对校园的留恋，每个人都有万般思绪在心头。

院长微笑着发表完演讲，几乎含着泪与同学们告别，婉珍抓住秦漫月的手非常配合地哭了又哭，Rain陪在她身边，拿着超大的单反给她们拍照。

“谭富豪真的不来？”婉珍不相信，“听我家Rain说，你们现在感情很好。”

秦漫月淡淡地笑，她不知道如何说，有时候表面的安静，不过是为了等待更狂烈的暴风雨而已。

秦漫月戴着学士帽，穿着学士服，在镜头前一如既往地笑得干涩，许多人的亲人都到场了，就连婉珍那个富豪爹也带着她珠光宝气的妈妈来了。

“我们家珍珍，无论穿什么都好看，老徐，你说是不是？”婉珍妈妈非常满意地询问婉珍爸爸。

“是啊！我家珍珍是没去拍戏，要不然影后能轮到白萧吗？”她爸爸迎合她妈妈的话。

“你们两个老人讲话要不要这么夸张！”婉珍娇嗔地笑。

婉珍拥有最爱她的亲人和最爱她的男人，这两样世界上最宝贵的东西。

秦漫月不是不羡慕的，她唯一的亲人，已经痴癫到不认识她，而她爱的人呢？

她的脑海里闪过谭展飞冷峻的脸，她感到惶恐。

抬头的瞬间，看到陆均璨站在一棵石榴树下看着她，许久不见，他的目光多了忧伤和深不见底的怅惘，还是那张干净的脸，静静地站立，阳光下，像是小七站在那里等她。

黑色的林肯开到的时候，伴随所有人惊叹的目光，谭展飞穿着一身休闲的范思哲套装，再加上颀长的身材、完美的俊容，从车子里慢慢地走出来。

有人在旁边窃窃私语：“这不是白萧的男朋友吗？”

“好帅啊！他怎么来了？”

……

他打开后车门，从里面扶出一个女人，她穿着那条秦漫月最喜欢的镶荷叶边的红裙子，头发是微微的卷发，淡淡的妆让她看上去精神饱满，虽然有了岁月的痕迹，却不能掩盖她依然存在的美丽。

“妈妈。”秦漫月下意识地叫了出来。

是秦漫月的妈妈，她被谭展飞扶着，空洞的脸上挂着恬静的笑容，她冲秦漫月挥手：“月月。来，月月。”

秦漫月激动地跑过去，抱住她：“妈妈，你记得我了吗？你真的记得我了吗？”

妈妈只是痴痴地笑：“是展飞告诉我，你是我女儿，月月，对吗？”她的声音仍然痴呆，但是没有了仇恨的目光。

“对对，我是你女儿月月，妈妈，你能来，我真高兴。”

婉珍一家也走过来：“阿姨你好，我是漫月的好朋友徐婉珍。”

“怕……怕……”她躲到秦漫月身后。

“不怕不怕，”秦漫月哄她，转头对婉珍说，“对不起，我妈妈有病，怕生人。”

“那我们去照相吧。”Rain提议，然后意味深长地拍拍谭展飞的肩膀，“没想到你出差是为了这个？佩服！”

秦漫月看着谭展飞，他终年不变的冷酷脸庞，在阳光下似乎没有了恶魔的翅膀，他的眼里露出了一些局促，转移话题说：“照相吧。”

在学校最出名的清晖大草坪，秦漫月站在妈妈和谭展飞中间。

青鸟从头顶上轻声飞过，阳光从头顶洒下来，美好的时光仿佛定格在这一刻。

这个男人，不言不语就洞悉她的内心，不声不响地给她传递温暖，她差点儿有种错觉，这就是她这一生拥有过的，最好的幸福。

远处的石榴树下，陆均璨早已不见了踪影，远处是学校的蝴蝶谷，她想起蝴蝶谷的那个传说，所有到过此地的恋人，都会分开。

她从来没有像今天这样相信这个传说。该消失的终究要消失，到头来，一切都只是镜花水月罢了。

6

谭展飞母亲的骨灰安葬在墓园的那日，谭展飞只带了秦漫月一个人，在山顶的墓园，谭展飞亲手把他母亲的骨灰放进去。

他目光黯然，指着旁边的位置对秦漫月说："如果有一天我死了，我要和我母亲葬在一起，这个世界，我只有她。"

"你还有我。"秦漫月的心在呐喊，可是没有说出口，她只是主动走过去，靠在他的怀里。

那一刻，她真的快要忘记仇恨。

那天回家的路上，车子停在一个交叉路口等红灯，秦漫月看到橱窗中不起眼的珍珠母贝的指环不见了。

"想什么呢？"谭展飞问。

"总是有些人，可以得到幸福。而有些人，永远只能形影相吊。"

"你最想要的是什么？"谭展飞问她。

"爱。"她盯着自己光秃秃的手指，手腕上的珍珠手链泛着淡淡的月光。

小七的脸像是就在前方，那个在她人生最不堪的年华里，给予她所有爱的男孩，他永远都是秦漫月心底的伤。

"你知道这辆车有密码的吗？"他望着前方，突兀地说了一句。

雨开始纷纷落在车窗上，秦漫月突然有种不敢呼吸的感觉。

“010915。”

“记住了吗？”他转头，如星的眸子凝视着她。

她点点头。被他不着边际的转变弄得有些迷糊，却在一瞬间，嗅出了异常的玄机。

红灯变了，谭展飞发动车，往前开去。雨刷飞快地左右摇摆，就像秦漫月的心，她暗暗想，这组密码会是他电脑的密码吗？

半夜起身，她鬼使神差地来到谭展飞的书房，她手里拿着的是丽莎给她的U盘，谭展飞的电脑就静静地躺在书桌上，仿佛在等待她。她迅速地走过去，打开了电脑，很快电脑切换到输入密码的界面。

她输下第一组数字：010915。

系统提示密码错误。

她愣了一下。

那是什么？她想了想，突然看到他的桌子上，摆放着他们的合影，那是十八岁那年她们第一次去马场的合影，她趴在他的背上，笑得很灿烂。

照片上面的日期写着5月1日。那0109应该是时间。他们是在5月1日上午9点01分拍的这张照片。那密码应该是050901。

她颤抖着打下这组数字，电脑顺利地打开了。

她把U盘插入电脑，上面提示正在拷贝数据，她看着电脑屏幕上的数据条一点点地填满，最后提示拷贝成功。一种深深的愧疚感涌了上来。她迅速地拔下U盘，关了电脑，把U盘装好。

做完这一系列动作，她整个人都在发抖，特别是她的心，跳得特别快，她拿了一支烟，走到卫生间，坐在马桶上，手里拿着手机，看着上面丽莎的名字，迟疑着。

像是过了许久，她敲下了几个字：“材料已经拿到。”

一切很快就会结束，比她预计的时间还要快，这半年来发生的一切在她的脑海里翻江倒海。

时间过得太快了，她以为完成不了的事情，却在此刻轻而易举地完成了。她做得很好，却有一种无法呼吸的感觉。一切都太顺利，顺利到令她恍惚。

她将烟头丢到马桶里，按了一下冲水按钮。“哗啦啦”的水声如同秦漫月沉着的心，一点点地下沉，下沉。她走回床边，看着熟睡的谭展飞，他的手臂露在月光下，透出流畅的线条。冷酷、淡漠又深邃的脸孔仰面而上，像是祭奠某个盛典，显得如此虔诚。

她与他并排躺着，想象他们进入了死亡的棺椁，里面没有空气，没有阳光，只有相濡以沫的信任和以死相惜的动容。

她的眼泪从眼尾流出，淋湿了枕头，透亮了整个月色。

7

离开谭展飞的那一天，秦漫月给自己买了一大套学英文的书，她的英文并不差，只是许久不看有些生疏了，她打算回安海，报一个英文补习班，申请留学。

她趴在桌子上给谭展飞写信，阳光暖融融的，桌子上有谭展飞给她新买的枇杷膏、西瓜霜、喉宝，他总是这样，把所有的东西都堆到她面前，希望她立刻变得健康活泼。

只是，她没有想到，陆均璨会来得那么快，越过别墅外的层层系统警报，站在她的面前。

他说：“漫月，我来带你走，我来实现我们的约定。”

“什么意思？”她慌乱地打翻一桌子的书。

“谭展飞的犯罪证据我已经交给警察，警察很快就会来找谭展飞了。”陆均璨抓住秦漫月的手，激动地说，“漫月，我们的计划终于成功了，成功了。”

秦漫月看到门口站着的、脸色黑青的谭展飞，他手上还拎着一袋小香梨，此刻已经滚落一地。

“这是你们的计划？”谭展飞的声音像是从地底发出的，但是脸上没有波澜。

“是。这是我们三个人的计划。”陆均璨站到身体有些发抖的秦漫月前面，毅然对上谭展飞如炬的眸子。

“还有丽莎？”

他一早应该想到，留住丽莎，迟早会害了自己，可是禁不起她的苦苦哀求。可见心软，真的是人生大忌。

“你很吃惊？”陆均璨笑了笑，“面对你这种狠毒的男人，杀人不眨眼的恶魔，我们只能使用这种手段。”

“我果然没有小看你，秦漫月不过是你的一枚棋子。”谭展飞咄咄相逼。

“我也是迫不得已。”他像是怕秦漫月误会。

谭展飞推开陆均璨，走到秦漫月面前，声音像是越过了几个世纪般寒冷：“你告诉我，这一切都是真的。”

秦漫月盯着自己的双脚，冰冷的赤裸在白色瓷砖上的脚指头，虽然她不知道陆均璨是什么时候加入的，可是眼前的一切已经被戳破，无力回天。

她曾经幻想过自己到了这一步就可以酣畅淋漓地羞辱他，可是没想到自己现在竟然不知如何面对他。

“漫月，你告诉他，你接近他都是骗他的。你别忘了是谁害得你家破人亡，是谁害得你流离失所，是谁害你失去最亲的人。”陆均璨在身后提醒她。这样的陆均璨她仿佛从未认识过。

秦漫月缓慢地把头抬起来看向谭展飞，无数次她这样抬头看他的目光，仇恨的，惊恐的，期待的，甜蜜的，从来不会像今天这样是彷徨的。

她鼓起勇气，缓缓道："这一切都是真的，谭展飞，我骗了你，我处心积虑地要待在你身边，无非就是要拿到你的犯罪证据，让你再也无法翻身。我从来没有爱过你，我对你说的话、做的事都是为了让你信任我，这世界上，没有一个人，比我更恨你。"

秦漫月一口气说完，耳朵似乎在嗡嗡作响，她想起他昨天还对她说要带她去马尔代夫，带她去坐船，登山，她半夜咳嗽，他一整夜没睡，喂她吃药，温柔地抱着她，怕她不舒服。

"秦漫月，是我低估了你的演技。"谭展飞有些喑哑的声音从头顶传来。"走吧，漫月。"陆均璨拉过秦漫月和她早已放在地上的行李。

她的另一只手，却被谭展飞牢牢地拽在手心里，他手指的温度和他内心的悲伤，仿佛都能直通秦漫月的心底。谭展飞的眼中没有愤怒，只有淡淡的忧伤。秦漫月没有见过那样的谭展飞，平和，失去了往日的霸气，只是紧紧地抓住她的手，眼底全是不舍。

"对不起。"秦漫月把手抽出来，那一瞬间，秦漫月看到谭展飞受伤的眼中涌起了深深的波澜，像曾经的自己，一瞬间，被掏空了灵魂。

七月就要结束了，荒诞的一切都要结束了，她赤足走在地上，看了看身后的白房子，谭展飞没有追出来，门前的灯挂上了她最喜欢的满天星，星星点点地聚拢出一簇不易察觉的烟色。

风轻轻地吹来，门口的那盏灯熄灭了。就如同秦漫月心里刚刚挂起的那盏灯，在风吹来的瞬间，失去了所有的光亮。

第十章 再见，我亲爱的小公主

1

让我们把遗漏的部分补一补。

把时光倒回半年前，在“小雕”死了的那天，秦漫月决定联手丽莎对付谭展飞。

她找到陆均璨，让他帮助她演一场戏给谭展飞看，他们查到谭展飞将会为学校的化学实验楼剪彩，秦漫月特意和一个学妹对调参加了那次活动，再故意在蝴蝶谷发生吵架那一幕，让谭展飞误以为他们分开了。

后来烟火晚会陆均璨向江蓉蓉求婚那一幕，也是作秀，目的就是让谭展飞更加确认他们分开了，进而进行下一步计划。

不知道是谭展飞在面对感情的时候不够谨慎，还是他们演技太好，事情就这样顺利地进行了。

秦漫月在回陆家的途中，想起了许多往事。

她一直处于耳鸣的状态，似乎有个声音一直在对她说话，不停地喊着她的名字，她捂住耳朵，那声音还在响。

陆均璨在她耳边兴奋地说："漫月，从今天开始，我们就可以在一起了，很快，谭展飞就会被拘捕，他会一无所有，牢狱将会等着他……"

秦漫月觉得他的声音与她隔得很远，她一句也听不进去，一点儿也没有开心的感觉。

"怎么了，漫月？你不高兴吗？"陆均璨问她。

她摇摇头："我有点儿累。"

"刚刚从他身边离开，会有点儿不习惯吧？相信我，你很快就能适应。"陆均璨安慰她。

秦漫月点点头，或许自己真的只是不适应。时间会改变一切的，不是吗？

陆均璨带她回陆家，带她上楼。

陆家没有变，依旧是华丽婉约的陈设，大富人家的气派，他妈妈迎面向她走来，脸上挂着担忧。

"妈妈，从今天开始漫月就住我们家了。"陆均璨的声音有种可怕的亢奋。

"秦小姐，你想好了吗？"她像是在询问。

"妈，你别担心了。"陆均璨拉过秦漫月。

秦漫月转过头，看到他妈妈的目光，忧伤的眸子在珍珠耳环的映衬下，显得更加忧伤。

2

秦漫月并没有打算在陆家长住，她准备和陆均璨说明一切，她从来没有打算和陆均璨在一起，她只是想打倒谭展飞，为爸爸和小七报仇，然后离开这个地方，从此一个人漂泊。

可是陆均璨一直不给她这个机会，他每天早出晚归，忙得没有时间和秦漫月说话。

而这段时间，两件大事轰动了整个清榕城。

一件是陆氏和江氏因为解除婚约而大伤和气，而另一件莫过于城中有名的富商谭展飞，原来竟是洗黑钱的幕后黑手。

在警察调查期间，负责人谭展飞已经不知所终，展讯游戏公司暂被警方查封，包括谭展飞名下房产、资金、不动产都被冻结。

城中富商一瞬间沦为通缉犯，警察找到秦漫月的时候，只是告知她谭展飞名下的“飞月海岛”在一个月前已经换成了她的名字，因此推测秦漫月和谭展飞的关系匪浅，希望她能为警方提供线索。

她觉得非常震惊，明明她寄给丽莎的U盘里面什么内容都没有，在寄出的时候她就后悔了，换了一个U盘，为什么谭展飞还是出事了？

这件事为什么变得这么蹊跷？

秦漫月听到谭展飞失踪的消息，深深地松了一口气，在说了无可奉告之后，她独自坐在床沿上想事情。

还好他没事。她内心只有这一个想法。

飞月海岛。

原来谭展飞为他们居住的那片海岛取了一个这样好听的名字。

闭起眼，是谭展飞低头帮她掖好被子的画面，是谭展飞把她温柔地抱在怀里的画面，是谭展飞在咖啡机前煮咖啡的画面，是谭展飞轻轻地把唇印在她额头上的画面。

阳光照到她眼睛里的一瞬间，她突然发现，原来，她的心里，不知道何时已经爱上了谭展飞，那个让她仇恨了许多年的男人，那种爱，哪怕她不愿意承认，不愿意相信，可是每次只要她想起来，都会伴随甜蜜的刺痛，一阵一阵地袭击她的心脏。

她决定去找丽莎问清楚这件事。

丽莎已经收拾完行装准备离开，她站在高楼里，遥望下面的万家灯火。

她掐住猩红的烟头，吱吱的声音从她的手指间蔓延，她并不觉得疼。

从她把谭展飞的犯罪证据交给警方的那一刻，她就知道，自己从此只是一副剩下躯壳的行尸走肉，没有了期待，没有了爱，这十几年的追随和希冀，都永远消失了。

秦漫月站在她眼前的时候，她只是微微地笑了笑："你有疑问？"

"为什么？我明明……"

"你明明给我寄了个空U盘是吗？"她似乎很明白秦漫月的疑惑。

"我给你的那个U盘根本不是用来复制他的犯罪证据的，而是把洗黑钱的证据灌入他的电脑里，从而嫁祸他洗黑钱。"

"你说什么？嫁祸他？"

"对啊！我知道你肯定舍不得害他，所以我就骗你复制他的电脑资料，其实在你复制的时候，我们已经掌控了他的电脑，入侵了他的账户，造成他洗黑钱的账户记录。"

"你为什么要这么做？为什么要害他？"秦漫月愤怒地大喊，她没想到谭展飞没有参与犯罪，一切都是丽莎的阴谋，而自己在不知不觉中成了帮凶。

"为什么要这么做？因为我恨他！我要让他下地狱！这么多年我无怨无悔，可是他却爱上了你！凭什么？

"我故意三番五次让谭展飞看到你和小七在一起，我故意骗他说女孩子喜欢事业有成的男人，让他为了事业开始无暇照顾你，我故意在你来办公室的时候说出小七的死，让你误会他，我就是希望你恨他，让你们再也没有可能。

“他在我脸上烙下这枚印记，是为了惩罚我，可是我不感觉疼，那时的我是多么高兴，我觉得一切都有了转机，离开你之后，我们去了香港，我以为一切都可以重新开始，可是他还是放不下你，又来到了清榕，他找了白萧做名义上的女朋友，只是觉得她像你。甚至连他办公大楼楼顶的彩虹也是为你画的，他给了你全部的爱，而我却一点儿都得不到。

“我不甘心，从头到尾，我是什么？我在他眼里什么都不是！他不让我如愿，我就要让他最爱的女人毁掉他，让他也尝尝这比死更痛苦的感觉。”丽莎大笑，狰狞的脸上有一种痛苦的扭曲。”

秦漫月的胃里突然感觉恶心，呕吐的感觉让她扶住了墙。

“你疯了！你疯了！”

“不，我很冷静。”丽莎走到秦漫月面前，“不过你也不用太自责，谭展飞那么聪明，你以为就你的那点儿伎俩他会看不穿吗？他是心甘情愿让你害他。他有今天，都是他自找的。谁让他偏偏就喜欢你呢？哈哈哈……都是他活该！”

丽莎拎起整理好的破旧皮箱走到门口，侧过脸来：“最后我只想提醒你，陆均璨不是好人，你不离开他，迟早会被他害死。”

秦漫月精神涣散地走在路上，路过展讯游戏公司的大楼，夜里的展讯游戏，有人去楼空的凄凉，她记得以前，哪怕是夜晚，都能看到金碧辉煌的灯光，里面的人加班，轮班，整栋大楼呈现出繁荣鼎盛的景象。

树倒猢狲散。每一次的散场都显得分外薄凉。

商务楼顶层那道醒目的彩虹，此刻正挂在月亮下面，闪耀着萤火一般的光泽，即使所有的灯都灭了，依然可以清楚地看到彩虹上那清晰的英文字母。

一个巨大的LOVE（爱）。彩虹尾端直直地朝着月亮的方向，这是秦漫月第一次认真地在夜里看楼顶这道彩虹，不知怎的，居然湿了眼眶。

她相信他是爱她的，哪怕他从未对她说，哪怕她和他之间发生过那些无法回头的仇恨。

只有爱，是永远挂在彩虹之上的缤纷，无法取代，无法泯灭。

3

晚上，秦漫月敲开了陆均璨的房门，陆均璨对她的到来显得很慌乱，秦漫月看到他桌前露出半截的照片，是她和谭展飞在电影院外面，他帮她戴围巾的照片。

“你找人跟踪我？”秦漫月不可置信。

“我只是担心你。”陆均璨试图解释。

“我这次来，是想告诉你，我要走了，买了明天的飞机票。”秦漫月道出心里话。

“为什么？我说过我要娶你。”陆均璨很激动。

“我不会嫁给你，我们根本不可能。”秦漫月有些淡然地说。

“不，不。”陆均璨抱住秦漫月，“我不会嫌弃你，无论你是什么样，我都爱你啊。”

秦漫月从他的怀里挣脱：“均璨，你是个好人，可是我们真的不可能。”她像是想了许久，咬了咬唇道出实情，“我爱谭展飞，我不会再接受任何人的爱。”

“我不相信！”陆均璨仿佛无法接受这个事实，他紧紧地抓住秦漫月的手臂。

“我也不相信，可是我真的爱上他了。”秦漫月有些悲伤，是她一手促成了现在的局面，又关陆均璨什么事呢？他从头到尾就是一个可怜的局外人。

“你爱过的小七呢？你一直说我像小七，你不爱他了吗？”陆均璨咆哮道。

“我对不起小七，他给过我最单纯的爱，可是你知道吗？有的爱在不知不觉中已经占据了生命中很重要的位置。谭展飞于我，就是这种爱。”

这番发自肺腑的话从口中说出的时候，她才知道，自己在不知不觉中已经这样爱上谭展飞，或许，她对他的爱一直都没有消失过，只是后来的失望和仇恨，封闭了她的心。

秦漫月准备打开房门离开，突然，一阵疼痛袭击了她，让她一下子昏死过去。

陆均璨抱着瘫软在他怀里的秦漫月。

“我说过要娶你，就一定会做到。”他笑了笑，目光空洞，眼睛里露出诡异的光泽。

4

近日，继前几周的事件之后，又有一则特大新闻在清榕引起了哗然。

陆氏公子在和江氏千金解除婚约之后，即刻传来结婚的特大喜讯，新娘为大学校友秦漫月，婚礼在游轮上举行……

电视、报纸、广播争相报道此次婚礼的时间，像是要让全世界都知道，一时间轰动了整个清榕城。

婉珍因为前几日的事情打电话给秦漫月，都被秦漫月拒接了，而在看到这则消息的时候，再次拨打秦漫月的电话，竟然是陆均璨接的。

“小陆，漫月呢？”

“她睡着了。”陆均璨的声音有些阴沉，他看了一眼像睡美人般睡着的秦漫月。

陆均璨给她打了一针，让她每天挂营养液过日子。

“你们结婚这么大的事，她怎么也不和我说？你快让她接电话。”婉珍催促。

“她接不了。”陆均璨回答。

婉珍感觉不对：“漫月怎么了？”

“放心，死不了，能挨到婚礼那天。”陆均璨笑了，声音是缓慢的，“让你男人通知谭展飞，结婚那天千万别迟到，我等着他。”

“啪……”电话挂断。

“喂喂，喂……这个小陆搞什么鬼？”

她赶忙打了个电话给陆均璨的妈妈：“阿姨，漫月住在你家吗？”

“前几天我看到均璨把秦小姐抱着放上了车，不知道带哪里去了，这几天都没回来，我也很担心。”

“到底怎么了？”婉珍越发感到害怕。

“我不知道，我最近才发现，均璨他一直在吃镇定药，我偷看过他的病历，他有严重的妄想症。”

婉珍感到秦漫月有危险，她的手指冰冷，颤抖着拨通了Rain的电话。

5

私人海港上，停泊着几艘游艇，其中有一艘张灯结彩，挂满了缤纷的彩球，没有宾客，没有亲人，只有几十个身穿黑衣的杀手。

这是陆均璨一早的计划，所有的一切，都是为谭展飞准备的。

陆均璨知道，只要秦漫月有危险，谭展飞哪怕明知是死路也会来。

船舱里的秦漫月，在微亮的光线中睁开眼睛。

陆均璨端着秦漫月最喜欢的猪脚面线等着她，还是那张她熟悉的干净脸庞，却在笑容里看出了恐怖的神色。

“漫月，来，你不是最喜欢吃猪脚面线吗？”他笑声恐怖，整个人变得失常。

秦漫月闻到一阵油腻的味道，开始反胃，她不知道陆均璨为什么会变成这个样子，变成她不认识的样子：“你到底想干什么？”秦漫月虚弱地问。

“报仇。”他的嘴里狠狠地吐出了两个字。

“你报什么仇，与我有什么关系？”

陆均璨把面线狠狠地放下：“你还记得任夏航吗？那个长得和我很像，却死了的任夏航！”他的声音激昂。

“小七？你是说小七？”

“你还记得他？你这个水性杨花的女人，你不是口口声声说爱他吗？为了他放弃了我的追求，我甚至想替他好好爱你，可是你为什么又爱上了别人？他是为你死的，你怎么能对他不忠？”陆均璨一点点地逼近秦漫月。

“你和小七到底是什么关系？”秦漫月颤抖着问。

陆均璨笑了，阴沉的光落在他的嘴角，瞳孔里全是恐怖的神色。

他像是酝酿了许久，一字一句地说：“小七，是我同母异父的哥哥。”

一句话，让秦漫月震惊得说不出话，小七居然是陆均璨同母异父的哥哥。

小七从未提过他有个弟弟。

“妈妈每年去看小七，都是带我一起去的，可是小七不知道他眼中的小姨，就是他的妈妈，因为我们的身份特殊，我们从未对外说过我们的关系。小时候我有自闭症，是小七把我从自闭症里拉出来的，他带我去看安海的建筑，和我分享他的故事，在遇到你的那一年，他高兴地告诉我，他喜欢上了一个女孩子，我偷偷地去他学校见你，看到你对他不理不睬，我恨透了你，可是后来小七告诉我，你其实只是一个孤独而善良的人，他说你们约定毕业之后要来清榕，到时候他会介绍你给我认识。”

陆均璨的回忆里，有幸福，“可是小七死了，是被你们害死的，如果他没有遇到你和谭展飞，他根本就不会死！”陆均璨激动地咆哮，那是一种失去亲人的痛苦，回忆起来撕心裂肺地疼。

“上天就是这么巧，那天在解放西路让我再次看到你，你喊我小七，你表现得那么爱他，我为了试探你，故意追你，你也不为所动，我几乎都要被感动了，可是这个时候我突然发现，谭展飞居然来到了清榕。并且他派私家侦探调查你，你每次生病，我都看到他偷偷地来看你，把你轻轻地抱在怀里，我觉得这一切有趣极了，我越发对你好，在你身边，无微不至。”

原来那些夜里温柔的拥抱，都是谭展飞，是他的温暖，让她如此安定。

“所以你故意对我和谭展飞的一切假装不在意，其实你早已知道，这都是你的计划。”

“当然，包括你回到谭展飞身边，都是我的计划。”他似乎有些得意，“你以为这个计划是丽莎设计的吗？当然不是，是我找的丽莎，一个对爱绝望的女人，等同于一只螳螂，可以随时无情地将爱人吃掉。我让她出面找你，在你摇摆不定的时候杀了小雕递到你面前假装可怜。果然，你乖乖地上当了。哈哈。”

秦漫月突然觉得可怕，这个男生再也不是曾经那个眉目清婉的男生，他比谭展飞可怕一万倍。

“原来是你杀了小雕。”秦漫月不忍再想。

“你以为我舍得吗？那是我妈妈送给小七和我每人一只的龙猫，小七那只被谭展飞杀了，我就要用一样的手段来博取你的同情，很可怕吗？你知道我下手的时候有多痛心吗？可是为了报仇，我必须这么做。”

“你故意利用我破解谭展飞的电脑然后栽赃陷害他，谭展飞说得对，我只是你的一颗棋子。”

“不，漫月，其实，我是爱你的。”陆均璨突然说，“在我看到你和他幸福的照片的时候我居然是嫉妒的，嫉妒到让我发了狂，我甚至想停止这个计划，我花了大价钱给阿冰，让他做掉谭展飞，可惜他没有做到。”

秦漫月又一阵惊愕，马来西亚遇到的狙击居然也是陆均璨的计划之一。他是一个怎样可怕的人？他计划密谋了这一切，处心积虑地要他们死无葬身之地。

“你太可怕了！”秦漫月听不下去了，她想起身离开，身体虚弱地倒下去。

陆均璨扶住她：“你别急，谭展飞就快来了，等出了公海，我就把他杀死，我会娶你的，这是小七的心愿，我要替他完成。”陆均璨笑起来，邪恶阴森又癫狂。

陆均璨疯了，他彻底疯了。

“他不会来的。”秦漫月说。

“他会来的。”陆均璨像有十足的把握，“他那么爱你，甚至为了你不惜输掉他的人生。一个这么爱你的谭展飞，他一定会来。”

陆均璨隔着玻璃朝外面看了看，嘴角浮出一丝笑容：“你看，他来了。”

顺着陆均璨的方向，秦漫月看到谭展飞走了过来，风吹开了他的发，颀长的身材一如既往地潇洒俊逸，气质非凡。

他的目光一如既往地沉寂。

陆均璨好整以暇，抱起秦漫月，说：“走吧，小美人，我带你出去看好戏。”

6

刺眼的阳光让秦漫月睁不开眼，谭展飞站在甲板上，面对着坐着的陆均璨和虚弱的秦漫月，一个月不见，他面容憔悴，目光里多了几分担忧。

身后几十个杀手目光如炬，一切都像是等待死神的临幸。

“欢迎。”他拍手，“你喜欢这里的景色吗？”声音轻巧而充满得意，像是讨论天气，却又让人感到恐惧。

“你要我来，我来了，放了秦漫月。”谭展飞冷冷地说道。

“你觉得你有资格和我谈条件吗？”陆均璨把秦漫月放在靠椅上，站起来目视他。

“谭展飞，多少次我这样看着你，那时候我就想告诉你，总有一天我会让你死在我手里。现在这一天终于来了，你知道我有多高兴吗？”

“你一直都想报复我，为任夏航报仇。”

谭展飞这几天才查到陆均璨和任夏航的关系，所以他之前三番五次看到陆均璨的目光是仇恨而不是嫉妒。

谭展飞继续说：“所以在马来西亚，阿冰那几天去纽约的计划取消，原来是你花了重金让他取消赛车比赛来杀我。”

“我知道他对丽莎恋恋不舍，所以特意用这个方法激他留下，虽然他被我说服了，可惜最后没杀了你，你命可真大。”陆均璨有些可惜，“但是不要紧，我依然可以继续我之前的计划。”他在甲板上来回地走着，“我知道，秦漫月就是你的死穴，丽莎就是我最好的帮凶，所以我根本不用担心你不自投罗网。”

“你一直在拿她们做局，只是为了让我死？”谭展飞淡淡地问。

“不，你错了。我是要你和秦漫月两个人死。”陆均璨像是发了疯，突然把枪举起来，对着秦漫月。

谭展飞一下子挡在秦漫月前面，子弹打在了谭展飞的后背，他皱紧了眉头，没有吭声，只是人虚弱地向前倾，秦漫月一把抱住他。

谭展飞背后的血汩汩地冒出来，浸湿了秦漫月的手掌。

秦漫月觉得自己心口有个位置也如同这些血液一样在疼痛，她哽咽地问："你不是走了吗？为什么要回来？"

谭展飞并没有回答她，只是微微地抬起手，慢慢地帮她擦去眼泪，就像在马来西亚那天，他中了一枪，却只是温柔地对着泣不成声的她说："别哭。"

就算是要死了，他也永远不要她为他担心。

"我说了那么多伤害你的话，你为什么还要来？"秦漫月哭着喊。

谭展飞虚弱地笑了笑，那张俊逸而冷酷的脸试图给她一点点安心。

他凝视她，这么多年，他从未这样认真而温柔地在阳光下注视过她，他明白她痛苦纠结的内心，必须要做伤害他的事才能得到解脱。所以他告诉她密码，甘愿被她陷害，成全她。

这么多年，是秦漫月带给他希望，是她教会他原谅，所以现在，他又怎么会不懂秦漫月做的那些事，只是出于心灵的一种慰藉。

"因为我知道，那些话都是假的。"谭展飞缓缓地对秦漫月说。

"漫月，你看到了吗？我是帮你测试他啊，我怎么舍得杀你呢？我只是让你看看，他有多爱你，我要你知道他爱你之后，再看着他死去，这世界上，最大的悲伤，就是活着的人看着最爱的人死在自己眼前。现在，你感觉到心痛了吗？"

陆均璨一语点破秦漫月内心的惶恐，她恐惧地嘶吼：“你这个疯子！疯子！”不知道自己哪里来的力气，“你杀了我啊，你快点儿杀了我。”

谭展飞抱住她，有些艰难却又想安抚她：“我没事。”

可是满地的血告诉秦漫月，他在撒谎。

“这个男人，到死都不说爱你，真有趣。你想死吗？带着你肚子里的孩子和他一起死吗？”

他道出了更惊人的事。

秦漫月和谭展飞同时错愕地看着陆均璨。

“你已经怀孕三个月了。你放心，我会做这个孩子的父亲，我会让他一辈子都活在痛苦之中。”

“你到……底要怎样……才肯放过秦漫月？”谭展飞问。

陆均璨把枪丢过去：“让子弹穿破你的头。”

“不要。”秦漫月先捡起枪，握在手上。

“把枪给我。”谭展飞捂住伤口，对她说。

“不要。”她哭了，眼泪布满了脸颊，“我不要你死，谭展飞，我不要你死。”

“为了孩子，听我一次话好吗？”他突然有种悲凉的口气，他靠近秦漫月，轻声在她耳边呢喃，“我不会死的，相信我。”

谭展飞拿过枪，走到甲板旁，大风吹开他染红的衬衫，让他整个人看上去像他们每天一起凝望的日落那般壮烈。

“月月，我这辈子，从来没有后悔做过任何事，唯一的一件，就是害死你父亲，让我们永远没有回头的余地。”

永远，永远这个词放在这句话的前面，成了秦漫月这辈子听过的最悲伤的话，那个阴霾了自己一生的男人，却在她终于爱上他的时候要离开他了。

他闭上眼，脑海里浮现出第一次在稀薄的雨中看到她稚嫩的脸，和天使一样漂亮的面孔，永远散发着晶莹的香气。

那只在她十三岁时放在他手心的小鸟已经飞走了好久好久，他们所有的纠缠，也该画上一个句点了。

谭展飞把枪放在自己的胸口，慢慢地开口：“我欠你的那句话，我想你会懂。

“再见，我亲爱的小公主。”

“砰——”子弹打入谭展飞的心脏，他转身，跳入海中。

秦漫月哭到抽搐，在谭展飞落海的瞬间，陆均璨咬牙切齿地说：“好狡猾的男人，让他打头，居然打胸口，不过这样如果都没死，也算他命大！”

秦漫月缓缓地瘫坐在地上，所有的力气仿佛瞬间消失。

她失去了知觉，失去了思考的能力，一切都如同烟云，一瞬间，统统消失不见。

她不断地想起他们这么多年发生的画面，他为她做早饭，帮她把药包好，凝视她的背影，收藏他们的合照，轻轻搂她在怀中，低下头来温柔地吻她。

他想给她所有幸福的一切，想弥补他对她的亏欠。最后，她想起第一次在游泳池边遇见他，虽然他大了她整整十岁，可是她在看到他的时候目光中竟散发出月光的柔软。

或许从那天开始，她就爱上了这个男人，爱到希望他给她所有的爱，爱到希望他随时陪在自己身边，可是他总是在忙工作，渐渐地，给她的关心越来越少，她像一只小刺猬，得不到就躲开，遇到了小七之后，像是突然看到的港口，她躲进去。

而谭展飞却认定了那是背叛。

这么多年，她和谭展飞吵过、闹过，互相伤害，彼此折磨，到最后，却无法控制地相爱。

年幼时候的无知和不信任造就了如今的伤痛，他们错过了太多，了解得不够，伤害得太深，相爱得太迟。

是谁的错，已经无人能分辨。

她抬头望了望头顶，天空蔚蓝，如同十六岁的时候她拉着他奔跑的天空，那时候她以为世界没有尽头，但不知何时已经走到了末路。

那些盘桓在他们两个中间的仇恨，亦在这一声巨响中，拉上了帷幕。

7

陆均璨和任夏航的身世，秦漫月在许久后才得知。

当年他们的妈妈是一个富人家的女儿，因为家里帮她和另一个富商的儿子订了婚事，她一气之下逃到了安海，遇到了任夏航的爸爸。他们相爱了一年，生下了一个儿子，就是小七，此时传来家中生意遭遇危机的噩耗，为了家族利益，他妈妈不得不放弃安海的一切回到清榕，嫁给了陆均璨的父亲，之后生下了陆均璨。

陆均璨小时候有严重的自闭症，他妈妈都以带他出去散心为由去安海看任夏航，兄弟俩感情很好，但自从任夏航死后，陆均璨遭受了严重的打击，得了严重的心理疾病，从而扭曲了心智。

陆均璨在谭展飞跳海的第二天，在山边出了车祸，连人带车翻下了山。

这是一起人为的撞车事件，撞车的人是谭展飞的助理阿Ken。

他给秦漫月录了一段录音发到她的邮箱："秦小姐，我为老板报仇了，很快我会去自首，有些话我想和你说，这么多年我跟在老板身边，从他爱上你，到离开你。没有人比我更加懂得他对你的爱，从他决定和你在一起的那天，他就加倍努力地赚钱，想给你最好的一切，有一次，我发现有个男生在追你，动用了各种方法警告他，甚至杀死了他的龙猫，可是没想到，却成了你离开老板的导火线。

“你爸爸那件事，当初都是丽莎的计划，老板一时气昏了头想报复你才犯下了错误，这也成了他这辈子最后悔的事。去香港的那天我看到他在去机场的路上看着皮包里你们的照片发呆了很久，他从香港来到清榕，开始他只是偷偷地去你学校看你，偷偷地为你安排兼职，每个月给你的账户上存入大笔的钱，他在你生病之后习惯收集很多药，为你安排VIP病房，你在别墅晕倒的那天，他一路抱着你，紧张地问医生你有没有事，照顾你一个通宵却在你快醒来的时候离开。

“你每一次独自走在前面，他都在后面跟着你，生怕你出事。他想给你买一件漂亮的礼服参加你朋友的开业典礼，可是最后你们不欢而散。你离开别墅的那几天，他都没睡好觉，有一天会开了一半突然丢下所有的人去你学校接你，他想和你和平相处，想对你温柔体贴，可是你们总是针锋相对。

“我知道，他非常痛苦。痛苦不能好好爱你，痛苦你如此恨他。你们从马来西亚回来之后，他和我说过，在马来西亚，当他把他母亲的骨灰交到你手上的时候，他才明白，原来他这辈子，最重要的两个人，就是你和他母亲。

“他想让你走，可是又舍不得你走，用了那么笨拙的方式。最后他本来是可以离开这里的，他还是不放心你的安全，明知道是死路还是回来了。因为他觉得你永远值得他付出生命去保护。

“这些事我本来不想告诉你，可是现在我要走了，我希望你能明白老板对你的爱。老板给你留了一样东西放在安海的白房子里，我想这是他最想给你的东西了。以后请你好好照顾自己。”

忠心的仆人追随了谭展飞多年，最后依然选择为谭展飞报仇来终结自己的生命。

秦漫月听完这些，想起在云顶山下谭展飞离开的时候，那副阴郁淡漠的样子，眼眸如画的面孔，却像是要把秦漫月深深地看入眼中。

原来他随时做好了离开她的准备，每一次的凝望，都想记住她最后的样子，让自己不会有遗憾。

8

秦漫月把阿Ken葬在了谭展飞母亲的旁边，那个本来空出来留给谭展飞的位置，Rain和婉珍都劝她为谭展飞立个碑，但是她摇了摇头，她坚信谭展飞没死，她相信他对她承诺的事情就一定会办到。

Rain对秦漫月说谭展飞为她在马尔代夫买了一个小岛，取名为FLY&MOON（飞和月）。

“在你伤心离开公司那天，展飞知道你肯定要走，所以让我开车去载你，他对你用心良苦。”

秦漫月没有说话，如今，她知道谭展飞为她所做的一切，那些她从未留意过的小细节，都是他爱她的方式，可是，时光永远无法倒流，她再也没有机会当面向他说谢谢。

秦漫月把清榕的“月光海岛”卖给了一个开发商作为旅游胜地，用了很低的价格，只有两个条件，永远不要改变那栋房子里的一切，永远不要给这个海岛换名字。

她回到了安海，去看了妈妈。妈妈所住的那家疗养院正在扩建。

她妈妈的主治大夫和她说：“谭先生出钱扩建了这家医院，让我们有任何困难都可以找他。以前他每三个月都会来看你妈妈。不过最近一直没有来，可能工作太忙了吧……”

秦漫月的妈妈握住她的手，痴痴地问她：“展飞呢？他怎么没来？上次他说下次要带你来，问我肯不肯把你嫁给他……”

秦漫月转过身去，迎着中午那一抹刺眼的阳光，擦了擦眼角的泪。

从疗养院出来，她去了小七的坟头，修葺一新的墓地庄严而肃穆，有人在帮小七的墓碑扫去灰尘，那人看到秦漫月来，有些惊讶。

“你是来看小七的吧？”秦漫月认得他，是小七隔壁的邻居江叔叔。

“不知道任叔叔和奶奶去了哪里？”秦漫月问。

“唉。”江叔叔叹口气，“小七死后，他们一家就搬到别的城市了。后来不知道是谁，帮小七的坟头改建成了墓地，每年小七的忌日都会来祭拜。”

“那人长什么样？”秦漫月几乎能猜出来。

“很高，不爱说话，冰冰冷冷的一个人。他有一次看到我，给了我很多钱，让我有空就来帮小七扫扫坟前的灰。或许是他朋友吧！”江叔叔说完，拜了拜小七，就走了。

秦漫月看着照片上那个永远停在青春年少的少年，他目光单纯，清澈如水，对人真诚，在秦漫月荒诞无知的岁月里把自己所有的美好都给了她，如果他知道因为他的死发生了后来的种种悲剧，那他还会愿意那样喜欢她一场吗？

秦漫月闭上眼睛，心里默念：小七，谢谢你在我不懂爱的年龄，把你最好最好的爱，毫无保留地给了我，我会永远记住你。

她也相信，陆均璨是喜欢过她的，他们发生过的故事，他为她做的事，她身上还流着陆均璨的血，那些发自内心的情感，是没有办法当作虚假的。

她把手上的珍珠手链脱下来，放在小七的坟前。

有些人，在岁月中，永远地变成了一幅美好的画面，就如同小七给她的那些单纯的曾经。

最后，秦漫月决定去安海的那套“白房子”看看。

在去的途中，车子路过烟城区，那里的路已经修好了，路牌换了名字，叫“飞月路”。

司机说：“前几年有个人捐了一大笔钱修了这条路，所以这条路改名叫飞月路了，好像是说纪念他和他老婆。这年头还有这种痴情的男人真是难得。”

到了那栋她和谭展飞的旧居，秦漫月从包里掏出钥匙，这把钥匙是秦漫月从银行的密码箱里拿出来的，拿到的那一刻，她突然明白，谭展飞从她来的那一刻已经发现她来的目的，可是他故意把她留在身边，等到恰当的时机把电脑密码告诉她。

他想让她再也不会因为仇恨而感到痛苦。

手里的这串钥匙，代表了“家”。

这世界上有多少人都渴望有一个安定的家。在走过沧桑，身心疲惫的时候，总能看到有一个人在家里等你。

那种温暖，秦漫月无数次幻想过，她曾经以为谭展飞不懂，所以她爱上了小七，她不知道，后来的谭展飞已经懂得，可是，他们再也没有机会继续走下去。

谭展飞，曾经想给秦漫月一个家的那个人，在她累了的时候，总能在不远处，给她光明。

或许这就是谭展飞用尽一生，却因为藏得太深，阴差阳错，而永远无法给予秦漫月的，最珍贵的未来。

9

从未改变陈设的房子，黑色的钢琴，白色的瓷砖地板，台子上，煮咖啡的机器蒙上了灰，她最喜欢的小猪相框还在，里面放着他们第一次的合影，她从后面抱住他的脖子，他的脸上有错愕的幸福。

合影下面日期清清楚楚，××年5月1日 09：01AM。

客厅的桌子上摆着一个盒子，盒子下面是那封她未写完的信。

她慢慢地打开盒子，阳光下，那枚她在橱窗里看到的珍珠母贝的指环，珠白色的光流泻出动人而又悲伤的色泽。

灯光太暗，她走到窗户边，拿出口袋里的手机，大大的屏幕上，是她和谭展飞在马来西亚的合影，她把手指放到HOME键上，很流畅地完成了解锁。

不知道在什么时候，谭展飞把她的指纹录入了手机里。

她看到手机屏保的下方，用手写笔写上了一行字——

无法说出口的，我爱你。

看得出是把图放在P图软件上手写上去的字，歪歪斜斜，却充满诚意。

谭展飞在跳海前说："未说出口的那句话，我想你会懂。"

这是他欠她的那句话，她一直都懂，可是因为他们之间的距离，他永远都无法说出口。

白色的信纸上，她只写了三个字。

她写：对不起。

谭展飞在下面的格子，用淡灰色的铅笔回了三个字：没关系。

说不出口的爱，才是她和谭展飞之间最深的痛，正因为爱到了极致，才能将这几个字摆在心口最温暖的位置，永远无法启齿。

秦漫月摸着自己的肚子，那里面，有一个新的生命，他是谭展飞留给她的温暖，他受到月光的洗礼，一定会和谭展飞长得一样好看。

她站在窗前，把那张纸高高地摆在月光下，清晰的字体下面有一行被擦去的字印，遥遥的印记，却不能掩盖谭展飞书写时苍劲的痕迹。

——嫁给我，好吗？

微微的月光落进秦漫月的眼睛里，像是遇到他的那个珍珠一样的夏天，漫天的月光倾盆而至，伴随永远无法消失的，泪光。

小剧场一
谭展飞篇 我比想象中爱你

四月十四日，泰坦尼克号沉船的日子，从认识你的那一年开始，我永远记得这一天。

因为，这是你的生日。

那时候你靠在我的怀里像一只小猫，喜欢抬起头来用单纯又有些挑衅的目光看着我，月光照在你的嘴角，是那样动人婉转，我几乎可以看到你长大后的样子，眉眼细长，笑容灿烂，可以吸引无数人的目光，美好到让我这个大你十岁的男人感到惭愧。

第一次和你相遇，你或许只记得游泳池旁边，而我却一直记得那个细雨蒙蒙的街道，你闪着水灵灵的眼睛，恳切地拉住我的衣角，用清甜的声音喊我“哥哥”。

而后来，你一遍一遍地喊我展飞，你在每时每刻都问我爱不爱你，我总是宠溺地抱住你说“傻孩子”。

我从来没有正面回答过你这个问题。因为那时候，我不知道要给你怎样的答案，从小，我的内心就是冰冷的，母亲教导我不要爱上任何人，我看到她的爱，如此仇恨决绝，我的心就筑起了冰墙，直到遇到你。

你说你爱我，你说我也要爱你，可是你这么小，小到我不能确定我们的将来，小到在最开始我以为这是一个玩笑，直到你认真地向我宣布，你要做我女朋友，你不许我不要你，我的心，才第一次有了慌乱而心动的感觉。

一个二十八岁男人生平第一次心动，你听了一定会觉得好笑。

我们刚刚在一起的时候，我常常思考我们的关系和未来，许多的不确定，让我对我们仓促的爱保持沉默，我每次沉默，你就生气，我不知道怎么哄你，只好在一旁沉默地看着你。

看你生气的小脸拧成一团，看你气愤地张牙舞爪，只是这样看着你，我都觉得是一种幸福。

有时候你过来抱我，那样用力的一个拥抱，整个人缩在我的臂弯，温柔得能把我整颗心都融化了，我知道你需要一个疼你的人，能给你如父亲般的疼爱，如爱人般的宠爱，可以让你完全依赖不用去想未来。

我希望我是那个人，我希望我能做得足够好。

可是我又害怕这是你孩子气的冲动，包括你对我说的爱。

我甚至会嘲笑自己的矛盾和面对你时内心的手足无措，这或许是爱上一个人最开始的心情，让我不知所以，却又越陷越深。

我们在一起的这一年，我知道你不爱吃早餐，喜欢把自己泡在水里，你喜欢呆呆地坐在钢琴前面，生气了就叉着腰，眼睛眯起来，嘴向上翘。如果我不哄你，你就假装大哭，比赛输了，还会耍赖。

你就是这样一个天真活泼又有点儿寂寞的小女孩。就是这样一个小女孩，占据了我的生命，让我的生命从此有了灵魂，那个灵魂就是你。

我用了一年时间才肯定我自己的心，我决定要和你走完后半生。

我在等你长大，等你长大了，我能给予你全世界最好的一切，那个时候，我要你做我的新娘，我们一起将对方前半生的阴霾都消除，我从未有过如此坚定的信念。

我一直以为你和我有一样坚定的信念，所以我急于奔忙在外努力工作，我渐渐地忽略和你的相处。

在你每一次找我的时候只是安抚性地拍拍你的头，我看到你眼底的失落，但是我以为你会懂得我的努力。

是我高估了一个小女孩的思想。

你爱幻想，你并不喜欢现实，所以你遇到了任夏航。

就在那个野炊完的中午，在轰隆隆的大桥上，我看到他蹲下来帮你穿鞋，你脸上有惊讶的表情，可是你看到我的车，笑容灿烂地跑向我，我问你："他是谁？"你斜着脑袋古灵精怪地问我："你吃醋了吗？"我笑着说："怎么可能？"你有点儿失落，打开车窗探出头去。

那时候的我太过自信，我从未想过你会离开我。

所以你就在我毫无预警的情况下和我提出了分手，我记得你和我分手的那天，你出奇地冷静和笃定，像是想了许久才下定的决心，你的手臂上还印着我名字的刺青，你转身的瞬间，我觉得整个世界都轰然塌陷。

我所有的努力都失去了意义，我的内心充斥着背叛和愤怒。

我做出了人生中最错误的决定，听信了丽莎长达一年的预谋，搞垮了你父亲的公司，我知道从那天开始，我们就再也没有转圜的余地，我看到你躺在浴缸里，像你每次不开心的时候把自己淹没在水池，目光沉静而安然。

那时候我才开始恨我自己一直不懂你要的是什么。

离开你去机场的那天，我从钱包里翻出你和我的照片，你抱着我的脖子，笑得灿烂，我却只能静静地看着你离去。

离开你的两年，我拼命地工作，拼命地赚钱，我养成了很多以前都没有的习惯，我学会做丰富的早餐，我学会刺青，我爱上了潜水，似乎曾经和你有关的一切，我都会去做。

每当我独自回到房子里，却总能想起我们在安海的那套白房子，那是我买的第一套房子，只有黑白两个色调，你嫌弃颜色单调，嘴上却违心地说喜欢得不得了。

我煮咖啡，你跳舞，连阳光都羡慕我们的幸福。

我每次想到你的时候，内心是疼痛的，如同母亲死的时候一样，这种感觉一遍遍地出现在我的梦魇里，使我无法安生。

因此，我带着对你的思念来到你居住的城市清榕。起初我只是想静静地看着你过得好不好，静静地旁观你的生活，可是我内心的魔鬼让我那么渴望见到你，当我知道你有了新的男朋友，我几乎嫉妒得要疯了，我故意出现在你面前，那时的你长大了，越发美丽，却再也没有了曾经的童真，你冷静地站在我的面前，眼神清冷。

我开始给你们学校赞助，只要有你的地方，我希望都有我的名字。你第一次住院，半夜里我来看你，你睡得很沉，我轻轻地搂着你，那样熟悉的一个身体，睽违了两年，你没有醒，只是动了动，身子靠得更紧了。

我就那样抱着你到天亮才离开，仿佛这是一个梦。

江蓉蓉家的聚会，我带着白萧出现，你站在台阶上面，我和你对视，仰望你的容颜，我依然有心跳的感觉。

丽莎曾经问过我为什么允许白萧留在我身边那么久，其实答案她早就知道，白萧多么像你，淡淡的目光，偶尔孩子气的暴躁，乖巧的时候像一只慵懒的小猫，我在她身上能搜寻到你的影子，仿佛你从未离开我。

你视我为仇人，每次你用仇恨的目光看着我，就如同利刃刺在我的心上，有剧烈的疼痛，可是我依然会想尽办法让你回到我身边。

我要你记住我，哪怕是仇恨，我也要你永远记得我。

其实我是想温柔地对待你，可是每一次，我看到你抵抗的模样，都让我内心的愤怒熊熊燃烧，让我一次又一次将你伤得更深。

你说你为了陆均璨回到我身边，尽管我一开始就看穿了你的动机，我还是愿意你走向我。

你回到了那栋白房子里，我们很少说话，黑夜里你用亮晶晶的眼睛看着我，没有一丝感情，我痛恨我自己，为什么到如今给你的只有无止境的恨，我想对你温柔，却怕暴露了自己的软弱，怕让自己再次跌入痛苦的深渊，我折磨你，虐待你，看你虚弱地倒下，又无比心疼。

婉珍美容院开张的前几天，我想给你买一件你喜欢的衣服，却让你愤怒离去，我远远地跟随你，看你盯着橱窗里的一枚戒指发呆，那时候你的目光柔软而哀伤，我不知道你在想什么，而我却想到你说要嫁给我的承诺，或许你已经忘记了，你的记忆里只有那个死去的任夏航，我给你的全是恨和伤痛。

你在公司上班那么久，我看到你为了一个策划努力了几个通宵，晚上你趴在桌子上睡着了，我都会看电脑上你写的那些策划，你的侧脸哪怕只是在睡梦中都是那样紧锁着眉头，我会想你真的长大了，知道认真对待一件事情，也知道把自己内心的感情深深地藏起来。

你在公司里被人陷害，气得拿了东西就离开，我知道你在气头上，就让Rain去接你回学校，我回到没有你的房子里，感觉莫名的荒凉。

我才知道，只要你在我身边，哪怕什么话都不说，哪怕只是生气，我的心也是安定的。我去学校接你回来，看到男生向你表白，我还是无法容忍别的男生接近你。

你坐在宿舍的床上看着我，目光突然有些柔软，有我们两个人的时光，好久不曾这样简单。

在马来西亚，我本是想带你去看一看有我童年回忆的地方，没承想惹来了一场生死之劫，在下山的那天，从我把我母亲骨灰交给你的时候，我才明白，你和我母亲，是我这个世界上最珍惜的宝贝，我以为我要死了，在人群里，你闪着泪光的眼睛看着我，我想对你说什么，可是我依然什么都没说，我只想记住你的样子，最后的样子，就算我死了，我还留有最美好的回忆。

我永远想不到的是，你会来救我，哪怕知道会死，你也来了，我知道这意味着什么，你不想我死，你心里还是有我的，你那么倔强地站在所有人面前，你说我要死也只能死在你手上，你不卑不亢，那一天我突然发现你真正长大了，长成我曾经期望的那个样子，长成我能够娶你的那个样子。

只是我在那么早，就失去了娶你的资格。

我知道了你来到我身边的目的，你和丽莎的合谋阿Ken告诉了我，可是我不在乎那些阴谋诡计，我把手机的桌面设置成你和我在马来西亚的合影，我买下了那枚你看过很多次的戒指。

我知道我现在能给你的，就只有这些微不足道的东西。

我看到你在海边哭泣的脸，月光下你的目光那样忧伤，我读懂了你的语言，你不相信你自己会爱上我，可是你却为我和别人在一起感到难过，你搂着我的脖子，把头埋在我的胸前，你想让自己再次依赖我，你全身都在发抖，抖得让我心疼又温暖。

那段时间，我们仿佛回到了从前，你靠在我的怀里，抱着我的脖子，你温暖的怀抱，动情的眼眸，几乎让我恍惚觉得这就是地久天长。

可是我们心里都明白，我们之间隔着一个厚厚的屏障，永远都无法真正靠近，可是，只是这样，我也心满意足了。

我知道，是时候让你离开我了，我告诉了你一个密码，故意把电脑放在书房，如果这是你想要做的事，我愿意承担所有后果。

我逃到清榕附近的一座小岛，却看到新闻里播报你和陆均璨结婚的消息，我打电话给Rain，才知道你出了事，我突然想起了陆均璨，这个和任夏航长得很像的男生，阿Ken后来查到的资料让我大吃一惊，原来他们是同母异父的兄弟，那他接近你，只是想报仇而已。他痛恨我，也仇恨你，他要让我们都没有好下场。

婚期的那天，我去了，去之前，我把我的手机，和你未写完的那张信纸交给了阿Ken，我让他把它带到安海的房子里放好。

当子弹打入我的胸膛，我看到你滑落的泪水，我突然觉得这是一种解脱，终于不用煎熬地看着你离开，只是心里有一种难以言说的悲伤聚集而来。

未说出口的话我想你会懂，像是我放走的小鸟，像是我凝视你的夜晚，像是怀抱你的温柔，像是我对着那张你写了三个字的信纸发愣了许久。

我不知道要说什么话来表达我心中的感受，或许什么话在我们彼此之间都显得苍白无力。

在我跳海的一瞬间，我记得我们再见的那一日，月光安眠，夏季缱绻，目光里全是你的样子，我想你有朝一日做我的新娘，做我生命中的月光。

我这一生，过去，现在，未来，都只爱一个人，那个人，就是你。

我爱你，比我想象中还要爱你。

我心中永远的小公主，你会懂得，这句话的含义，对吗？

小剧场二
秦漫月篇 谢谢你愿意陪我长大

第一次见你的时候，我觉得你是全宇宙最酷的男人。

当你走进我生日宴会的那一刻，所有的目光都被你吸引了，我第一次看到有人把西装穿得那么帅，我偷偷盯着你看了好久。

我故意在你周围游荡，试图引起你的注意，可是你太招人喜欢了，好多人围着你，和你喝酒，说话，还有好多名媛想要勾搭你。你哪会看到一个站在角落吃着蛋糕长得像个瘦弱小鸡崽的我。

还好你对谁都一副千年冰山脸，她们全都扫兴而归，这让我特别开心，你是个很有品位的人，不是哪个人贴你你都会上钩。

我趁着你到泳池旁边谈事情的时候，故意和朋友打赌，我说我假装掉到游泳池里，赌你一定会下来救我。我朝你走过去，说我不会游泳，当我跳到泳池里的时候我就后悔了，我在想万一你不救我怎么办啊？那我今天肯定会被人嘲笑死。还好你很配合我，二话不说就跳下来救我。

你的怀抱可真温暖，哪怕在冰冷的海水里还是可以温暖人，也让我第一次感觉到从未有过的安心。

那是我第一次近距离地看你，你长得真的很好看，特别是那双像鹰一样的眼睛，虽然冰冷，可是我却看到了温柔。

你拿毛巾帮我擦头发上的水渍，冰冷的目光里透出关心，那种真心担心我的样子让我的心里也湿漉漉地温暖着。

或许就是从那一天开始，我对你有了不一样的情感，那是我成年后第一次想要亲近一个人，奋不顾身，不考虑后果。

后来你问我："为什么会和别人打赌，如果我不救你，你岂不是很丢脸？"我笃定地说："我这么可爱，你怎么舍得不救我？"

我这么说的时候你总是笑着摸摸我的脑袋，说："傻孩子。"

其实你不知道，我根本没有把握，我跳下水的时候就想好了，你要不来救我，我就爬上岸，继续纠缠你。

你看，以前的我是那样喜欢无理取闹，像个小无赖一般，可是你总是无限地包容我。那是十八岁的我，叛逆，骄纵，还总要你给我讲童话故事才肯睡觉。

你在安海买了一套房子，房子只有黑白两个颜色，我觉得太素了，但那是你给我的"家"，所以不管什么颜色我都非常喜欢。

我在客厅给你跳舞，你教我弹琴，你还给我讲很多童话故事，甚至背下了好几本童话故事书。

你有空的时候会来我大学门口接我下课，带我去街边买红豆糕，背着我走在种满法国梧桐树的街道上。

我趴在你的背上，在你耳边唱歌，不管好听不好听，你都会说："我们家小公主唱得最好啦。"这是你对我说过的最肉麻的话，每次我都会高兴地亲你一口说："谢谢展飞叔叔夸奖。"你不让我喊你叔叔，说那样会把你喊老了。

你也会担心地问我："我真的像你叔叔吗？"

我故意吓唬你："你就算是叔叔，也是全宇宙最帅的叔叔。"

你忧愁地看着我说："你什么时候会长大？"

那时候我一点儿也不想长大，我就想永远和你在一起，青春不老。那时候我最想听到的就是你说，等我长大了，你会娶我，你会永远爱我，把我当成你的小公主。

可是你只会摸摸我的头说："我的小公主，真是个傻孩子。"

我常常会想，你为什么会喜欢我呢？你那么优秀，完美，是所有人包括我父亲在内称赞的对象，大家都说你是青年才俊，前途无可限量，而我孩子气又叛逆，还总是给你惹麻烦，除了我父亲的背景，我找不到任何一个你喜欢我的理由。

我得承认，在你面前，我内心是无比自卑的。所以我总是一遍一遍地问你爱不爱我，一遍遍地告诉你我很爱你。我想那时的我，是真的很爱你，也真的非常害怕你不爱我。

你那么忙，忙着工作，忙着谈生意，外面有那么多诱惑，有那么多漂亮成熟懂事的小姑娘。我和你在一起，甚至不能为你分担工作上的困难，连你的助理都不如，我觉得我一直在拖你的后腿。

你不知道，夜深人静的时候，我常常感到害怕。

我在你身上看到了我爸的影子，他年轻的时候也非常爱我的妈妈，可是后来他为了工作把她冷落了，我很怕你会像我爸爸一样，得到之后就不珍惜了，久了之后爱人就成了家里摆放的花瓶。

这是我童年家庭带给我的阴影，这些阴影把我塑造成了一个小怪兽，而这些恐惧，我从来不敢对你说。

我们之间一直都缺乏沟通，你把对我的爱都隐藏起来，我看不到，于是胡思乱想，觉得你不爱我。可能那时候的我，也不懂什么是真正的爱吧。那时候我以为爱一个人就是要天长地久地和他在一起，而不是无止境地工作，我厌倦了等待，厌倦了锦衣玉食却无人陪伴的生活。所以在认识小七后，我决定和你分手。

我没有想过分手对你来说意味着什么，我也没有想过分手之后，会导致你性情大变，导致你对我一系列的报复。

那个时候我真的特别恨你。恨你让我家破人亡，恨你毁了小七，恨你让我的生活顷刻间失去所有。

你突然变成了魔鬼，把我心底那一点点温暖都毁灭殆尽。我并不痛恨你伤害我，我痛恨的是你为了伤害我，而摧毁了我周围所有的人。当所有的念想都失去的时候，我甚至想过死。

可是死并不能解决所有的一切，我离开了安海，离开了一切和你相关的人和事，来到清榕重新开始。我把生活重新洗牌，甚至褪去了原来的棱角，我变得不爱笑，不爱说话，活得像个行尸走肉。

我没有想到还能遇到你，那个让我深爱又痛恨的你。你一步一步逼近我的生活，打破了我好不容易构建出来的平静生活。

我带着目的回到你身边，我们不再像以前那样拥抱在一起互相取暖，我们像两只捆绑在一起的野兽，随时准备撕咬对方。

你有了名义上的女朋友白萧，你用尽资源捧她，和她出现在报纸上，你竭尽所能地对她好，看到她的时候，我才发现，我的青春已经逝去了。

白萧张扬跋扈，甚至有些蛮不讲理，和当初的我如出一辙，而现在的我再也不会挽着你的手问你爱不爱我，更不会趴在你的背上让你背着我走。

我长大了，而你还是我十八岁时看到的那个样子，眼眸如梭，俊逸潇洒。有时候你睡着了，我看你的脸，在月光下你的脸特别柔和，仿佛我们第一次见面的样子。

房间的抽屉里你还放着一整套的童话故事，却从来不让我打开，你会偷偷地看着那些故事，却再也没有给我讲过。

我不知道你对我是爱还是占有或是报复，我更不知道你把我捆在身边的意义是什么，我们就这样消耗着岁月，仿佛看不到尽头。

你带我去马来西亚，这座你生活过的城市，从双子塔、茨厂街、博物馆、独立广场，你像导游一样一一为我讲解，我们坐在路边吃饭，你给我点沙嗲，像烤串一样的东西，蘸着酱吃，你把肉串给我吃，时不时喂我喝两口薏米水，隔壁寺庙传来诵经的声音，仿佛我们在一起的时光，也是这般虔诚美好。

我记得你以前说过，有一天你会带我去看你生活过的地方，你做到了，你让我来到你生活的城市，可是你却让自己陷入了险境，当我站在阿冰面前的时候，我突然发现我并不惧怕死亡，我惧怕的是让你独自死去。

我才发现，我还是爱你的。不是那个风华正茂人人口中称赞的成熟稳重的你，而是那个有着满身伤疤一路披荆斩棘勇往直前的你，那个从来不向命运低头，令人闻风丧胆的勇者。

爱一个人，不是只爱他好的一面，他所有的好与坏，都能心甘情愿地接纳。如同你在马来西亚冒死找回的手机，那么微不足道，你却视如珍宝。如同每一个深夜，你在孤独和阴暗中徘徊，守着过去的伤疤还是不能将我放下。这么多年，我不仅不了解你，我更知道自己当年伤害你有多深。

你是一个沉默寡言的人，以前我说十句才换你一句，从来不知道你心里在想什么，你对我来说，永远像一个谜，当我们再次相遇后，虽然总是剑拔弩张，可是我看到了更加真实的你。

你喜欢白萧，是因为她长得像我，你看到我在片场拍戏被白萧刁难默默出面帮我解围，你在大楼顶部画上那道彩虹，因为我曾经的一句期许，你把我母亲接来参加毕业典礼，甚至你知道我接近你的目的，你依然放任我摧毁你的一切。

有很多事，如果不是别人告诉我，我可能永远都不会知道，原来你在我看不到的地方为我做了那么多。

以前我一直觉得你对我的爱微不足道，只是一时新鲜的一个玩闹，后来我才知道，你对我的爱摆放在内心深处的深情，是盛满情谊的宝藏，从不轻易向外人道。我还小的时候，曾经那样深深地伤害过你，现在我终于懂得去爱你了，你却不在我的身边。展飞，这是不是你给我的最大的惩罚？

你落水之后，大家都说你死了，可是我不相信，你送我的戒指，你留下的童话书，你交给我的钥匙都还在，你怎么会死？你还没有亲口对我说你爱我，你怎么舍得死呢？

谭展飞，你真是个浑蛋。谭展飞，我真的，真的好想你啊！

你走后的第四十四天，听上去是个不吉利的数字，可是你说这是我的生日，四月十四日，没有数字比这个更吉利了。

你说认识我真好，你遇到任何困难的事情，都会告诉自己，只要等四十四天就会发生转机和改变。

我已经等了你足足四十四天，可是你还是没有出现。

我才知道，等待才是全世界最残酷的事。那种绝望像海水一样吞没我的四肢百骸，令人生不如死的疼，那种感觉真的酷毙了。

我以为青春永远不会结束，只要有你在，我就永远是长不大的小公主。可是没有人会青春不老，不老的只有我们初遇的时光，我们在一起度过的岁月，我们再也回不到无比怀念的曾经。

我已经长大了，而那个把我当成小公主的你却不在了。

你回来好不好？在我们说好的地方，像当初你承诺我的那样朝我走来，帮我戴上你送我的戒指。

如果你出现，我一定会紧紧地抱着你，再也不让你离开。

谢谢你愿意陪我长大，包容我所有的任性，以前我做得不够好，未来我一定更加努力。

我爱你。我将永远爱你。

（全文完）

典阅读 告白的书
那个神秘的宣愉小姐 2
Nage Shenmi de Xuan Yu Xiaojie
中学时期的雷染君亲历邻家男孩姜祈妈妈的死，由于惊恐、不安，她将所有的错误都归咎于自己，从此少女的心灵蒙上了“见死不救”的阴影，后来对姜祈的这份愧疚在她心中不断蔓延扩大，最终导致她患上“自罪妄想”的心理病症。雷染君和姜祈的关系时好时坏，季远枫出事后，雷染君痛苦不安，“自罪妄想”的病情进一步加重，姜祈为她找过很多心理医生都无果。后来，在国安局工作的姜祈无意中通过监控录像发现了当年害死自己母亲的凶手，雷染君在姜祈的陪伴下，这才一点点从阴影中走了出来……
凌觉、宣愉惊喜完婚
甜蜜CP令人羡慕
谋杀事件扑朔迷离
雷染君深陷“自罪妄想”
一切的痛苦、不安与愧疚，都在不断蔓延……
苏缠绵 第二部 心理分析小说
关注青春期心理病症 探讨爱与原谅的主题
凌觉 宣愉 雷染君 姜祈 季远枫
2018年上市 完美呈现 敬请期待